U0929621

考拉小姐 And 与桉树先生

白槿湖 / 著

CNS PUBLISHING & MEDIA 中南出版传媒
湖南文艺出版社
HUNAN LITERATURE AND ART PUBLISHING HOUSE

图书在版编目（CIP）数据

考拉小姐与桉树先生 / 白槿湖著. -- 长沙：湖南文艺出版社，2018.4
ISBN 978-7-5404-8449-1

Ⅰ. ①考… Ⅱ. ①白… Ⅲ. ①长篇小说－中国－当代
Ⅳ. ①I247.5

中国版本图书馆CIP数据核字(2017)第313110号

考拉小姐与桉树先生
KAOLA XIAOJIE YU ANSHU XIANSHENG

作　　者：白槿湖
出 版 人：曾赛丰
责任编辑：刘诗哲
策划编辑：田渊源
营销编辑：张申梅
封面设计：杨　平
封面绘画：李淡淡
版式设计：罗晓芸
出版发行：湖南文艺出版社
（长沙市雨花区东二环一段508号　邮编：410014）
网　　址：www.hnwy.net
印　　刷：湖南天闻新华印务有限公司
经　　销：新华书店
开　　本：145mm×210mm　1/32
字　　数：260千字
印　　张：9.5
版　　次：2018年4月第1版
印　　次：2018年4月第1次印刷
书　　号：ISBN 978-7-5404-8449-1
定　　价：36.80元

『我是你最后的退路。』

——林嘤其

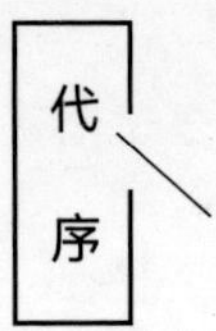

窗外，大雪纷飞，夜里，终于能静下心，替湖湖的新书写下祝福。

认识湖湖之后，习惯于在书房中摆一束桉树叶，一开始并不喜欢这种味道，渐渐地，竟有些离不开这样的气息。

终于明白，为何考拉总是攀附于桉树上，也懂了《考拉小姐与桉树先生》这本书名的意义。

“你背上有很多很多的稻草，我万万不忍心成为其中一根。我站在你身侧，悄悄地，不让你察觉地，拾走一根又一根稻草。”

都说文如其人，这是书里的一段话，揭示了林嘤其与岳仲桉的感情关系，同时也从侧面显示出作者湖湖是一个怎样的人。

与湖湖的结识就要从这本书说起，当时看完湖湖写的大纲，内心深有触动的我开始想象，这是一个怎样的作者，才能写出一个如此精彩的关于自然与动物的故事。

说到这里大家可能会有些困惑，自然与动物显然是寻常小说不太愿意去触碰的题材，为何湖湖偏要反其道而行之?

其实这都是因为在我们的生活中有这样一群人，在我们所看不到的地方，默默保护着自然与动物，有名气者如珍·古道尔，于我们寻常人的生活也甚为陌生。

所以湖湖选择写关于他们的故事，让笔下的林嘤其成为他们在文学世界里的代言人，试图让更多人了解关于动物保护的必要性。

湖湖大胆地将人物设定采用特别的方式展现，脸盲症的林嘤其与记忆大师岳仲桉，两个相去甚远的人却相互吸引，爱得艰辛，而其中最动人之处，在于爱情的温度，总是暖到心底。

在寻常人眼里看来，写东西对于作者而言，是一件容易的事，殊不知这一投入便是数年光阴，如今再回头看，不胜唏嘘。

在创作这个故事期间，湖湖经历了一次生死攸关的手术。知悉此事的我给她发信息，她也不过是轻描淡写地表示自己没事，寥寥数语便带过了其中的煎熬与焦虑，也从未流露过死亡曾在她身边踱步。得知她手术时的惊心动魄，炎炎夏日，我背上仍出了一层薄汗。

后来待湖湖痊愈，我们再见面时，她依旧欢声谈笑，丝毫不像经历过一场大病。

所以你看，生活总是喜欢出其不意地跟人开玩笑，熬过去了就是一场磨砺，而这事后的馈赠便是懂得了平淡是福，也更加珍惜自己笔下的一字一句。

写了这么多，我也不想再赘言，这一本温暖的书，这一个温暖的故事，这一个温暖的作者，值得大家的珍视。

韩佩贞

2018.1.27　上海

目录

CONTENTS

楔子 …… 001

第一章 人世中，他是唯一清晰的面孔 …… 004

{你的背上有很多很多的稻草，我万万不忍心成为其中一根，因为我永远不知道哪次就是最后一根压垮你的稻草。想站在你身侧，悄悄地，不让你察觉地，拾走一根又一根稻草。}

第二章 我们偏偏向往令自己为之痛苦的人和事物 …… 030

{那些热爱，最终像漂泊在水面上的星星。她看见的是水，只有他看见的是星星。没有看见星星的她，怎会被打动。}

第三章 世人多重金，我独重你 …… 059

{你紧张迟钝的模样就很美，但相比这份美，我更爱你那颗干净透明的赤子之心，所以我正在大步走向你的路上。}

第四章 I Am You ……………………………………………… 085

{常常不知我是谁，我在哪里，要去哪里，要做什么。直到遇见你，我理解了答案。我想在你心里，我要去你身边，我要爱你。}

第五章 而你来了，
我的恶劣就消失了 ………………………………… 112

{如考拉抱紧桉树，这样，漫长的一生里我们终于不用告别了。}

第六章 “我身后无山”“你身后有岳” ……………… 139

{爱情在所有物种身上体现出来的，都是相同的眼神。}

第七章 许多年了 ………………………………………………… 168

{也许以后，我会在离你很遥远的地方生活。但我都会好好的，像今天这样带着花回家。不管你在哪里，你都在我心里。}

第八章　为了你，我甘愿受苦 …… 205

{人生八苦：生、老、病、死、爱别离、怨长久、求不得、放不下。前面四苦，是命。后面四苦，是你，周良池。}

第九章　我能放下你，我只是放心不下你 …… 240

{见过了你心爱之人的模样，我便细细记了下来，来生就成为这样的人，好令你爱上我。}

第十章　你在，我便贪生怕死 …… 268

{想他看到我四十岁的样子，哪怕那时我发福了，成为一个胖胖的老少女。我也想他看到。}

楔子

那是好多年以前的回忆了。

如果一切都没有改变，该多好。她身后还有个成天拖着鼻涕的小跟班弟弟，每天清晨父亲像往常一样背着包出门，母亲骂骂咧咧责怪父亲不像纪叔叔那样做个工程师赚钱养家，却又追着往父亲的包里塞些苏打饼干，嘱咐他胃里泛酸的时候就吃几块。以至于后来她每次在超市里看见苏打饼干，就会想起胃疼的父亲。

夜晚，她和弟弟写完作业，一左一右伏在父亲的膝盖上，听父亲说各种野生动物的故事。弟弟喜欢听父亲说狼王，而她喜欢考拉。

“爸，你见过考拉吗？”她打开那本快翻烂的动物百科图册，指着考拉那一页问父亲。

“考拉生活在澳洲，我这辈子估计没机会出国去看了。将来你长大了，你替我去看一看。我最想看的是天国之渡，如果能亲眼见到，此生无憾。”父亲说起“天国之渡”四个字时，眼睛里仿佛有光辉流动。

“爸，你等我十几年，到那时我肯定有存款了，我就带爸出国，去非洲看天国之渡，去南美洲看美洲豹，去澳洲看考拉。”她信心满满，夸下海口。

父亲摸摸她的头，目光慈爱地说：“你就是我的小考拉。”

“那我是爸爸的小狼王！”弟弟扮作狼状，仰头张口模仿出“嗷呜”的狼叫声。

“不像狼王，倒像只小狼狗。”她捂着脸笑话弟弟。

姐弟俩围着父亲转圈跑，你追我赶。

母亲则坐在灯下将白天挖的虫草一根根整理好，放在地上阴干晾晒，再用铁丝网盖上，防止老鼠偷食。

等母亲忙完，就开始催促姐弟俩去睡觉。她和弟弟快速钻回房间，透过门缝，看见父亲照例为母亲洗手，将指甲里的泥土一点点抠干净，再细心地抹上护手霜。

当时看来是那样寻常平淡的日子。

印象中，父亲并不高大魁梧，有点溜肩，甚至看起来还没有母亲的肩膀宽厚。在她快中考时，他们一家人去拍全家照，母亲前一天晚上悄悄给父亲夹克衫的两个肩头各缝上半圆形的小布兜，做成简易的加厚肩垫。拍照的时候，父亲努力耸起肩膀，他的肩看起来是没那么溜了，姿势却显得有些滑稽。

很少拍照的母亲神情拘谨，笑容有些僵硬。弟弟扮着鬼脸，悄悄伸手在母亲背后挠痒痒，她正忍不住笑的时候，镜头里的画面便定格了。可这唯一的一张全家合影，后来也遗失了。

那时她的理想还是成为一名医生，治病救人。再就是存钱，带父亲去看天国之渡。

直到长大后这些理想离她远去，她才清楚，有些理想，注定是你一生都无法完成的，而那些理想存在的意义是，你曾纯粹坚定地将一个人纳入你的理想之中。你想起那个理想，便会想起那个人。

那时她还没有患上脸盲症。父亲还好好的，弟弟没有失踪。

她也不认识他。

却是永远都不会再有的日子了。

第一章 ▾

人世中，
他是唯一清晰的面孔

你的背上有很多很多的稻草，我万万不忍心成为其中一根，因为我永远不知道哪次就是最后一根压垮你的稻草。想站在你身侧，悄悄地，不让你察觉地，拾走一根又一根稻草。

七月的东非，马赛马拉大草原上，林嘤其和几名动物爱好者守候在马拉河畔。

烈日当空，远处仍有闪电掠过。水塘旁边，狮子潜伏在草丛里，伺机袭击喝水的斑马，秃鹫站在树枝上警惕地监视着，马拉河里的尼罗鳄正闭目养神。

排成长队的角马越来越多，空气中的热浪在上升，即将开始一场浩荡壮观的角马群大迁徙。

她屏住呼吸，静静等待。

头马在河边来回走动。突然，它停下脚步，腾空一跃，跳入马拉河。所有人的心都被提了起来，头马奋力游过了河，顺利上岸。短暂时间里，无数只角马井然有序地渡河，前赴后继。哪怕水中有鳄鱼，草丛中有狮子，但它们只有一个信念，渡过河，就会有青草吃。

她看到有刚出生或仅仅三四个月大的小角马都跟着角马妈妈渡河，瘦小的身体奋力地游。

河中的尼罗鳄被惊醒了，在水中来回游动，寻找捕食的机会。

一只小角马被尼罗鳄死死咬住后腿，拖入水中。它扑腾挣扎着试图摆脱鳄鱼的嘴，但体力悬殊，它很快便没了力气。水面上涌出鲜红的血，血腥味令一群尼罗鳄都兴奋起来。

已渡过河的角马妈妈徘徊着，盯住鳄鱼口中的小角马，那应该是它的幼崽。它始终望着自己的孩子，直到鳄鱼带着小角马沉入水中，才依依不舍地离开。

右后方，另一片庞大的角马队伍，猛地狂奔，天地间迸发出轰响声。万马奔腾，沙尘扬起，混合着渡河中受伤角马的惨叫声，整片草原上演着惊心动魄的生命旅程。

当地人告诉她，东非草原上的角马每年都要行走长达两千多公里的路。

它们仿佛生下来就是为了行走，为了那一片赖以生存的草原，周而复始，一年又一年。

很多角马在她眼前死去。

她泪流满面，感到无法承受这份沉重，被大自然和生命的力量深深震撼，令她心生敬畏。由此，她便更加理解了父亲一生所走的路。

她手里紧紧攥着一个小布兜。

时隔十三年，她终于来到肯尼亚，走进东非大草原，亲眼见到天国之渡，见到父亲生前最向往的一幕。

当她想要回车上取望远镜时，听到一个压低的声音在呼叫她："林小姐，林小姐，当心艾鼬，别动！"

然而来不及了。她的脚已经迈了出去。一瞬间，一种特别刺激的气味扑面而来，令人窒息，她来不及做任何反应，倒在地上。

昏昏沉沉中，她听到有人在呼喊她的名字，高声问有没有双氧水，为她清洗除去臭气。

被这种无法形容却又熟悉的臭气禁锢着，她紧闭的眼睛感受到头顶阳光的炙热，脑海中忽地浮现他的脸庞。

仿佛回到了很久以前的那天。

她匆匆赶去学校背单词，抄近道走一条偏僻的林间小路。她握着长树枝，拨开草丛，想吓走蛇。走着走着，她又倒退回几步，发现数米之外的树林里静立着一个人。

他一动也不动，站在那里，看穿衣打扮并不像青海湖本地人。

“喂，你站在那儿干什么呢？”她冲他高声喊。

他依旧纹丝不动，不作声，也不看她。

既然他保持沉默，要么是有秘密，要么是聋哑人。望着那张让她生不出半点戒备的脸，她按捺不住好奇心，向他走过去。

她绕到他背后，用手中的树枝猛地拍打草丛，还没等她开口，一股强烈的臭气扑面而来。那种臭，仿佛是立体的，带着原子弹爆炸般的臭味破坏力，使你的听觉、嗅觉、视觉同时被摧毁。好像将你浸泡在一万吨氨水中，无法呼吸。好奇心是很危险的，后来有那么两次她都险些死在好奇心上。

他迅速转过身，伸手紧紧地捂住她的眼睛。

几乎是很有默契地同时逃离臭气带。有那么十几米的路，她被他蒙着眼睛，由他带领着跑。

一直跑到空旷敞亮的平地上，浓烈的臭味依旧笼罩着他们，之前究竟发生了什么？她脑子里一片空白，被臭气熏得神志不清，胃里翻江倒海。

慢慢缓过神来，她才知道，他们被释放臭气的不明生物袭击了。

“啊！你真是的，站着不动，也不说话，害我被连累！”她捏紧鼻子抱怨他。

“偶遇臭鼬一家五口出来散步，本想伪装成一棵树躲过去，哪知道你会闯过来。”他表情无辜。

听他这么说，她差点没吓倒，居然还是五只臭鼬……

"你说，臭鼬有天敌吗？"

"当然有。"

"难怪它们还没有称霸地球。"她叨念着。

这一刻，他们大概是世上最臭的两个人了。

彼此心照不宣地相视一笑，她看见他的眼睛里全是红血丝，是臭鼬气味刺激导致的。在紧要的关头，他捂住她的眼睛，所以她才幸免于难。

"看你的样子，是外地人吧？走，去我家洗澡。"她邀请他去她家。他似乎也没有更好的选择。

他们走在路上，十米开外就被人嫌弃地捂住鼻子，两个人仿佛是移动的氨水工厂。毫不夸张，连路边的那只流浪狗，平时见她都要摇尾巴的，这时见她，如见恶魔，逃命一般跑开，十分夸张。

"看它拔腿而跑的样子，就知道它也有过被臭鼬袭击的惨痛教训，看来不止我们这么惨。"她安慰自己说。

"也许它把你当成一只黄鼬了。"他说着，扫一眼她穿的上衣，和黄鼬的皮毛色出奇相似。

"你好像距离臭气中心更近，味道比我更浓郁。"她反驳他，忍不住想笑。世上有千万种相识的可能，从未想到还有因为臭鼬袭击而发生的相遇。

那天下午，母亲不停地烧水给他们洗澡，抱怨女儿招惹什么不好，招惹臭鼬，这下家里一个星期怕是都散不了味。弟弟则用棉花团塞着鼻子取笑她是"无敌臭烘烘"。

他换上她父亲的衬衫。

母亲执意留他在家吃了晚饭，并为女儿的莽撞向他表示抱歉。

林嘤其第一次发现，原来母亲也有温言细语的时候。这个世界对长得好看的人就是格外温柔。

"吃、完、快、走！"她一字一字用口型在对他说，抬腿在桌底下用力地踢他一脚。

“姐，你为什么踢哥哥？”弟弟放下筷子，鼻孔里还塞着棉花，带着重重的鼻音质问她。看来弟弟很快就和他热络了，帮着他一起怼她。

她低头不停往嘴里扒饭，心里还挺美的。

父亲给他们科普臭鼬的知识。

“臭鼬是社会性动物，以家庭为单位生活，有的一个家庭多达十几只，一般是五六只，性情温和……”

“爸，臭鼬这么暴躁的脾气还叫性情温和啊？幸好没遇上超生的家庭，不然我们今天估计得爬回来了。”她撇撇嘴，夹着菜吃。

“还没你暴躁，谁叫你招惹它们呢？”父亲笑容可掬。

他替她解释：“叔叔，是我招惹的。”

“知道就好，你这个罪魁祸首。”她狡黠地眨眼睛。

临走时，母亲敦促她送他，抓了一把虫草递到他手上，让他拿回家冲水吃。

“你们一家人都很可爱——除你之外。”他故意逗她。

“是呀，哪有你可爱，可爱得穿粉色袜子。”她朝他做了个鬼脸，飞速跑回家……

“林小姐，醒醒！”几秒钟的迷糊过后，她在摇晃中醒来。

“刚才你居然笑了，被艾鼬袭击后还能笑得出来的，恐怕也只有你了。不过我真快被这气味给臭吐了，没有一礼拜臭味是散不掉的。”黑人司机李龙递给她一瓶水，忍不住捂住鼻子。

能够治愈臭鼬气味的，只有……时间。

李龙是内罗毕人，汉语极好，他没有去过中国，最喜欢的动物是中国神话中的龙，所以给自己取了这个汉语名字。

她接过水，说：“这并不是我第一次被艾鼬袭击，在我十四岁的时候，我和一个人也经历过。所以，再次闻到这种熟悉的臭气，想起了些往事。”

“能够让你想起来笑得这样好看的人，他一定很可爱。”

“是啊，他真的是非常可爱。”遗憾的是当年没有问他姓名，否则也许她已经找到了他，也好问一问弟弟的下落。

她坐在越野车上，望着遥远草原上成片的合欢树和灌木丛。

热风吹乱她的长发，露出额头，眉目英气透着股野性。

“林小姐，别动！”李龙朝她喊，在她回头之际，他迅速按下快门。

相片里的她，穿件色彩明艳的长裙，却一点儿也不俗气。还以为又有艾鼬了，惊慌过后的笑容被抓拍下来。

只不过她从来看不清自己的模样。

那张相片，被她随手放在包里。她想自己还是很幸运的，在离开肯尼亚的最后一天，见到了天国之渡。

她该走了，也不知下次再来这里，会是何年何月，但她相信，她还会再来。

恰在此时，接到母亲的电话，要她立刻去北京，有弟弟的准确线索，并给她发了地址。母亲再三强调，这次核实过了，对方希望有偿提供线索，价格面议。

面对着偏执激动的母亲，她只好顺从。哪怕已经遇到过很多次骗子了，但只要有新的消息，都不愿错过。

G市飞北京的航班。

连续转机，她已经很累了。

用携带的毯子将自己裹住，身上仍有浓烈的气味。这种气味极难散去，她尽量掩盖住气味，生怕影响别人。

这些年她与人相处始终小心翼翼，但还是总出错，渐渐她产生社交恐惧，很怕见人，尤其是生人。每次处在人群之中，她就很不安。有时她觉得自己像个小怪物，又像是一只缩在壳里的寄居蟹，或者是一条变色龙。

如果不是十三年前那场灾难，她也许就像周良池那样成为一名医生，而不是在奶牛场当兽医。当然，糟糕的是她连这份工作也弄丢了。

邻座的女孩对她身上的臭鼬味道产生极大抵触，正常人初次闻到都受不了这种气味。

她只好反复给女孩道歉。

头等舱内，岳仲桉斜靠在座位上，满脸疲倦。

忽然间，他皱起眉头，被某种熟悉难闻的气味所触动。却又难以置信，飞机上怎么会有这种气味。

他问身旁的向笃：“你有没有闻到很奇怪的味道？”

向笃下意识地坐直身子，深呼吸，疑惑地说：“没有闻到，我最近感冒鼻塞。你需要口罩吗？”

他摆摆手，不停翻动着手中的书，却又心不在焉，他起身循着那抹气味走去。见空姐正在经济舱调解纠纷，他一贯对此类事漠不关心，正要返回头等舱时，他听见背后传来一个声音。

“对不起，是我给你造成困扰了，等飞机平稳后，我可以去卫生间里待着，这样可以吗？”

他一时惊住，目光稍稍越过挡在外面的身影，朝座位内侧望去，竟真是她。他不想在她正难堪时被她认出，脸上缓缓地浮起笑容。他回到座位上，在向笃耳边交代了几句。

“你要去经济舱坐？”

“见到一个女孩很美，想给你制造机会，就委屈自己和她换个座位。”

向笃十分怀疑地说：“我怎么这么不信呢，感觉你是想给自己制造机会。”

“我是那种轻佻的人吗？”他一本正经地反问向笃。

向笃顿了顿，点头说：“从前不，现在看起来有点儿。”

岳仲桉仔细想了下，自己确实从来没有这样过。

林嘤其并没有因为态度卑微而得到女孩的谅解，反而引起矛盾的升级。

“我现在是一分钟都忍受不了你的味道，甚至怀疑你是不是有疾病。你不能坐在我身边，趁飞机还未起飞，请你离开。”

“这位女士是凭机票登机的，她有权利乘坐本趟航班。”空姐忍不住道。

“那我就投诉你们航空公司。”女孩涨红了脸，周围并没有乘客帮腔。

“是我个人的问题，因为有很急的事情必须赶去，给大家造成了不好的影响，我向你们道歉。”她向周围的乘客半鞠躬。

“我不管，闻到你身上的臭味我感觉头晕恶心很不舒服。”女孩厉声回应。

林嘤其看不清女孩的表情，但预感到这趟航班应该是要泡汤了，她站在那里，坐也不是，走也不是。

正进退两难僵持不下的时候，向笃走过来，对女孩微笑道：“这么美的姑娘哪能委屈了，走吧，跟我去头等舱，有人愿意和你换座位。”

林嘤其是有自知之明的，这个陌生男子在邀请她的邻座去头等舱。

女孩拎起包，昂首挺胸踩着高跟鞋离开。

长得美就是好，永远都会被呵护着，不过倒也帮她化解了口舌之争。她长长地松口气，半眯着眼，睡意席卷而来。

好像是梦境，她看见一个身材颀长的男子朝她走来。

过往岁月里，她的世界，就似柳永那句诗：暮霭沉沉楚天阔。她是被世事隔绝的怪物，从未有人闯入她雾蒙蒙的世界。

他离她越来越接近，她试图努力睁开眼睛，又心灰意冷地想肯定是在做梦，便放弃了，眼皮无力地再度合上。

岳仲桉在她身旁坐下，见她歪着脑袋，酣然入睡。他俯身凑近她，果然她是臭味的来源。他忍不住想笑，静静地注视着她。

看到她眉尾处凸起的伤疤，漆黑的头发蓬松地搭在肩上，身体纤瘦，脸庞上没有任何化妆品遮掩。

这一刻，他们还像当年那样被臭鼬的气味围绕着，这在常人看来作呕的臭味，他理解为命运安排的缘分。倘若不是这似曾相识的气味吸引着他，又怎会再和她重逢。

看来是注定的臭味相投。她竟然又莽撞地被臭鼬攻击了，她在做什么工作？住在哪儿？恋爱或……结婚了吗？

他心里生出一长串问题。她呼吸渐重，夹着轻微鼾声，他想她应该是好久没好好睡觉了。

也是，这满身的臭鼬味，肯定提心吊胆睡不好。

有我守护你，你安心睡吧。他不知为何心中会唐突地生出这样的念头。

空姐推着餐车过来时，她一下惊醒了。他不由得刮目相看，睡得如此沉居然能在餐车到的时候准点醒来。他假装看杂志，想着等她见自己坐在身边会是怎样的惊讶。

结果她也没看他，站起来就往卫生间走去。

他替她拿了一份米饭。在意面和米饭之间，他选择米饭，因为他记得她说过她不喜欢面食。

他记得她本是生长在南方的姑娘，因父亲工作调动去了青海，她并不习惯当地的面食。那晚，她边擦头发边央告着她母亲想要吃米饭，她母亲将他视作客人，问他想吃米饭还是面食。她跳起来，赶紧用口型暗示他吃米饭。

往日的画面历历在目，直到那天泥石流爆发，他们就再也没有见过。

等了许久，仍不见她出来。他走过去，轻敲了两下卫生间的门。

几秒钟后，门打开了。

她低着头，并没有抬起脸，小声地说："对不起。"从他身侧走开。他明白了，她是故意躲在卫生间，怕气味影响到别人用餐。

回到座位上，她又继续闭眼睡觉。

岳仲桉看她贪睡的样子，思量片刻，将一张名片放入她敞开的包里，又见包里有张她的照片，他拿出来，端详着，原来她居然一个人跑到非洲去了，看来还是很美。他把照片握在手里，拉起包的拉链。

这算不算是偷盗行为？他想想，自己也给了她名片，顶多算是交换行为。

飞机开始下降。

她好像丝毫不受影响，自始至终闭着眼睛，似乎外界的一切都对她没有意义，一股无动于衷的冷淡。

他有些失落，好像和预想的别后重逢场景并不一样，他完完全全被无视忽略。

眼前的她，和十四岁那时聪慧调皮的她相比，有着天壤之别。

记得在她写字桌上，第三份数学模拟试题卷第十页，写满了一个男孩的名字，满页的“周良池”。

他还装作不懂，问她，原来周良池是一个数学题答案啊?

她从他手中夺走试卷，狠狠地瞪他。

记忆犹新。

也许她早就不记得他了吧，她心中有喜欢的人，怎会记得他。她又不是他，十三年后还能因那抹气息，那个声音，想起她。

人大部分的痛苦都来自于记忆。他极少爱一个人，因为他和常人不一样，爱过的所有细节，点点滴滴都不会被岁月抹去，就像刻入生命，只要想起来就会完整重现。

当心爱的人走了，余下的时光都是他一个人在回放过往的片段，他独自站在那个被遗弃的世界里，不断重复着记忆。

陡添心凉。

他将毯子给她搭在膝盖上，悄然离开了座位。

飞机平稳落地。

她睁开眼睛，望着窗外，终于好好睡了一觉。好像还做了个美梦，梦里她看见一张清晰的脸，尽管醒来已想不起什么，但梦里的感觉是，那真是一张好看的脸。

还有些像回忆里的少年。

嚷着嫌弃她臭的女孩又回到她身边，边取行李箱边打着电话，心情大好地说：“我今天这趟航班有点值。刚开始挺倒霉的，身边坐了个臭气熏天的女人，我都差点吐了，可是你知道吗？有个看起来很帅的男人，穿得很高级，他心疼我，将头等舱让给我坐，他替我和那个女人坐一起。直到飞机快降落时，他才和我换过来，我以为他会找我要联系方式，可是他连一句话都没有和我说，也没看我一眼，你说他这是怎么想的呢……”

林嘤其耳朵听着，倒没有觉得不舒服。她睡了很久，没看到换座的人，只是感慨男性的风度有时真离不开经济基础。这才一趟航班的工夫，轻而易举就把小女生迷倒了。

她从未对男子的外貌动心起意过。

以前纪幻幻就老和她开玩笑说：“你这种脸盲症，就该去和有趣的灵魂相爱，把那些好看的皮囊都留给我。毕竟再好看的男子你也视而不见，多暴殄天物。”

下飞机时，她打开手机，低头看线索人发来的地址，翻导航查从机场过去大概的距离。

岳仲桉静静坐着，直到林嘤其和他擦肩而过，他不经意间扫视到她的手机屏幕，正犹豫要不要和她打招呼，一个清脆的女孩的声音传来，打断了他的思路。

“你怎么还没走，是在等我吗？”

“别误会，我是对你旁边那位女士比较有兴趣。”他坦白地说。

女孩的脸由红转白再变成青。

林嘤其慢慢地跟随人群往外走。

当他走出人群去寻找她时，已没有她的踪影了。

他和她竟就这样错过了。

炎热的天气，他手心泛凉。从电梯直达停车场，他径直走到一辆黑色小车旁，开车门，坐在后排，满腹心事。

“我们现在直接去开标现场，还有四十分钟时间，交通不堵的话应该没问题。”向笃边说边将投标书递给他。

他接过来，佯作思虑。

脑海里接连不断地闪现着她，他用食指揉了揉太阳穴，想清空她的影像。

向笃欲言又止。

“我知道你有疑问。但私人的事，不做多言。我们还是想想接下来广告片和电视台那边产品推广的细节。” 岳仲桉避开那个话题，也是为了转移自己的注意力。

公司处于关键时期，不能有差池，事无巨细他都要亲力亲为。

林嘤其在寻找弟弟的这条路上，无数次满怀希望而去再满怀失望而归。

她按照地址走到一处居民楼前，一个五六岁的小男孩将足球踢到她腿上，她笑着将球踢回去。

“谢谢阿姨。”

弟弟丢失那年，也是这副淘气又乖巧的样子。现在，这么大的孩子，都已经喊她阿姨了，可记忆中的弟弟还只有一点点大。她总在梦里听到弟弟在她身后“姐姐，姐姐”地喊她，醒来，脸上都是泪。

不管怎样，哪怕不能见面，只要弟弟好好活在这个世上就好。算算，弟弟也该有十八岁了。

她走上五楼，门虚掩着，敲了敲门。

“进来。”阴冷的男声传来。

她没有过多考虑便走进去，勇气便是寻找弟弟的信念，她不害怕。

客厅里坐着两个男性，从身形和衣着判断，一个是中年男人，四十岁左右，另一个则像二十岁左右的青年。

地上布满生活垃圾，烟雾缭绕。她看不清他们的脸，单看这生活环境，也是游手好闲之辈，她已预感这次同样又被骗了。还好，反正身上携带的那点现金不多，并不会有多大的损失。

“不妨开门见山，如果你们确实有我弟弟的线索，那请带我去，找到弟弟，我会尽力满足你们。要是根本没有线索，单纯骗钱，我也不是第一次遇到这种事。我身上这点钱你们想要就拿去，我走人便行。”她冷静极了。

中年男人走过来，开口道：“既然你识相，我们也好说，把包和手机放下，你人走，事先说好，你这是自愿行为。”

她点头，注意到对方腿脚有些跛。另一个青年颈左侧有文身，低头坐着，并不说话。

她放下包和手机，跛腿男人拽过包，开始翻动。正当她往门外走的时候，跛腿男人说：“等等——”

跛腿男人握着一张名片，眼睛放光：“名片上的人很有钱吧，和你是什么关系？”

“哥们儿，见好就收，别搞出事。”文身青年说。

“你闭嘴，少他妈掺和！”跛腿男人不耐烦地冲文身青年吼了一句。

林嘤其并不清楚自己的包里何时有了一张名片，只好否认：“我不知道什么名片，我也不认识什么有钱人。”

这句反驳，在跛腿男人看来是此地无银三百两。

“是吗？那我打电话问问。”

跛腿男人走向窗户，握着林嘤其的手机，依照名片上的号码拨打过去，眼睛斜瞟着她。

“你好，岳总，是这样的，我捡到了一个女包，里面有你的名片，我想寻找失主，请问你和手机的主人是什么关系？”跛腿男人盯着名片，假装好心地问。

……

“是你朋友？”跛腿男人意味深长地望了她一眼，开始朝门口走。

门“啪”的一声被重重地反锁上，气氛顿时变得紧张起来。

林嘤其绝望地想，名片上的那个人到底是谁，这次真是要被他害死了。

……

“什么，让她接电话？”跛腿男人的脸上浮起阴险的笑意，将手机放在她耳边，恐吓道：“别废话，给我哭！求他来带你走！”事态的发展已然失控，从一场骗局变成绑架勒索。

她无端地因为名片上的这个人陷入危险，明明差一点就安全无事了。

“你还好吗？别怕，我马上来。”电话那头传来温柔的抚慰声。

“你到底是谁！我根本不认识你，更不是你的朋友，你是不是疯了！你想害死我，你告诉他我们不认识！”她对着手机歇斯底里地吼。

跛腿男人狠狠用胳膊肘击打了一下她的腹部，走到窗户边继续说。

她痛得弯下了身，强忍着痛，仔细捕捉着对话。因为看不清人的面孔，无法察言观色，所以对方的语气声调、肢体行为都是她判断自身处境的参照。

……

“岳总放心，既然是你这么重要的朋友，我保证她毫发无损。”跛腿男人语气切换自如。

……

“好，岳总准备现金，算作为交个朋友的见面礼吧。提醒你，别报警，等我半小时后联系你。”跛腿男人挂了电话，对文身青年骂道：“你还不滚？”

文身青年欲离开是非之地，却又好像在犹豫着什么。

林嘤其反应过来，文身青年并不是跛腿男人的同伙，她将希望寄托在他身上，朝他投去求救的目光。

“看什么看，想死？”跛腿男人恶狠狠地说。

文身青年站起来，没有说话，推门离开。

“既然你朋友爽快地答应来，那你就老老实实坐着别动，等着他。”跛腿男人反锁上门，拔掉钥匙，从口袋里掏出一把明晃晃的匕首，放在茶几上，眼睛就盯着刀。

林嘤其顺从地坐下，她明白眼下并没有别的办法，只能先稳住跛腿男人的情绪。她刚才大致估算过他行走的速度，只要她能找到机会冲过去打开门，以她逃跑的速度，他是肯定追不上的。

正在参加开标会的岳仲桉，因为这通电话，变得高度紧张。来不及和向笃多加解释，他重点交代了几个投标事项后，离席而去。

向笃难以理解地看着岳仲桉的背影，从未见他在工作时会中途离开，有些反常。

岳仲桉担忧她惊吓过度而产生过激行为，她随时可能都有危险。

驾驶着那辆黑色轿车，他去银行备好现金，半个小时后，电话并没有再打来。他脑中回忆起在飞机上时，林嘤其手机屏幕上闪过一个地址。他不做等待，直奔那个地址开去。

林嘤其没有把名片上那个人说的话当真，她才不信这个并不相识的人会来救她，她知道自己不能坐以待毙，脑子里只想着怎样才能逃出去。

这时，跛腿男人收到一条短信，脸色变得铁青，情绪也焦躁不安。他翻找出一卷绳子和胶带，走到林嘤其身边，说："我要出去一趟，防止你逃跑，要给你绑住手脚，封严嘴，你不想受罪就别动。"

她不甘心这样束手就擒。

"就因为一张名片，听信一个我根本不认识的人，冒这种险吗？他根本不会来，他就是个无聊恶作剧的神经病啊。你绑着我在这儿等有什么用，也等不来他的，你放我走吧。而且你也不用担心我认识你的脸会怎样，我有脸盲症，你可以在网上搜索一下，前两年歌神在上海的演唱会现场，有个女孩……"她心里很慌，急切想说服对方。

他总不至于对一个脸盲症杀人灭口吧。

"闭嘴，我说他会来他就会来。" 跛腿男人打断她的话，绑住她的双臂和脚。

"你为什么信他会来，我说了很多遍我不认识什么岳总，就算要死也要让我死个明明白白吧。我太冤枉了，纯粹就是被那个人害的！"她觉得自己要是死在这里也真是含恨九泉。

"男人的直觉，他在乎你。" 他撕扯着胶带，用嘴咬下一截，还没等林嘤其辩驳，胶带已贴住了她的嘴。眼前如此凶恶的人嘴理，居然能说出“他在乎你”这四个字。

这是什么鬼直觉?

她瞪着一双眼睛，“啊啊呜呜”也说不出来话，心中的怨气都在名片上那个岳姓男人身上。她在心里发誓，如果自己平安无事，不管怎样都要找到这个人，然后跳起来用力左右开弓抽打他，不打他难解心头之恨。

“我马上就回来，不想死就别动。”跛腿男人威胁着，拿起桌上的匕首和名片走了。

她原想用脚钩到匕首来割绳子的，现在已无法实现。她有些绝望，环顾这个脏乱不堪的房子，难道自己今天就要死在这里了吗? 她想到接下来跛腿男人发现等不来所谓的“岳总”，盛怒之下会不会灭口。她又想到了妈妈，万一自己有不测，妈妈怎么办? 想到弟弟，想到她暗恋了这么多年从未敢开口说“我喜欢你”的周良池。

等等，她忽然想起上次见周良池，听他讲他野外求生的经历，好像说过，有种方法，在没有刀的情况下，可以切断绳子。

是什么方法，快想快想。她暗示自己，可心里越急就越想不起来。她努力让自己平复，深呼吸几次，仔细回想那天周良池说话时的动作，他手中拿了一根绳子。没错，是绳子。

绳子切断绳子。

她激动起来，欣喜地望着旁边那卷绑完自己之后剩下的绳子……

她几乎花尽力气，嘴唇全破，牙根发酸，才终于弄断了绑在脚上的绳子，但双手仍被绑在一起。在这个过程中，她就想好了，如果幸运，门没有从外被锁死，她就开门跑出去；如果锁死了，只有通过窗户往外向路人呼救。

但如果歹徒就在附近，或者在这条路上，那么呼救可能更危险。

当她战战兢兢将手伸向门把手后，扭动了一下，门竟打开了。她下意识做了个吞咽动作，眼泪快出来了，房间里静得只回响着她沉重的喘气声。

她轻手关上门，清楚自己必须一鼓作气冲下楼，跑出去。

跛腿男人身上有匕首，如果在楼梯正面撞上，她双手又被绑，绝对不是他的对手，但只要跑出这栋楼的楼梯，她就安全了。哪怕他手里有刀，追不上她也无用。

正当她要迈出脚的时候，她听到底下的楼梯上传来有人上楼的声音。

“噌——噌——”有人往上移动，声音越来越近。她惊恐地反应过来，背脊阵阵发冷，听这种轻重不一致的脚步声，应该是跛腿男人回来了。

“噌——噌——”

该怎么办，她没有多余的时间考虑，都已经弄断绳子关了门，别无选择，但硬冲显然也很危险。她抬起眼，看向了六楼。

她蹲躲在五楼到六楼的第一个楼梯转弯处，捂住了自己的嘴，屏住呼吸。脚步声就在耳边，她低下头便看见跛腿男人的头发，灰色的圆领短袖，后颈上一道触目惊心的扭曲刀疤。她一动不动，睁大眼睛死死地盯着。

“噌——噌——”

跛腿男人走到门口，警惕地回头望了一眼，从裤子口袋里掏出钥匙。他将钥匙插进锁眼，在推开门正要进去的一刹那，林嘤其几乎是用了人生中最快的飞奔速度，两大步子就下到了五楼，又拼命地往四楼跑。

跛腿男人开门探进头的那一刻就发现她不在了，再一回头，看到她正在逃跑。他便握着一根木棍，紧跟着穷追不舍，眼里露着凶光，在她身后喊：“你还敢跑，等我抓住你一定弄死你！”

当她跑到二楼，眼看就要冲到一楼时，跛腿男人用力扔出手中的木棍。

她只感到背上被闷闷地重击一下，像是打中了脊柱，她整个身体发酸，双腿一软，跪在了地上。她支撑着，晃晃悠悠地再度站起来，双腿软绵绵的，无知觉般，加上双手被绑，身体根本就无法保持平衡。她踉踉跄跄一步步踏下楼梯，想着那道近在眼前的门，迈过去就好了，可又是那样艰难，遥不可及。

跛腿男人右手举着匕首，已追到了她身后。她感觉到颈左侧被击打了一下，便瘫软地倒下。

在她将要被拖回楼上时，一辆黑色轿车疾速地在她面前停下来，车门打开，一个身材高大面目清晰的男子朝她大步跑来。

她竟……能看清他的脸。

十三年以来，这是她第一次与他人目光交会。

她向他求救，伸出一双被绑住的手，渴望他能够救她。没等他走近，她只觉眼前一黑，晕厥过去。

当她醒过来，已安全地在病床上躺着，后背的痛感让她想起最后要被跛腿男人拖进楼道里的场景。她坚信一定是那个五官她能看得清清楚楚的男子救了自己，一定是他。他在哪儿？她要找到他，她走出病房，站在人来人往的医院大厅，目光四处寻找他。她望着一张张雾蒙蒙的脸，都不是他。

她穿着病号服，走向医院大门。忽然间，一双有力的手牢牢地一把握住她的胳膊。

她这才回过头。

是他。

他们距离这样近，面前的男子好像曾在梦里也见到过，莫非她在做梦？她分明感受到来自他掌心的力度。

她看得真切，眼泪几乎瞬间便滚落下来。她看得清了，她居然看得清了。

白色衬衣，黑色长裤，面庞轮廓洁净明晰。他沉静地注视着她，仿佛穿过雾蒙蒙的人山人海。

她看清他的脸，他的五官和眼神。

周遭所有的脸都是模糊的，只有他的脸，清醒分明。如同漫长雾霾过后，照进眼底的第一束光。

她睁大眼睛无声无息地凝望着他。当她将目光切换到身旁排队挂号的人群中，仍是模糊不清的，脸盲症也并没有好，她只是偏偏能看清他。

人世中，他是唯一清晰的面孔。她已热泪盈眶。

岳仲桉没有想到再重逢她会激动成这样，松开了手，想安慰她。

“你是，救我的人？”她喃喃地开腔。

“别担心，坏人已经被抓了，回病房休息吧。”原来她没认出自己，他便也不去表明身份了。

“为什么，我能看见你……”她自言自语，难以想通。

“嗯？你当然能看见我，医生说你身体无大碍。”他朝她笑。

她有些贪婪地看着他的笑容，原来一个人的笑容是这样迷人。

回到病房，他将手中的药拆开，对她说：“刚才我去取药了，你的嘴唇怎么全破了？严重红肿，得敷些外用药。”他将药和一面小镜子递给她。

她伸手摸摸自己的嘴唇，果然肿得很厚。虽然看不清自己的脸，但凭想象，一个嘴唇肿成这样的人会有多丑。她赶忙低下头，用手遮住嘴。

“没事，过几天就会好了，前提是你得涂药。”他略弯下身，偏着头，查看着她的伤。

她只好将药膏挤在手指上，举着镜子，凭着感觉想一点点涂对位置，却还是涂得有些不均匀。

他看不下去了，拂开她的手，托起她的下巴，用指腹一点点将她嘴唇上的药膏涂抹均匀。

她静静看着他的脸。十三年了，她第一次能够看清人脸，只想仔仔细细地看一看。为什么她偏偏能看见他，而且还感觉似曾相识？

“你怎么会被绑架？太危险了，如果我晚来一步，后果不敢想象。”

“我是来找我弟弟的，结果遇到了骗子。本来都没有事了，他们也打算放我走，结果不知道我包里怎么会有一张什么人的名片，让这个骗子起了贪心。他用绳子绑住我的手脚，胶布封住我的嘴，我想尽办法才逃了出来。”她说着，心中又想起名片上那个人。

“你都已经手脚被绑，嘴被封住了，那你用的是什么方法？”他倒对她另眼相看，这个能连续两次被臭鼬袭击的冒失鬼，居然还是有头脑的。

“当时周围也没有刀具，要是按照我们看电视剧的情节，那肯定是打碎个杯子、花瓶什么的，用碎片来割绳子。但现实中，我眼前就是一堆生活垃圾。特别绝望，感觉自己会死在那里了。后来我想起我从小就很崇拜的那个人，想起他对我说过的话。他是个野外生存能力特别强的人，他告诉过我，绳子可以切断绳子。”她说起这些，神情特别骄傲。

他知道，那个她口中很崇拜的人，是周良池。

提到绳子，他已经懂了，却仍装作很惊讶的样子问：“用绳子能切断绳子？”

“你也不知道吧，是利用绳子之间的摩擦力。我先最大可能地弓起身体——还好小时候学过几年舞蹈基本功，柔韧度可以，用手把嘴上的胶带撕掉。我手边就有歹徒用来绑我剩下的绳子，我用这个绳子穿过脚上捆绑处，绳子一头用手拉扯住，另一头用牙齿咬着，然后手拽着绳子往上提，头往下低，就这么一高一低重复着，不断加大摩擦力度和速度，最终，把绑在脚上的绳子给磨断了。当时真是什么都不顾了，拼了命用力磨绳子，嘴唇全磨破了。”她现在想想，真是噩梦惊魂，尤其是在楼梯里听到“噌——噌——”声的时候，太可怕了。

“很聪明，也很勇敢。”他欣赏地赞许，本来在她陷入危境时还担心她情绪过激，就像遇到臭鼬那样莽撞，可她做得比他想象中要好得多。

“别光顾着听我说了，不是你路过救了我，我不还是会被抓回去。我记得歹徒有刀，在我晕倒之前，你冲了过来，之后我便不记得了。你是怎么救我的，你没受伤吧？”

“学过基本的以色列格斗术，对付一个年长且残疾的歹徒，我还是比较有优势的。”他简略带过，没有多说具体的细节。

“人被抓住了吗？”她问。

“嗯，抓了。”他笑答。

敲门声响起，两名警察走进来，询问她伤势如何，方不方便做笔录。

“方便。”她靠在病床上，从在肯尼亚接到母亲的电话开始说起，尽量丝毫不差。

“我们初步立案为一起诈骗绑架案，后期还需要你配合调查，到时候我们再通知你，你先养伤。不过还是要提醒你，寻亲心切我们能够理解，但不能给犯罪分子可乘之机，自我保护意识一定要有，也可以随时向我们警方求助。”

她点头，恳切地说：“我会吸取教训，谢谢你们及时抓到歹徒。”

“你要感谢这位先生，是他制伏了嫌犯——麻烦这位先生也要做一份笔录。”

“好的。举手之劳，任何一个男人看到那一幕，都应该挺身而出。”他淡然地摆摆手，不用她谢。

“对了，能问一下吗？那个歹徒身上有没有名片，我想知道那个姓岳的恶作剧的人到底是谁？”林嘤其问。

“我们正在审讯。”

“你好好休息，我出去做笔录。”他对她说。

“好。”她看着他走出病房，不知怎么了，已经对他产生了依赖感。好像他在的话，她就安心点。她想，大概是因为他是自己唯一能看清的人吧。

病房外。

“那张名片是你的？”警察问。

“没错，是我的。我和她十三年前有过一面之缘，这次在飞机上偶遇，不过她不记得我了，所以我放了张名片在她包里，没想到会引起这么恶劣的事。她现在还不知道我是谁，也不知道名片是我的。”

“真是阴差阳错，那你不准备告诉她吗？案子进展下去，她很快便会知道的。”

“顺其自然，该知道的时候她自然会知道。”

“还有你的伤，我们法医下午给你做过鉴定了，都会是证据，将来给犯罪嫌疑人量刑时应该会参考你们的伤情来判定。你这算是见义勇为了。”

“她是我朋友，应该的，称不上见义勇为。”他谦逊地说。

做完笔录之后，夜幕初垂。

他找了一家餐厅，炒了两道菜，带回了病房。如果没记错，都是她喜爱吃的菜。

她没想到他还会回来，见他走进病房，她喜出望外。

“我以为你不会回来了，正遗憾，都没问你的姓名，也不知道你的联系方式，我得把医药费还给你。”

他将病床上的小桌子拉起来，打开菜，把饭和筷子都摆在她面前，说：“饿了吧，先吃饭。”

她看见空心菜和芦笋。

“这两道菜是我最爱吃的，你怎么知道的？”本来就饿，看到自己喜欢的菜，更是食欲大增。她拿起筷子，忍不住先尝了一口，又对他笑着说，“你也吃呀。”

“我猜的。”他坐在她对面，两个人就这么相对坐着，各端着一份饭。

“这都能猜到？那你猜猜我叫什么名字？”

“林嘤其。这倒不是猜的，刚才你做笔录时，我听到了。嘤其鸣矣，求其友声。给你取这个名字的人，对你寄予了很高的期望。”

“是我父亲给我取的。”

“你叫什么名字？”

“保密。”

“你想做无名英雄？”

他挑了挑眉毛笑了笑，没有接话。

她一味定睛望着他，想要记住这张面孔。毕竟有了上顿还不知有没有下顿，以后可能就再也看不到了。好神奇，茫茫人海，为什么偏偏她只能看见他，而且那么巧，他像顶着一束光芒的盖世英雄，恰好救她于危难之中。

“怎么这样看着我？”他忽然问。

“怕以后见不到了。”她老老实实地说，并没有暧昧的意思，纯粹就是担忧以后又看不清人的脸了，因为他是她在这个世上唯一看得清的人。

“你不是有崇拜的人吗？看不出来还挺花心。” 他饶有兴致地逗她，心里却被这句话弄得有些甜。

“不是你想象的那种见不到，是像夜盲的人见不到路灯。”好像越描越黑。她偷偷看一眼他，眉宇间透着沉稳之气，他这副样子，喜欢他的女孩应该也不少吧。

“路灯一直都存在，只要你想见，就存在的。”他顺着她的话说。

气氛有些不对劲。

“吃完饭，我想办出院，连夜回家，不然我妈会担心我的。”她转移话题。

“确定身体没有哪里不舒服了吗？不进一步检查一下？”

“不用，嘴巴回去抹些药就好了。”

“我正好要去机场接一位朋友，顺路捎你去机场。”他想起久宁是晚上的航班抵京。

既然他顺路，她也不再拒绝。

她看到一个药房购物袋里装着一盒一次性口罩，应该是他从餐厅回来时买的，而不是医生开的。嘴唇肿成这样子，不戴口罩的话，在机场那就太引人注目了。虽然看不清，但从手感上来看，她的嘴唇很像两根小香肠。

买口罩这个细节，让她对他又多添了一份好感。

但这种感觉一下将她打入现实，她这狼狈的香肠嘴鬼样子，身上甚至还有一股难以形容的臭气，她竟对身边这位儒雅绅士有些异想天开。奇怪，偏偏能看见他，他令她产生安全感，她想和他待在一块儿。

车行驶在去往机场的路上。夜晚，车厢内的光线忽明忽暗，她心中如同在倒计时，真是舍不得这张能看清的脸啊。他没有告诉她姓名、联系方式、做什么的，如同陌生人。既然他不说，就有他的理由。也许对他而言，这就是一桩善举。她识趣地不再追问，耳边回响着他说的那句：路灯一直都存在。

他像她抓住的一根救命稻草。

她握着手机，犹豫着要不要再最后向他要一次手机号码，当她举起手机，刚想开口时，只听他说：“我会找你的。”

“找我做什么？”被他识破心思，她一时有点慌，吐出这么句话。

“讨要医药费。”他侧过头用期待的眼神快速看了她一眼，立刻又专注地看着前方的路。

“那我等债主的电话。”她配合地说，心中暗喜，又自觉猥琐，怎么能妄想高攀这样一个人呢？虽然尚不知他的身份，单看衣着做工考究，以及手表和车，很明显非富即贵。她的心跌落下来，没有别的心思，就是想再见到他，没有半点男女之情。

她心不在焉地滑动手机屏幕，期盼着车能够开慢一点。当她瞟到已拨电话时，想起跛腿男人用她手机给名片上的那个人打过电话。

“我真是蠢，都不知道已拨电话有记录。我打给他，问问到底是谁，等我找到他一定要狠狠地抽打他，问他，打脸疼不，还敢乱恶作剧吗？”她激动地说，按下号码，打出电话。

岳仲桉倒没感到脸疼，就觉得她十分可爱。

“您拨打的电话正在通话中。”电话那头传来提示音。

“肯定是做贼心虚把我的号码设为黑名单了。”她仿佛鼓满了气想要发泄，结果一下被这句话给堵了回来。

“替他侥幸，逃过一番轰炸。”他笑出了声，还好他早有准备，不然在车内这种狭窄的空间里，被她当场捉住，那他一定会很惨。

不知将功抵过行不行，能说得过去吗？他想。

他的电话响起，是久宁打来的。他按了一下键，接通电话。

“我落地了，你怎么突然献起殷勤，主动来接我了？” 一个慵懒好听的女性声音，嗓音独特，林嘤其觉得耳熟，好像在哪儿听过。

“看来以后要多献殷勤了，否则猛的一下你不太习惯。”他调侃自如。

“多多益善。谢谢你送的包，明天的场合，我就背它了。”

“你背它是我的荣幸，你喜欢就好。”他语气真诚，电话那头的女人应该心花怒放了吧。

因为是免提，所以林嘤其将这通电话全部听见了。原来电话那头的女人并没有和他提前约好接机，难道他并不是顺路送她，而是特意?

可她也听出他对别的女性巧妙取悦的心思。

能够让他接机，送包，这关系很显然不一般，她在心里暗想。

挂断电话，他和林嘤其并没有再交流。车保持着匀速前行，在快抵达机场时，车速渐渐缓下来，已经是最低速度范围了。

他像是知道她在想什么似的，将车开得这样慢。

林嘤其并没有告诉他自己有脸盲症的事，也没有让他知晓她只能看得清他。

而岳仲桉也没有提十三年前的事，只当是一场萍水相逢，他为她做这一切时，表现得都极自然。有的事，该知道时就会知道。

他们各怀心事地隐瞒着对方。

车停在出发大厅门口。他欲下车送她，由于要起身的动作，腰上的伤口以及右脚踝处的关节旧伤都犯着疼，他隐忍着，掩饰得好。

她伸手拉住他的手臂，说：“别下车了，这儿限时停车，我直接进去，你快去接人吧，今天给你添了许多麻烦。”

他转过头，目光聚集在她脸上。他离她这样近，连她脸颊上细细光洁的透明茸毛都看清了。

那是一张平静却又透着惶恐的脸，不知为什么，他就是很想保护。

“嗯，再会。”他说。

“再会。”她转身下车，感觉他睿智通透的眼睛似乎能看穿她的细弱之处。

她站在机场出发大厅玻璃门内，望着那个远去的背影，犹如做梦。是啊，谁能想到呢，他们又一次这样离奇地重逢了。

十三年了，有时候你在自己身上是察觉不到岁月的痕迹的，只有当你突然见到很多年没见的人，你才会真实地感受到光阴的变迁。

林嘤其，我知道你的背上有很多很多的稻草，我万万不忍心成为其中一根，因为我永远不知道哪次就是最后一根压垮你的稻草。想站在你身侧，悄悄地，不让你察觉地，拾走一根又一根稻草。

这是他在心里对她说的话。

他记得她父亲唤她考拉。

考拉小姐，我们再会。

第二章 ▼

我们偏偏向往令自己为之痛苦的人和事物

那些热爱，最终像漂泊在水面上的星星。她看见的是水，只有他看见的是星星。没有看见星星的她，怎会被打动。

对林嘤其而言，那个救她于危难之中的他，像是举着火把打破了她多年黑暗的人。

儿时她在南方小镇上生活，夏夜里捕捉萤火虫，关在奶奶的蚊帐里，天真地想要把萤火虫养起来，让它一直在她的黑暗中发光。

后来她才明白，世上所有的天然发光体，都不会只属于某个人。

飞机离地而起。

她摘下口罩，望着窗外渐渐遥远的万千灯火。玻璃上倒映着一张在她看来，像是蒙上层雾气的脸，只见脸形，应该是……鹅蛋脸。

十四岁以前，她还是个伶俐敏捷的女孩，暑期在青海湖区牵着一匹马，给游客骑马拍照，也会卖些母亲做的老酸奶，以及冬虫夏草。她常给马洗澡梳头，她的马总是最干净漂亮的。

游客们都拥过来，惊喜地说：“你们快看，这匹马还扎了五彩小辫子呢。”

所以她的生意格外好。

她还像同龄女孩一样偷偷臭美，抹母亲梳妆盒里的口红，对着镜子修眉，一不小心把半边眉毛刮秃了，只好用刘海盖着。谁知弟弟捉弄她，趁她不注意，绕到她背后，猛地用手把她刘海一下子全部拂上去，故意在母亲面前大笑：“我姐是个大秃眉！”

某天她发现自己左脸颊上长了一颗痣，弟弟故意扯着嗓子在她身后喊：“姐姐，苍蝇在你脸上拉了屎！”她追着弟弟跑要揪他的耳朵，不许他说。

那颗痣让她耿耿于怀。当年臭美的她，如今却连自己长什么样子都不知道，很滑稽吧。脸盲症让她的生活陷入迟钝和盲目。

回到家中，已是深夜。

母亲尚未休息，一言不发地坐在椅子上，手掌死死扣着桌面，手背青筋凸起。虽无法看清母亲的表情，她也察觉出母亲的恼怒。

她并没有把这次寻找弟弟遇险的事情告诉母亲，免得母亲多余担心，只是在电话里说白跑一趟，遇到了骗子。

“妈，怎么还不睡？”明知这句话是讨骂，还是说了。她将行李箱推到一旁，走到母亲身旁。

“大晚上戴个口罩做什么，你如实告诉我，到底有没有去北京找你弟弟？”

“去了，不是和你说过了，对方是个骗子，还想趁机抢我的包。”她无可奈何。十三年来，母亲在日复一日的寻子煎熬中已经变得偏执，极容易崩溃。尽管很多次林嘤其清楚所谓的线索又是竹篮打水一场空，可她还是会去。

因为她若不去，母亲就会自己去。以前就发生过，母亲独自去另一座城市找弟弟，结果迷失方向，又身无分文，最后一路流浪以至于被收容所收容，差点没把林嘤其急疯了。从此，只要母亲说哪儿有线索了，她就一定去。

“你又被辞退了？”

“嗯，正好我也想换一份工作。”

“所以你这些天并不在奶牛场上班，而是背着我跑去玩了？！你的人生多潇洒快活，上班那点积蓄都挥霍一空了吧。够不够用？不够我拿给你？”母亲用冰冷的语气讽刺着她。

“妈，是我错了，你别生气了。”她垂下手，低头站在一侧，像年幼时犯错那样。

“你永远都是你错了，你错在哪里？还是你根本不认为你错了，不过是在应付我？就像每次你应付我说，你会找你弟弟，可你居然还有心思跑出去玩？以前你说你永远不会放弃找你弟弟，现在我还没死呢，你就把这些话全忘了吗！”母亲说到此处，激愤地重重拍了三下桌子。

她凝视着母亲的那一双手，粗糙，布满老茧。

自从父亲过世后，母亲再也没有抹过护手霜了。她看不清母亲的面目，但从母亲的手，她能想象母亲饱经沧桑的脸。那双手让她眼里涌起泪，不知该说什么是好。

沉默更激怒了母亲。

“你身上臭烘烘的，是不是又背着我在和那些‘野牲畜’打交道！你爸是怎么死的你全忘了吗？你到底跑去了哪里！”母亲两行泪水滑落，怒声里夹着悲戚的质问，伸手拉开林嘤其的口罩，却看到她肿起的嘴唇，惊问，“你嘴怎么伤成这样？”

“不小心摔的，不要紧。妈，你还记得吗？我爸在世时，最想去看的，是天国之渡。我答应过他，等我长大了，要存钱带他去看一看。这次，我替他看到了。虽然爸已经离开我们十三年了，可我没有一天不想念他。我怎会忘了他，怎会忘了要找弟弟……”

她朝母亲伸出手，掌心里握着一个泛黄的布兜。

那个小布兜，是父亲生前衣服上的肩垫，是父亲的“肩膀”，是她的依靠。她带在身边去看天国之渡，就好像带着父亲。

母亲颤抖着手，拿起小布兜，将脸贴在上面，许久许久，才悲痛地哭出声来，喃喃地喊“贡之……”贡之是父亲的名字，好多年没听到这个名字了。

她走上前，轻轻地拥住母亲。

“是我让你受委屈了，是啊，我不能再拖累你了，你弟弟就由我来找，等我不在人世了，你只要记得你还有个弟弟就好。”母亲拭去眼泪，说完这番话就起身回了房间。

林嘤其跟在母亲身后，她倚靠着门框，看着母亲的后背，说:“妈，找到弟弟，一家团聚，这也是爸爸的心愿。虽然他不在了，但他想我们好好地在一起。”

母亲顿了顿，点头，弯身在枕头里面找出一沓钱。从林嘤其记事起，母亲放钱的位置就没变过。那时父亲看到镇上有贩卖野生动物的，便买下来去放生，他常悄悄从枕头里拿钱。就算母亲知道后大发雷霆，却从不会改变藏钱的位置。

那时她不懂事，还总取笑母亲笨，哪有被贼惦记上了还不挪窝的。长大后才恍悟，母亲是故意让父亲能找到钱的。

她知道母亲在她面前，宁愿发火都不会哭，怕女儿心里难受。可是啊，人要忍住悲伤会比忍住愤怒辛苦很多。

别人的女儿还能够看到父母的喜怒哀乐，彼此间分享和安抚情绪，而她都做不到。

“身上没钱了吧，找工作也需要花钱，这些钱先拿着，等你以后发工资了再还我，不许不要！这几天不能吃辣的，尽量在家吃，等我收工就给你做清淡的。” 母亲将皱巴巴的钱一把塞进她手里。

她只好握着，心头沉甸甸的。

“妈，你一直在顾虑我。以后你想弟弟了，就和我说说话，别堵在心里。”

“我知道你背着我在找弟弟，还被骗了许多钱，怪我自私，我也不想连累你受苦。嘤儿啊，你该开心工作，开心谈恋爱，结婚生子，过你的人生，而不是活在痛苦寻找弟弟的命运里……”

“妈，你怎么能狠心让我过我自己的人生呢？我的人生就是你和弟弟啊！”她几乎是哽咽着嘶吼。

“妈，我看你这么痛苦，我宁愿当年，失踪的是我，陪在你身边的是弟弟，这样你也不必这么难过……哪怕我死了，只要弟弟活在你身边就好……”

“傻孩子……你和弟弟都是我的命，少了哪一个，我都快活不了，活不下去了……”母亲眼泪直往下掉，干瘦的手颤抖着。

她一边给母亲擦眼泪一边安慰。

“妈你不要哭……有我在……妈你不要哭……”

眼泪越擦越多，她擦着擦着自己也掉下眼泪。

“我已经很久没哭过了……不是不哭……是哭不出来了，眼泪流干了……”母亲喃喃道，掀开被子，无声地卧在床上，好像被抽空了最后一丝气力。

给母亲关上灯，她失魂落魄地回到房间，再度失眠。

窗外没有星星和月亮。

只有无尽的长夜。

缓步走向你的，可能你没看到，他已经遥遥奔跑很久，最后那一程用尽气力冲刺。却在恰到你眼前时，放慢速度，平静得如同他只是清晨走出门，刚拐了个弯。

岳仲桉走向她，便是如此。

那晚她做着噩梦，梦见自己怎么也跑不出那栋阴暗的房子，直到他的出现。他站在光亮处，出口就在他身后，他急切地向她跑来，每往前一步，她头顶的阴暗就消散一些。

他的手掌触碰到她的肩，她的世界灯火通明。

梦里她看向他的脸，想把这张脸永远刻在自己的记忆里。以供往后害怕时、孤独时，甚至是惊魂不定时回想，只要想到他的脸，就能安心。

清晨，母亲敲门的声音将她从梦里唤醒。

“嘤儿，秋昙来找你了。”

秋昙推门而入，肩上背着相机。在林嘤其印象里，不论秋昙走到哪儿，都是相机不离人。

“我的天，这房间什么味，你不会是被人泼氨水了吧，这味也太令人作……呕……”最后那个“呕”字，秋昙真的呕出声来。

“我可能是臭鼬的克星。”林嘤其无奈道。

“又被臭鼬给欺负了？我听阿姨说你嘴唇也受伤了，让我瞧瞧？”秋昙侧着脸，眼神想要搜索到她的嘴。

“那你先保证，你看到了不许笑。”她捂住嘴对秋昙说。

“好！我保证。”

她拿开手，露出厚厚肿大的嘴唇。

“哈哈哈——”秋昙笑得前仰后合，已经扑倒在床上。

“你这嘴怕是被马蜂蜇过吧？”

“好，你敢笑话我，我现在就要用我厚厚的嘴唇，夹带着臭鼬的味道，亲你的脸。”她作势要抱住秋昙。

秋昙立刻止住笑容，只是眼睛不敢看林嘤其的嘴，憋着笑说：“看你的嘴唇我想到之前我做过的一期杂志栏目，叫《走进摩尔西族》。摩尔西族是一个非洲的原始部落，正好你刚从非洲回来。”

“我知道摩尔西族的部落文化，这个部落的少女用圆盘作为配饰戴在下唇上，吸引男子，谁戴的圆盘大，谁就最美。”

“对，所以你是今日最美的唇盘少女。”秋昙抬起右手，用拇指和食指丈量比画着圆盘的尺寸。

“哼，友尽。”她别过头，故作生气的模样，使肿起的嘴唇噘得更高。

随着“咔嚓”一声，这一画面就被秋昙留在了相机里。

“我要把这张照片发给你喜欢的男人。”

“不准发给周良池！”

“你喜欢他？”

“才不是。”

“那我把照片发给你，你存着，也算是特别的你。很久以后再回想，说不定还能会心一笑。”秋昙把照片传给了她。

“嗯，等哪天我的脸盲症能治好了，我一定要看看这张照片到底有多招笑。”她眯着弯弯的眼睛说，却想到那个“路灯”般的他，给她嘴唇上药的情景。

初次和他见面，她就出了个人生中最大的洋相，这注定是给他留下极臭极丑的印象。

“瞅你这样，那等会儿的动物保护志愿者的宣传活动你就别参加了，好好在家休息。”

“没事，我可以参加，没有问题，戴口罩就好了。”林嘤其摸起床边的一个口罩，戴在脸上，冲秋昙晃晃头。

口罩是“路灯”买的，有点儿莫名的暖意。不知他的名字，她就用“路灯”来暗指。

“你刚回来还不太了解情况，我跟你简单说下。今天是RARE品牌新款包首发，要在商场举行发布会，这款包的材质用的是鸵鸟皮。所以动物保护志愿者们想借这次发布会的机会，在商场里同步进行宣传野生动物保护的活动，算是旁敲侧击，抵制皮草。”

“可他们使用的是人工饲养的鸵鸟的皮，不是野生动物的皮。”林嘤其皱起眉，看着搜索到的RARE品牌相关介绍。

她瞟见一条新闻稿，将RARE的创立人岳仲桉描述为时尚男魔头。他曾经是法国某著名时尚品牌的中国区经理人，后辞去职位，回国接手一家面临转型的皮草集团，创立品牌RARE。

“对，我保持中立态度。我们杂志下期栏目做的是动物保护主题，所以我去找素材，剩下的就是你们动物保护志愿者的事了。”秋昙快速说着，作为一本旅游杂志的记者，她的专业性毋庸置疑。

林嘤其以最快的速度洗漱换衣服，擦完嘴上的药，对秋昙说：“我们走吧，去远观远观这个RARE公司的时尚男魔头。”

“我听做时尚杂志的记者说，采访完他，发现自己紧张得背上都汗湿了。岳仲桉这个人记忆力超群，国际公认的记忆大师，过目不忘，行事无懈可击。不管对自己还是对别人都要求苛刻，力求完美，在他手底下做事的人都战战兢兢的。”

“我不信他自己就从不出错，做人还是要严于律己，宽以待人才能走得长久。”她这时哪里会知道，这个被她断定为走不长久的时尚男魔头岳仲桉，竟然就是她心中的那盏“路灯”。

恰好上班高峰期，车子堵在路上。

等红灯时，坐在副驾驶座的她不经意间看向窗外。

一旁并排的白色车子，驾驶位上坐着的男人，一只手搭在方向盘上，另一只手撑着额头。红灯跳过，在她将要转过脸时，男人撑住额头的手，落回方向盘上。

她看见了他，确定是他。

哪怕隔着两道车窗玻璃，她也看出来是他，那张她唯一能看清的脸庞。她伸手拍车窗，回头朝秋昙喊：“快开车窗！”

车窗缓缓落下。

仅仅三秒的时间，白色车子便已遥遥领先驶远。

“人家那高级轿车的排量，一脚油门下去就甩我不知道有多远。你认识人家吗？”秋昙好奇地问。

“不……认识。”

她一时有些失落，眼神暗淡，充满疑惑：“秋昙，你见多识广。我只能跟你说，这次在北京，我遇到了危险，最紧要的关头，出现一个人，他救了我，很奇怪我竟然能看清他的脸。”

“世上竟然还有你能看清的脸？那真是医学都无法解释，也许是因为你们前世有缘呢。”秋昙笑言。

前世有缘?

“莫非就是刚才开白色车子的男人？”

“有点像他。”

“林嘤其，我开始怀疑你的脸盲症是看人的身价来取决的。”

“比尔·盖茨的脸我也看不清。”她无奈地笑。

“或许你见本人就能看清了。”

她不再接话，陷入思索。解释不清的背后，到底有没有因果关系……她想不明白。她不知他的姓名、电话，只记得他的那张脸庞。

除非他主动联系她，可他有她的手机号码吗？她手中紧攥着手机，在等待着什么。

秋昙见她思绪不知飘向何处，伸手拿出一本厚厚的相册递给她。她翻看着相册，一张张生动的照片，每一张背后都有个故事，画面令她向往。

其中有张拍的是只青蛙趴在公路上，疾驰而过的车辆间，那只青蛙眼睛专注地看着前方，似乎随时准备一跃而起。

“它最后穿越车流，平安抵达对面了吗？”她问。

“嗯，穿过了，那一刻，我没有拍照。我放下了相机，为它鼓掌。”秋昙说当时内心被震撼到了，我们人类在命运的面前，有时何尝不像这只青蛙。我们别无选择，尽管明知前方有危险，却不得不跳。

只是为了活下来。

林嘤其想起天国之渡，那些前赴后继的角马。

然而，仍有许多伤害野生动物的事情在发生，对于它们而言，生存是唯一的梦想。

她想起为野生动物保护奔走呼叫，拿身家性命与盗猎者相抗却背负着冤屈离世的父亲。

她翻看着RARE新款包的海报画册，一个个奢华昂贵的包背后，是一只只鸵鸟付出生命的代价。这些鸵鸟，从还是一枚鸵鸟蛋时，就被贴上了品牌的标签，它们一生都无法遵从自己的本性活着，而是被圈养起来。

它们不能奔跑，不能打架，因为如果皮质损伤，制成包就会有瑕疵。它们生来就是为了变成一只只包。

值得欣慰的是，在任何国度都有动物保护组织的志愿者，他们来自各行各业，有着坚定的信念，为动物保护而无偿付出。

林嘤其除了是一名兽医，还是动物保护组织的志愿者。

他们能做的很有限，最主要是宣传保护野生动物的理念。因为很多人其实还没有这种意识，总觉得离自己的生活很遥远。

当她走向商场，映入眼帘的巨幅海报宣传着RARE的新款包，不远处的RARE专柜，在一楼所有的品牌中，装修得最独特。

动物保护组织的志愿者们统一绿色T恤着装，背后写着八个字：没有买卖，没有杀害。他们站在商场入口，正派发着粉色气球，气球上印着可爱的小鸵鸟。

她拿过一堆气球，开始发放。

秋昙打开相机包，准备拍摄照片。

她看见几米之外，RARE的新品发布会在置景，围观的商场顾客越来越多。她听到他们在议论，今天发布会现场久宁会来。

虽然看不清久宁的脸，但用秋昙的原话来评价，久宁那副身材骨相，是老天爷赏饭吃，天生要当明星的。

渐渐地，她身边不断涌出举着手幅的久宁的粉丝，聚集在商场门外，迫切等待着。

正午的太阳光很强烈，令她眼睛有些虚幻，本身就看不清人脸，此时更是看人脸一片模糊。

她是盲人世界里能够见到光明的人，却是光明世界里的盲人。

一个妈妈牵着小男孩，向着林嘤其走来。

“妈妈，我要这个气球。你看，上面还有小鸵鸟呢。”小男孩天真无邪的声音响起。

她将气球递给小男孩，弯下身，问他：“小鸵鸟可爱吗？”

“好可爱。”

男孩妈妈翻看着手册，目光停留在关于皮草来源的介绍上。

“太残忍了，有些动物都是被活活剥皮的啊。”

“是的，所以很多人在看了我们的宣传册之后才知道皮草背后的故事，也就不会再购买皮草。”

“妈妈，小鸵鸟这么可爱，我们要保护它们。”小男孩仰起头，对妈妈说。

“本来我今天是特意来看他家的新款鸵鸟皮包包的。” 小男孩妈妈指向RARE的巨幅海报，说，“看到你们的宣传册，我决定不去看了。”

“谢谢你。不过我们不针对任何品牌。”

她看着志愿者正踊跃地分发宣传册和气球，心里隐隐生出些不安。

岳仲桉端坐在办公桌前，手里握着那张林嘤其的拍立得相片，看着相片上她的笑，他不自觉地也露出笑意。身旁一束新鲜的尤加利叶，整个办公室里都是尤加利的气息。

他翻出她的手机号码，大拇指停留在绿色拨通键的上方，紧蹙着眉，犹豫着要不要拨打，拨通后又该说什么，总不能真的向她讨要医药费吧。

不知为什么，此时临近发布会的紧要关头，却很想和她说句话。

“在想那个臭鼬味的女人？”向笃走过来，放下一摞设计画稿。

岳仲桉翻手将相片合在桌子上，站起身，手指抚平衬衫袖口的细微褶子，一本正经地问：“发布会现场那边情况如何？”

“有条不紊，我让方致在那边守着。”向笃看了一眼手表时间，说，“我们两小时后准时到场就行。”

“方致汇报说有动保团体在现场做活动？”他问。

“是的，不过我们不做理会就行。”向笃并不当回事。

岳仲桉警惕地道："增加安保人数。"说完，他不经意地将相片放进钱包里。

"你不觉得臭鼬味挺好闻的吗？"他径直往办公室外走，忽然就冒出这样一句话。

"有点重口味。奇怪，你不是最怕臭的吗？好像听你说是有少年时期被臭鼬攻击的阴影？"向笃跟在身后，捉摸不透他的心思。

经过办公区，助理路蜓正低着头，浓烈的臭豆腐味散发出来。

"路蜓，上班时间，你在干什么？"向笃语气略重。

"我早上没来得及吃东西，所以……"路蜓慌忙站起来，抬头见岳仲桉也在，吓得脸色灰白。

岳仲桉目光扫向桌子上，那是盒刚打开还未开动的臭豆腐外卖。他一副严厉的架势，端起臭豆腐，凑近闻了闻。接着，他做出令向笃和路蜓都大惊失色的举动，他夹起一块臭豆腐，旁若无人地吃下去，再把那盒臭豆腐放回路蜓桌上。

"味道还可以。"他点点头，走到公司茶水区，用漱口水漱口，又倒了一杯白开水喝。

向笃低声对路蜓说："岳总现在性情大变，对臭的东西感兴趣，臭豆腐这个事，下不为例。"

路蜓耸耸肩，弄不清状况，只顾庆幸自己免遭处罚。

公司上下人人皆知岳仲桉对气味敏感，平时是禁止在公司里吃榴梿、臭豆腐、炸鸡排等味道重的食物。

"莫非是因为今天新品发布，岳总心情比较愉悦？"路蜓小心翼翼地说。

"唉……我们岳总，他心里正盛开着一朵有臭味的花。"向笃意味深长地叹息道。

"莫非是大王花？"路蜓说完，缩缩头，赶紧把嘴闭上。

岳仲桉抿一口白开水，站在落地窗旁，望向对面的商场，视线恰好对着RARE的专柜橱窗。他朝向笃招手，示意其过来。

“给方致打电话，增加一倍安保人员，维持好现场秩序，久宁得从安全通道进，不能走正门。”他胜券在握，不容出差错。

远远地，他看见一个熟悉的身影拐进了商场的咖啡馆。

林嘤其站在前台等待打包的咖啡，她是来给志愿者买咖啡的，却没想到会在这里碰到“路灯”。

起初是她听到有人在喊“岳总”，便回头望去，只见他坐在那里，头顶上方照射进来的光线洒落了他一身。他正严肃地在和身旁的人低声说话，连余光都没有瞟到她。

他穿着白色衬衫，灰色领带，一副中规中矩的样子。尽管他身边的男人衣着搭配得更夺目出风头，可他稳坐的气场，远远压过对方。

她一直定睛望着他的脸，注意着他说话的神态，恨不得要把他五官的每个细节都刻在心中，他额前的发丝、眉梢、双眸，还有高直挺拔的鼻子、微薄的上嘴唇以及弧度好看的下巴。

他姓岳？她难免生疑，那天她包里名片上的那个人也姓岳，难道他就是……

直到服务员提醒她咖啡已经打包好了，她才回过神，拎着两大袋咖啡，她朝他走去。

他知道她向自己走来了，不管心里如何激动，表面上一副毫不知情认真谈工作的样子。

“真的好巧，你也在这里。那今天你总能告诉我你叫什么名字了吧，你要是不说，我就问他。”她转而看向向笃。

向笃别过头，装作有种自己老板在外面哄了小姑娘的感情不承认的羞耻感，忍不住又想笑。

“臭鼬味还没散啊，是你喜欢的味道。”向笃低声说，作势深呼吸，食指在鼻子旁扇了扇。

“向总监，你先去会场那边安排一下，今天以你的发言为主。”他对向笃说毕，再看向她，一字一字地介绍自己。

“岳仲桉。山岳的岳，仲夏的仲，桉树的桉。”他递上名片。

“岳……你就是我包里名片上的那个人？那天你救我，不是偶遇吗？”她接过名片，忍不住摘下口罩，又想到自己肿起的嘴唇，赶忙重新戴上。

他点点头说：“飞机上看一位故人的包拉链开着，呼呼大睡，不忍吵醒你，就放了一张名片在里面。”

“你为什么不告诉我？”

“怕被打。”

“你是RARE公司的总经理？”

“是的。”他清晰地回答。

她在心里想，这就是传说中的时尚男魔头岳仲桉？她莫名想到少年时的他，穿的那双可爱的粉色袜子。

“在飞机上换座位的人也是你？”她再问。

他笑：“主要是被你的神秘气息所吸引。你明白的，臭鼬的气味，一生哪怕只闻一次，便终生难以忘怀。更何况，你令我闻到了两次……”他说着，身体向她倾过来，稍微凑近了她，不动声色地嗅了嗅。

“味道似乎还很浓郁。”他说。

她心中一震，面前这个面目清晰的男人，这盏“路灯”，竟就是十三年前的那个少年。原来在飞机上他就认出她来了，她却对此前发生的都一无所知，稀里糊涂的。

因为平时看人脸并不能看清楚，所以她常低头，也不会刻意去注意一个人的脸。每次出行，她都在闭眼休息，像是将自己当作半个盲人。光明清晰的世界，她无从向往。

难怪脸盲的她偏偏能记得他的脸。

“是你？”她睁大眼睛，怔怔地凝视着他。往事一幕幕浮起。如果是他，那她就能理解自己为什么偏偏能看清他的脸了。

“是我。”他忍不住腼腆发笑。

“我弟弟呢，你知不知道我弟弟的下落？”她忽然变得紧张，迫切地问他，想要弄清楚当年他救出弟弟之后发生了什么。

“你弟弟不是被救出来了吗？”他似乎对后面的事并不知情。

“泥石流发生那天，我弟弟就丢了，我亲眼见到你把他救出去的，之后我就昏迷了。后来他去了哪儿，你不知道吗？你不是记忆大师吗？”她声音急促。

“当时确实是我把你弟弟抱出来的，他受的伤挺重的，但应该没有生命危险。我把他放在平地上，想再冲进去救你，但我也被砸伤了，之后就随我父亲回到了G市，这就是我的全部记忆。”他温和体恤地开腔，生怕刺激到她。

林嘤其没想到得到的只是这样一个毫无意义的答案，这些年她心心念念想见到他，以为找到他就能够找到弟弟的线索。

他们曾经相识，难怪上次相遇时，她就对他无条件地信任，有一种说不出缘由的亲近感。

“追到你暗恋的周良池了吗？”

“你居然还记得这个？”她摇摇头，苦笑道，“你是记性有多好，我都不大记得了。我没有资格去想那些，我只想找到弟弟。”

“嘴唇好些了吗？”

“还有点肿。”

“那天离开青海湖之后，也没有机会再问你，当年究竟发生了什么，怎么你们会搬到山脚下的茅屋去住？如果你不想说，也可以不说。”他双手交叠搭在膝盖上，静静地望着她。

信任他，因为他是她在世间唯一认识的人。

她娓娓向他讲述。

她清晰地记得那一天早上，原本是个晴好的天气，在那样的天气里，本不该发生悲剧的。

她牵着弟弟的手走在回家的路上，途中碰到一名小贩在卖湟鱼。她将弟弟拉到身后，义正词严地向小贩说明湟鱼是国家二级保护动物，不能够捕杀和买卖，这是在违法，要停止捕捞和售卖。

这种市井小贩岂会把她这样一个小女孩放在眼里，横眉竖眼地叫她滚。她并不畏惧，继续与小贩争论。平时被父亲耳濡目染，她见不得这些滥捕滥杀野生动物的行为。

“小姑娘，我再次警告你，不要断人财路。”

弟弟勇敢地挡在她面前，对小贩告诫道：“我爸爸是动物学家，是专门保护动物的，他能听得懂狼说话，你敢凶我姐姐，我告诉我爸爸，让我爸爸带警察把你抓起来！”

语气丝毫不像五岁的小孩子。

周围有人打抱不平了，指责小贩连林先生家的孩子也欺负，方圆几里的人都知道林先生是个知识分子，有修养，为人善良，平时总看到他将自己那点工资拿出来救被捕抓的野生动物。他是真正热爱青海湖的人，是这里野生动物的守护者。

“你爸是个疯子，生的孩子也是。”小贩挑起装满湟鱼的竹筐，快速逃走了。

她和弟弟都因为这件事而不开心。

“姐，等我长大了，我就当森林警察，把这些坏人，全部抓起来，看他们还敢不敢欺负你和爸。”

“好啊，那你以后就和爸站在同一条战线了。”

她和弟弟回到家中，母亲将药材放置院中晾晒，喊她和弟弟快些吃饭。她担心父亲饿肚子，便提出先送饭，之后再回来吃饭。

突然间，电话铃响，母亲进屋接电话。

她拎着饭盒，拉着弟弟正要往外走，听到背后传来母亲歇斯底里的哀号痛哭。这个电话，是通知父亲死讯的。

父亲的死因，竟是溺亡。

更蹊跷的是，在父亲放置于湖边的衣物里有一封遗书。这直接就决定了父亲的死亡性质，被定为自杀。

父亲林贡之身为一名动物学家，在青海湖自然保护区从事黑颈鹤的保护与研究，就凭父亲对青海湖的敬畏，他也不可能投湖。父亲会觉得死在青海湖，都污染了青海湖的水。

母亲于悲痛欲绝中接受了父亲自杀的定论。但身为女儿，她不信，前一天晚上还和她有说有笑的父亲怎会走这一步。

原本幸福的四口之家，一下子失去了顶梁柱。

接下来在父亲的宿舍里，竟发现数张野生动物皮毛，以及销售清单。这时，那名被她阻止贩卖湟鱼的小贩向警方主动供述，举报她父亲也从他手里购买过野生动物皮毛，目的应该是用于二次贩卖。

事情远远没有因为父亲的死而结束，风波四起，当地人都在唾骂父亲。尤其是曾经因非法捕猎而被父亲举报的那些人，更是煽动不明真相的群众，对她一家进行抵制驱赶。原本租住着干净的院落，也因为群众的谩骂和房东驱逐，只好搬到母亲采药时在山脚下发现的一处废弃棚屋暂住。

她深深记得，父亲对她说过珍·古道尔说的那句话：这个世界不是我们从上一代继承来的，而是从下一代“偷”来的。

倾其一生保护野生动物是父亲的信仰。她绝不信父亲会做出出卖信仰和人格的事。

她站在棚屋的门外，对每一个指指点点辱骂的人愤怒地哭喊：“我爸不是那样的人，我不容许你们污蔑他，我不许——”

“我也不信你爸爸会那么做，但现在我们只能选择沉默。女儿，没有人会相信我们的，你别再哭喊了，嗓子哭哑了，你爸爸会心疼的。”母亲绝望地说着，将她拉回去。

再怎么解释也无用，因为父亲去世了，带着真相永远地离开了。

那天下午，天空骤然变黑，大雨即将来临，母亲去办理父亲去世以后的手续，她紧握住弟弟的手，强忍着泪，安慰弟弟不要害怕。

“有姐姐在，我会保护你的。你现在坐在这里，我去把衣服收回来。”她叮嘱完弟弟，走到了门外。

忽然间，天摇地动，一道洪流出现。她试图冲回棚屋，高声喊弟弟快趴到柜子底下。也是在那一刻，她看到他的脸，他冲进去抱起了弟弟。紧接着，她被一块落石击中头部，便什么也不知道了。

能够看清他的脸，现在想想，是因为他是她受伤前看到的最后一张脸。

再次醒来，已是在白晃晃的医院病房。

她悲痛地得知，弟弟失踪了，从此再无音信。泥石流爆发时，现场救援混乱，有人说是死了，但并没有找到尸体，她也听说弟弟可能被人贩子趁乱拐卖了。她坚信弟弟没有死，也坚信父亲不是那种违背信仰非法牟利的人，她的信念就是要寻找到失散的弟弟，也绝不会放弃维护父亲的清誉，她要查出当年父亲死亡的真相。

棚屋已被泥石流冲垮，连那张最珍贵的全家福也没有了。

她和父亲、弟弟的合影一张都没有，好像一切的记忆都被无情地抹去了。世上这样两个至亲的人，便再也不见了。

她总是在梦里梦到又回到过去的好日子，她身后总有个爱哭又爱告状的小跟班弟弟，把家里弄得鸡飞狗跳。大嗓门的母亲在后面追着骂他们，而父亲温和地笑着将他们护在身后。

只能是在梦中见到了。

“这些，都是你所不知道的。”她说完这些，眼泪已扑簌簌落下，慌忙地用手心擦拭，陈年往事，她从未向人启齿。

十三年后再度见他，她轻易就说了出来。

岳仲桉并没有告诉她，这些他都已经知道了。当年他去找过她，但她一家早已不住在那里了。他也从邻居那里得知了一些她家的变故，所以找到了那座山脚下的棚屋，恰好遇上发生泥石流。但他所打听到的，远远不及她亲口说出来的详细，所以他要听她说。

"没想到后来你经历了这么多事，你妈妈还好吗？我至今还记得她做的饭菜，味道很好。"

"我妈现在一边干活一边找我弟弟。她很辛苦，做的都是体力活，等我把工作稳定下来，我就想让她歇一歇了。我突然想起以前我问我爸，当初我妈是哪一点让他动了心。你猜我爸怎么回答的？"她说起这个时，眼里泪花闪烁。

他说："我猜不到。"

"因为我妈有劲。是不是很有意思？当年我爸年轻的时候，在山上观察狼群的数量时，不小心跌下了山，崴伤了脚。我妈一口气将我爸背下山，送去医治。之后他们就相爱了。"她想说点不那么沉重的话题。

"你有很伟大的父母。我想，你父亲一直都在天上看着你，你并不是孤独的。"他伸出手，握住她的手，紧紧地握着，有那么几秒钟，他稍用了力，然后再松开。

"你现在在哪儿工作？"他想知道，有关她的更多的事。

"还在找工作。"

"是做医生吗？你说过，你想当一名医生的。"那一天的点点滴滴，他悉数记得。

"差不多吧，本来是想当医生的，后来因为一些原因，所以我没法学医救人。但我选择了动物医生这个专业，也就是俗称的兽医。不能给人看病，那就给动物看病，也算是继承父亲的遗愿了。"

"那也很好。"他想说些安慰她的话，却很快被她脸上的笑容打消了念头。

和他说了好多的话，她感觉如释重负。岳仲桉抬起手腕看看时间，距离发布会开始还有半小时。

这时，他手机铃声大响。

岳仲桉扫了一眼屏幕，眼神里掠过一丝焦虑。

"我还有事，要先走了，再联络。"他和她道别。

她目送着他离开，这时，秋昙跑了过来，递给她一件绿色T恤。

“好不容易又找到一件，快穿上，那边情况有些复杂，我们赶紧过去！哎对，你刚才在和谁说话啊？”

“偶遇个老朋友，话说得多了些，咖啡都冷了。你照片都拍到了吗？”她有些难为情，为什么一见到他，就忘记自己来这里是做什么的了。

“这不是来找你吗？久宁的粉丝和志愿者两拨人好像起了冲突，别事情闹大了可就糟糕了！”秋昙抓住相机，随时准备拍下大场面。

林嘤其套上绿色T恤，奔向商场。只见商场前人头攒动，不知是谁嘶吼了一句什么话，场面迅速失控。穿着粉色后援服的久宁粉丝和穿绿色T恤的动物保护组织志愿者发生了身体冲撞，人群开始混乱拥挤起来。

“你们凭什么推倒我们家久宁的广告牌！”

“谁让她去年还公然穿皮草走红毯！”

“穿你家皮草了？关你屁事！”

两群人互相推挤，周围看热闹的人也不嫌事大似的，都往这边凑。

秋昙敏捷地寻找最佳取景位，对这场混乱进行抓拍。原本是要进内场去参加发布会的几家媒体也闻风而来，做起了现场直播报道。

林嘤其的第一反应是，她必须马上找到齐队长，只有齐队长能够让志愿者们冷静下来，如果没有记错，齐队长在四楼。

她迅速从侧门挤进商场，只见岳仲桉身姿笔挺地站在RARE专柜门口，十分冷静。

杵在一旁的员工汇报着：“岳总，今天的发布会只能取消，久宁也不能到场，由保安护送撤离。久宁的粉丝和动物保护组织志愿者起了冲突，外面保安正在控制，我们已经报警处理了。”

“我再三强调要增加一倍的安保人员，你们做到了吗？”岳仲桉冷冷地说，眼尾余光瞟过方致。

方致如临深渊，垂首不语。

林嘤其往电梯跑去，看着电梯的指示灯缓慢变化，她面对着电梯门，听到身后传来稳健的脚步声。

她低下头，目光从自己腿侧向后看去。他颀长的腿，黑色西裤，锃亮的皮鞋，一步一步距离她越来越近。

好像能感受到他目光如炬盯着自己的背脊，她心中不安，等电梯门打开，她立刻冲进去，眼睛也不敢看前方，快速按下关门键，四楼，祈祷他不要走进来，不要看到她。

然而，电梯门合上后，没有上行，却再度打开了。

他仍是抱着双手的姿态，不苟言笑，和她并肩站在一起。她悄悄打量，她的头顶刚到他的肩部位置。

她默不作声，见他没有按楼层键，这意味着，她去几楼，他就去几楼。

“我很意外。”他看向她身上的衣服，没想到她竟然也是今天破坏RARE发布会的人员之一，有些震惊，也有些失望。

“在此之前，我不知道你就是岳仲桉。”

“现在知道了，你打算怎么做？”他继续问，声音干涩。

“我去找齐队长，让他召集志愿者走……”

“出了事情就走？你当兽医的业余时间就是做这个？”他的表情渐渐凝重。

“在你看来，我们是无理取闹？”她十分认真地问。

“至少你们很盲目，不计后果。”他看着她，答道。

“那恕我直言，你们的品牌理念也有问题。虽然我不懂时尚，但时尚并不代表一定要奢侈以及使用珍稀的动物皮毛，否则，那不是时尚，是杀戮。”她一鼓作气地说。

“所以你就来抵制我的品牌？”

“不是抵制，我们只是一个正常的宣传野生动物保护的活动，我们的目的是……”

没等她说完，他抓过她的手臂，将她转过去，脸贴着观光电梯的玻璃，随着电梯的上升，几乎可以看清整个商场一楼的场景。

人群中很多人在不停地推撞对方，有人倒下，有人被踩到，一时间哭声、惨叫声、哄闹声四起。

“这就是你们所谓的目的吗？”岳仲桉脸上有愤怒，有心痛，也有无法遏制的激动。

“我以为你明白……”他渐渐松开手。

这是她第一次见他面有怒色，看来他是很生气了。

她让他失望。

林嘤其瞪大眼睛，透过玻璃，眼睁睁看着受伤事件发生。那一刻，她才清醒，事态已经严重到无法控制了。

电梯门打开，齐队长见到如惊弓之鸟的林嘤其，情急之下喊道：“小林，你们到底在搞什么事情，不是让你们发发宣传册就好了，怎么打起来了？出了事你们担得起吗！”

岳仲桉迈出一步，站在林嘤其的面前，挡住齐队长的斥责。

“齐队长，你是这次志愿者活动的组织人，就算有责任，也应该由你承担，而不是推到一个头脑迟钝盲目跟风的志愿者身上。”他言语间虽然听似在嘲讽她，却明明体现出了庇护。

头脑迟钝，盲目跟风？这就是他对她的评价……

“岳总……我们志愿者可不是针对你们，我们各做各的活动，互不干扰，你……你们那个代言人的粉丝太疯狂。”

岳仲桉抬手做出打住的手势，说：“这话你留着和警方解释吧。”

恰在此时，一众警察迅速赶来，局面终于稳注，在场的人都冷静下来，只剩下坐在地上的伤者在呻吟，等待120救护人员过来处理。

岳仲桉作为这场发布会的品牌负责人被带到了派出所接受调查，而林嘤其是动物保护组织的一名志愿者，参与了这场抵制活动，也一同进了派出所。

经过调查，是因为久宁粉丝不满动物保护组织的宣传行为，先挑起的事端，由此造成了几名动物保护组织志愿者受了轻伤。

但比较严重的是，一名怀孕的商场顾客在这次踩踏事件中受到波及，胎儿没保住。

得知这个消息，作为发布会举办方，岳仲桉承诺自己将对此次踩踏事件造成的一切损失负责。

尽管岳仲桉之前说要齐队长和动物保护组织的志愿者承担责任，但似乎最终他并没有追究。林嘤其有些不懂，因为如果岳仲桉咬定责任划分，那么警方一定会公平认定。

就事实来看，RARE的员工没有直接参与这次冲突，他原本可以推卸责任的，但他没有。

直到下午，她才走出派出所。

当她回头望去，岳仲桉刚走出来就被记者包围了。RARE新品发布会，因为她参与的这场活动引发闹剧，就这么出师不利，她为他担忧，生怕他会误解。

不久前，他还在咖啡馆静静聆听她的心事。仅仅几小时之后，他就将她抵在电梯上，痛心地质问她。

林嘤其对此心怀愧疚，本想向他解释清楚的，恰在这时，手机忽然响起，是周良池打来的。

她一味地望着他，隔着不停遮挡住视线的人群，她看到那张依旧处事不惊的脸庞正目视前方，言简意赅地表态。

“来我医院急诊室一趟，阿姨受伤了，不过别担心，受伤部位问题不大，只是另外有件事要和你说。”电话那头是周良池沉着冷静的声音。

她匆匆赶到医院，担惊受怕。母亲是她在这个世上唯一的亲人，她经不起母亲有任何闪失。

岳仲桉看着她飞快跑开，心沉了一下，她难道没有想要说的话吗？或者解释几句？她没有，她并不在乎他。

在急诊室，林嘤其见母亲穿着那件熟悉的格子衬衣，虚弱无力地坐在椅子上。

母亲的头部用纱布包裹着，她赶忙问母亲怎么受伤的，严不严重。

“真没多大事，你别急了，本来脑子就不好使，一急怕又急出什么毛病来。我就是干活的时候不小心踩空了，从楼梯上滚下来，受了点皮外伤。我觉得包扎一下就好了，周良池大惊小怪地坚持要我缝针，天底下也就他最关心我们母女俩了。”母亲嘴上抱怨，脸上却难掩对周良池的赞许。

“阿姨，以后可不能再这样拼了，万一摔伤了大脑，那就不是缝几针这么简单了。年纪也大了，该少做点体力活了。”周良池的声音，林嘤其一听就能辨认出来。

她不记得周良池的脸，但他和纪幻幻一样，为她做了一件事。为了方便她辨认，上班穿白大褂时，里面会系着同一款蓝色印花领带，他从来都不换别款领带。

“我知道了，听你的，遵医嘱。”向来强硬的母亲笑着答应。

周良池不厌其烦地提醒：“一定要多休息，按时用药，千万不能再做重体力的活。”

“好了，我都说了听你的，我还有点活，你们俩慢慢聊。”母亲拿起包，想脱身走，给自己的女儿和周良池制造单独谈话的机会。

“妈，我们陪你一起走。”她想紧跟着母亲走。

“嘤其，正好你等一下，来我办公室，我有话要对你说。”周良池说着，转身往电梯口走。

母亲朝着周良池的方向对林嘤其戳戳手，暗示着。

她怎会不明白母亲在想什么，在她眼里，周良池是可望而不可即的人，更是被她视如兄长、挚友。自从她患上脸盲症之后，她便将所有对他的暗恋，都放下了。明知是不可能的，她连他的脸都看不清，试问谁能接受自己的另一半连自己的脸都不认识？

也曾想过，如果没有那些变故，也许她现在也是一名医生了，和他并肩，成为同事，共同救治病人，对抗病魔，她会离他很近。

然而，事实上他离她已经很遥远了。

十三年之前，她也是这样跟在他身后，望着他的后背。他比她年长几岁，她仰慕他，他们曾经有过共同的理想，成为一名优秀的医生。

他身上的白色大褂是她幻想过的。

“阿姨最近在做什么工作？”

“她和我说的是在做家政，住在雇主家中，周末回来，只是做些家务，做饭和打扫卫生，并不是重体力工作。”这段时间她正忙着找工作，加上时而还要根据线索去外地寻找弟弟的下落，已经好久没有注意母亲的身体了。

她跟在周良池身后走进办公室。

她坐在他面前回忆着，确实觉得母亲有些不对劲，神神秘秘的。每次她提出去看望母亲，都被拒绝了。

“阿姨的工作应该没有自己说的那么轻松。以我的推测，她极可能是在做另一种工作，你抽时间多关心一下。有件事我必须和你说，你要做好心理准备。” 周良池讲话的语气变得很严肃。

“怎么了，你一这样说话我就害怕，真的。”林嘤其隐约察觉到有很不好的事情要发生。

“你还记得十五年前你妈妈腹部的主动脉瘤手术吗？当时采取的治疗方案是人工血管置换术。”周良池提醒着说。

“我是记得我妈动过手术，但那时我也就十二岁，没什么医学常识，只知道手术很危险，但也很成功。后来出院后，她也一直平安无事，我们都没再把这件事放心上。难道……现在有什么问题吗？”她十指绞在一起，内心忐忑不安。

“当时医生应该把出院后的注意事项只告诉了你父亲，所以你们都不知道，连阿姨自己可能都不知道，所以自然也就忽略了。阿姨这些年操劳过度，对身体已经是一种透支，当年的人工血管是有使用寿命的……”周良池说着，停了下来，想着如何组织语言，才能不至于让她太受刺激。

“使用寿命……什么意思？”

“人工血管是一次性的，使用寿命到期后，意味着……”

“使用寿命是多少年？”她的心如同被一只手紧紧攥着，生疼。

“十二到十五年。”

“也就是说，我妈妈的那根血管已经快到最后期限了……”

“应该不会超过半年。”

她说不出话来，睁大眼睛，两行泪缓缓滑落下来。上天再一次将她推进了深渊，她再一次面临最害怕面临的事情。

“你也别太绝望了，毕竟还有半年时间，我这边会争取早点拿出一个应对方案来。而且你也要这样想，既然人工血管只有十二到十五年的使用寿命，阿姨已经安稳度过了十五年，已经是非常难得了。也别表现出来哀伤，只是你要注意，该让阿姨停止做事了。还有，你弟弟的事也是她的心结，能够放下的，都要放下了，珍惜眼前。”

她点点头，强忍着心中的痛楚，努力控制住自己的情绪。

再难过都无法解决问题，无论如何，在这生命倒计时般的半年里，她要照顾好母亲，要让母亲尽量快乐一点，最重要的是，要找到弟弟。

周良池不忍心再继续这个话题，他打开电脑，查看林嘤其的上一次脑部CT片子。

“最近头还疼吗？除了脸盲，还有没有别的症状？”周良池像问病人一样询问她。

她说：“又把我当病人了，你别担心，我一切都好。头不疼眼不花，还是老样子，除了看不清人脸，和正常人一样。”

“那你也要注意，别太焦虑了，你的脑子是受过重创的，要注意。我的手机二十四小时都是开机的，不舒服要立即告诉我。还有，尽量少和秋昙参加志愿者活动，你的身体不比她。”周良池叮咛着。

“知道了，周医生。”她看着那条领带，那是他给她的印记，就像纪幻幻发间系着的红丝带蝴蝶结一样，提醒着她，她的世界并不是模糊不清的，她不是一个人。

“你好我就安心。”周良池送她走，深呼吸一口说道。

她回身，将他口袋上别着的笔扶正，心事重重地说：“你也要好好的。”

“你的嘴唇是怎么回事？”他透过口罩的缝隙看到了她肿起的嘴唇。

她连忙捂住嘴，说：“没事，不小心摔的。”

“让我看看，我是医生。”他说。

“不能看。”

“你的狼狈我看得还少吗？我不稀罕。”

她是个很自卑的人，总想在喜欢的人面前把所有的难堪都隐藏起来，只呈现出最好的一面，可偏偏她总是出丑。

周良池之于她，是这十三年以来最温暖的陪伴，无关爱情，无关心动，他在她心里，是没有性别的。

但少女时期的她喜欢过他，也是真的。

现在放下也是真的。因为她清醒地明白，不可得。她心里牵挂着母亲的身体，躲过周良池的检查，去了母亲常说的那个小区。

她等了一会儿，只见母亲在接通一个电话后，便朝马路对面跑去。她跟随在后，直到走进另一个旧式小区。

起初她以为是母亲悄悄接了钟点工的私活在挣外快，正想离开的时候，就听到一个人在对母亲说：“请把这些家具搬到六楼去，要小心点，别碰掉了油漆。”

“放心好了，我是专业的搬运工，我知道怎么避开死角。”母亲的话重重敲击在林嘤其的心上。

“你一个女人能背得动吗？我看你头上还缠着纱布，我可事先说明啊，你要是体力不支摔伤了，我可不负责的。”

“看你这话说的，我有劲，以前我丈夫在世的时候，我力气比他还大好几倍呢。”母亲还是那么爱吹牛。

她的眼睛湿润了。

她躲在一辆车后面，只见母亲用一根绳子将沉重的洗衣机绑住，再弯下身子背上洗衣机，一步一步艰难缓慢地朝楼道里走去。

她走到那堆家具旁，看到母亲随手放在家具上的一个小本子，翻开看。上面写着母亲每天接活的地点、要搬的物件以及价格。

“6月1日，某某小区，五楼，冰箱，沙发，餐桌，共三百元；6月4日，某某小区，六楼，三十包水泥……”

她合上本子，轻轻放至原位，蹲在烈日之下，眼泪不断往下落。想到母亲额上的伤口，一定是做搬运工时摔下楼梯摔出来的，此刻她却连上去帮助母亲的勇气都没有。

她知道母亲一生刚烈，自尊心极强，不愿在任何人面前示弱，母亲瞒着她，便是不想让她看到。

对于母亲善意的谎言，她心疼不忍，她欲走上楼要拉回母亲，最终又退回来。她听到母亲下楼的脚步声，捂着脸跑离了小区。直到跑到很远，她才哭了出来。

其实母亲的心里一直都很想弟弟，怕她伤心，所以总是尽量不表现出来。

只有找到弟弟，才能让母亲安心。要是当年她没有把弟弟一个人放在那个屋子里，弟弟根本就不会失踪。

是她让母亲承受了这么多年的失子之痛。

她想起负责弟弟失踪案件的梁警官说过，现在公安系统有种人脸识别的刑侦技术，只要有接近本人长相的肖像画，就可以利用人脸识别系统来寻那个人。

她嘴里念着：“画像，画像……”她想起在岳仲桉的资料介绍里看到的那四个字：记忆大师。

如果岳仲桉真的能过目不忘，那么他一定还记得十三年前弟弟的长相。

对于一个连弟弟一张照片都没有的她而言，哪怕是一幅十三年前的肖像画，也很重要。

她决定去找岳仲桉一次，请求他帮她画一幅弟弟的肖像画。

哪怕已经深深得罪他了，可她还是要厚着脸皮去找他。

他会答应吗?

你紧张迟钝的模样就很美，但相比这份美，我更爱你那颗干净透明的赤子之心，所以我正在大步走向你的路上。

第三章

世人多重金，我独重你

她看向桌上的那张名片。

目光落在黑色楷体的名字上：岳仲桉。

“路灯一直都存在，只要你想见，就存在的。”她脑中回想起他不久前说过的话，按下他的号码。

“所以你就来抵制我的品牌？”她又想起他冰冷质问的神情。

可她必须求他。

母亲的生命如同进入倒计时，她不要坐以待毙地悲伤，要尽快找到弟弟，妈妈已经等不了了。

她清楚自己作为一个脸盲症，想要寻人，寻找没有照片，甚至连样貌都记不得也看不清的弟弟，这简直是天方夜谭。

脸盲症寻人，像不像个笑话，命运真会捉弄人。

说难听点，哪怕年幼的弟弟现在就站在她面前，她也辨认不出来。更何况是过去了十三年，当年淘气调皮的小男孩现在已是十八岁的少年。

她想，自己此生最大的使命就是寻找弟弟。即使母亲将来不在了，她也还是会找下去，直到她这一生结束的那天，永不止息。

而岳仲桉，被外界传为国际公认的记忆大师。

意味着十三年前的点点滴滴，都一帧帧刻画在他的记忆里。所以他才能在飞机上凭借着回忆里的臭鼬气息寻找到她。

如果他愿意帮助她寻找弟弟林友声，那么希望就大多了。

当年他还教她弟弟玩乐高，也是最后一个接触到弟弟，并救出弟弟的人，他对林友声的记忆片段一定不少。

她踌躇着，索性闭上眼睛，按下了拨号键。

“嘟——嘟——”的接线声传来，她紧张地握住手机，脑子里想着怎样开口。她应该先向他道歉，或者他会劈头盖脸将她痛斥一顿。

结果，电话被快速挂断了。

她心凉地想，他大概是再也不想听见她的声音，见到她这个人了。她打开电脑，搜索相关的肖像复原信息，但大多都和罪案有关，适用于刑侦。

当她发现岳仲桉的微信号关联的是手机号时，她想着，不能在电话里说，那能不能加他的微信试试，于是她忐忑不安地发出添加好友的请求。

仿佛过了一个世纪，在她快要绝望的时候，手机响起。她看见手机屏幕上显示着他的名字。

“喂，岳……总。”她吞吞吐吐喊出一个礼貌的称呼，如履薄冰。

“您好，林小姐。我是岳先生的助理，岳先生正在开会，稍晚会议结束，我会向他汇报您来过电话。”对方是发音标准如主持人的女声，十分客气，让人如沐春风。

“那麻烦您了。”她有些意外。

“林小姐不用客气。岳总吩咐过，重要的来电备注名后都会有星标，您是五颗星呢，我当然不能怠慢了。”

五颗星？她有点好奇上限是几颗星。看不出来一本正经的他还会做出这样的备注。

或许是他还没给她降级。

在等待他的电话的过程中，她内心十分煎熬，担心自己表述不好，便用笔在纸上认真地写下要和他说的内容，大致如下——

岳先生，对不起，向你道歉。

原本只是一次正常宣扬保护动物理念的活动，没想到会造成肢体冲突事件，还牵连你的公司承担了赔偿。我并不知RARE是你所创的品牌，但不管怎么说，听起来都像借口，本想当面和你解释的，临时又有急事，所以没有能当面向你致歉。

我会想办法去挽回你公司的形象，以弥补我造成的后果，前提是在客观公正的原则下。

然后，还有一件事有求于你。我想麻烦你给我弟弟画一幅画像，这个忙只有你能帮我了，拜托了。

手边还有在北京时他给她买的药膏，涂嘴唇消肿散瘀的，药效挺好，涂上去清清凉凉的，肿也消了不少，可以不戴口罩出门了。

她拿着药膏，想到是他买的，像做梦一般，又涂了一遍药膏，涂得厚厚的。她对着镜子也是白搭，反正都看不清嘴唇，涂得嘴边都是药。

直到黄昏，他的电话才打了进来。

她正丧气地坐在逼仄的阳台上修改简历，新增一项在奶牛场工作的履历，仔仔细细看完之后，再一家家公司投递出去。动物医学这个专业，就业方向一般都是宠物医院或者大型养殖场这类地方。

脸盲是她每次被开除的唯一原因。

“在忙什么？”他问道，声音听起来很近，还很疲惫。

他的提问打乱了她原本在纸上写下的内容。

“在投简历找工作。”她如实回复，似乎能想象到他那张阴郁的脸庞。

“林战士还需要找工作？我建议你去玩具店买把儿童水枪，站在RARE专柜门口，向顾客宣扬你的动物保护理念。如有不遵，就用你手中的水枪把对方的衣服滋湿。这份工作是我专门为你量身定制的。”

她再蠢也听出了他话里的讽刺之意。

讽刺她所做的动物保护之事不仅幼稚，而且低级，就像小孩子玩游戏，扛着一把水枪虚张声势。

他说她是“林战士”。对哦，他还说她迟钝盲目。

翻脸无情的男人，果然不能触犯到他的利益，会借机报复。现在这副面孔，和在北京来救她时的那个“路灯”差之千里。

当然，在他看来，义愤填膺出现在志愿者当中的她也一改楚楚可怜的印象。

“没看出来，岳总口才了得，既能柔情款款，也能刻薄巧舌。”她回敬他，话脱口而出之后又后悔了，有求于人的可是她啊。

“巧舌，这个得吻过才知道吧？”他重复这个词，迷惑地反问。

“你……”她被他气得在内心跺脚。

“找我何事？”他语气转变，冷静地问，话锋从调侃戏谑转变成一本正经。他还真是收放自如，这也将她的思绪拉回正题，不过她也不想再开口向他道歉了。

“看过你的采访报道，你是记忆大师？”

“那种为了塑造人物光环而制造的标签光环你也信？”从他的回应着，似乎否认了这一点。

“可是你确实记得我们以前的一些细节？”

“嗯，有点儿后悔记得了。”

“你还记得我弟弟的长相吗？”

“你是说你弟弟林友声？”

“是的。”

“你的用意是？”

“为什么这么问？”她不解。

“你的用意决定了我的答案。”

“我需要一张弟弟的肖像画，凭借这个去找他。而你知道，当年发生了泥石流，所有的照片都没有了。但你有过目不忘的记忆力，我想恳求你帮我画一幅弟弟的肖像画。可以吗？”

“这属于刑侦技术，你应该向警方求助，建议你拨打110。”

“可你是见过我弟弟的人，你亲眼见过，又有记忆，我只能麻烦你。”

“也许在以前我还可以尝试一下。但由于你和你的同伴们玩水枪造成的负面影响，让我的整个公司现在处于危机状态，我还有一堆的事要去处理，所以爱莫能助。或者你等我有空再说。”他嘴硬心软，脑子不停转动，想着要如何从百忙之中抽时间把画画好。

“路灯还在吗？”她嘟囔着问。

“你走在另一条道路上，即使路灯在，也照不亮你了。”他说完，借口说有事要忙，挂了电话。

他的拒绝，就像是她在黑暗中看到一扇渐渐打开的门，门缝里照射出光芒。她欣喜地走上前去，却被冷冷地关在门外。

她明白，即便是念着旧时友情，他也没义务为她提供什么帮助。

何况她和志愿者们捅出这么大娄子，他还能回她电话，没有追究他们的过错，已算宽容。

她继续投简历，却心不在焉的。难道就这么放弃了吗？放弃岳仲桉所能提供的线索，就等于掐灭了寻找弟弟的一线希望。别说低声下气求岳仲桉了，就算是被他再讽刺一顿，她也愿意承受。

他说得很清楚，这次的事给他的品牌造成了极大影响，他和她已不是走在一条道路上的人。

意思是：我们的三观截然不同，无法沟通。

微信提示音响起，她好紧张，想着会不会是岳仲桉通过了自己的好友添加。然而并不是，只是一个老同学问她需不需要买房子。

她有些失落。

也是异想天开，他怎会添加她为好友。

她想，他作为RARE品牌创立人，他是商人，当然把维护和包装品牌排在第一位，什么有市场就设计什么、销售什么。他怎会管用哪些材质会不会伤害野生动物，只要他公司的包使用的每张皮质都来源合法，有进口手续就无可厚非了。

电脑屏幕的右下方，几家门户网站弹出的热搜，都是关于RARE奢侈品牌使用鸵鸟皮材质的话题，以及动物保护志愿者和久宁的粉丝发生冲突，造成踩踏事件的跟踪报道。

有一条视频新闻，是记者在医院采访流产孕妇赵太太。

赵太太的脸被打上了马赛克，憔悴痛苦溢于言表。

“我和丈夫好不容易通过试管才怀孕，现在宝宝没了……我已经三十五岁了，我没有多少机会可以当妈妈了……是我没保护好宝宝，我对不起我老公……”赵太太心死如灰地说。

“现在RARE公司公开表示对此次事件负责，他们有没有找你协商过赔偿的问题呢？”记者问。

“赔偿有什么用，赔我再多钱也还不了我的宝宝，我的家庭幸福……早知道这样，不如把我和我的孩子一起踩死好了，我就不会独活了……”镜头里，是一个失去孩子，感觉撕心裂肺的准妈妈。

闻者落泪。

林嘤其心情沉重地看完了视频，作为参与者之一，她也有间接责任。尽管RARE承担下了全部责任，却不代表她可以问心无愧，把责任推得一干二净。

如果当初她能控制一下推搡的局面，能够看到现场有孕妇，那个小生命或许就保住了。

从周良池那里得知流产孕妇恰好在他工作的医院住院，她买了些营养品，去往医院。

在病房门口，她被挡在了外面。

赵太太的丈夫赵先生询问后，得知她是活动参与者之一，气得对她大吼并推搡。

“你们每一个参与者，都是害了我孩子的人！你们还有脸来，是不是那个公司花钱让你来博同情，想私了？我告诉你，没门！我孩子的生命是无价的！”

营养品被砸落一地。

她垂着头，愧疚不安地离开医院。

忽然，她脑海里闪过看踩踏事件发生时的视频时，留意到的一个细节。那就是赵太太身上背着白底蓝色图案的帆布包。

那个图案是爱宝宠物店的logo。以前她在那家宠物店上过班，虽然很短暂，但和同事相处得还挺愉快，她决定去一趟爱宝宠物店。

她一走进店里，向来热心的吴阿姨就迎了上来，怕她不知道自己是谁，主动介绍：“林小姐来啦，我是吴阿姨。”

吴阿姨负责店里宠物用品的销售。

“吴阿姨，我再脸盲也认得出来你，因为我看你摆放的狗粮猫粮是最整齐的。”

其实就算吴阿姨不先介绍，林嘤其也能从体形上辨认出吴阿姨，略胖，肩膀圆厚，不过不能让吴阿姨知道她是用“胖胖的体态”这么来辨认的。

她还是有那么一点点小聪明的。

老板娘盛香还是老姿势坐在柜台后核算收支账目，抬头见林嘤其来了，就招呼着说：“哎，林小姐，你来得正好，一个客人寄养在我们这里的狗好像有点不大舒服，你快帮我看看。老赵去客人家出诊接生了，是只吉娃娃难产，耽误不得。”

林嘤其赶紧放下包，跟着盛香去看生病的狗。

一只白色的马尔济斯犬，伏在笼子里，萎靡不振，旁边还有一摊吐的泡沫状黏液。

盛香拿来水和狗粮，唤狗起来吃。

起初林嘤其判断，这只狗可能是感染了细小病毒，但她并没有急于下定论。

“先不能喂食，我再仔细检查一遍。”

她戴上手套，伸手抚摸狗的全身，发现狗的眼睛似乎看不太清，脖子两边各有一大一小两个球状肿块。她紧张起来，这个位置，很可能是淋巴瘤。

“建议做一个肿块内容物的涂片，不排除淋巴瘤。”

盛香手中装狗粮的碗差点没翻了。

“那完了完了，准备好赔一大笔钱吧……”盛香脸色难看，如临大敌。

“怎么这么说呢？”林嘤其好奇地问。

“你是不知道这只狗的主人有多难沟通。这只狗就是在我们爱宝买的，狗的主人结婚多年怀不上孩子，后来也就对怀孕不抱希望了。也许买这只狗回去，就是一种感情上的寄托，估计她是将这只狗当作自己的孩子了，甚至有些神经质。”盛香说。

“既然她那么喜欢这只狗，怎么又会寄养在这里呢？”

“也是巧，两个月前，她怀孕了，毕竟是高龄孕妇，全家担惊受怕的，就把狗送到我们这里寄养，打算等到她宝宝出生再接走。虽然怀孕和养狗并不冲突，但我们也能理解，毕竟她怀孕不容易。今天上午，她突然来了我们店里，无端地发了一通脾气，还说今天下午要来把狗接回去，结果到现在也没来。要是这狗在我们这儿被发现得了淋巴瘤，以她的性格，肯定要不依不饶。”盛香说完，自认倒霉。

“不是还没有做肿块穿刺吗？我也只是推断。”林嘤其转头望了一眼这只马尔济斯犬，忽然想起自己来的目的，翻出手机，指着屏幕里流产孕妇的视频截图，问盛香这个客人是不是今天来过这里。

“就是她！这只马尔济斯就是她的！”

“那她最近可能都没法来接她的狗了，她今天在商场发生了意外，胎儿没保住，现在还在住院，情绪也非常不稳定。”林嘤其感觉哪里有些不对劲。

“那我更得打电话给她啊，万一这狗真得了淋巴瘤，要是她出院后，狗狗死在了我们这里，那我们店可算是碰上麻烦了。她来的时候还反复问我，孕早期接触狗，会不会导致胎停育。”盛香拿出手机查找客人的号码。

“孕早期接触狗狗……胎停育？”林嘤其想，莫非在去商场之前，赵太太就知道胎停育了？

“她刚失去宝宝，再说也还未确诊，告诉她心爱的狗狗可能患了绝症，这打击也太大了。交给我吧，我来找她说。”林嘤其心生一计，用手机录了一些狗狗的视频，嘱咐老板娘盛香记得在肿块涂片报告出来后告诉她，这才离开了爱宝宠物店。

只要手机微信响，她就会想，会不会是他?

不过在连续落空了很多次后，每次微信再响，她就想，嗯，肯定不是他，肯定不是他，以免失望。

果真不是他。

她打算去医院等候。

骑着辆自行车在路上，来往的行人里，一张张模糊的面孔与她交错而过。她脑子里不断跳出他的脸庞，他笑的模样、动怒的模样、沉默的模样。

想靠近他，想要抓住他的手臂不撒手。如同迷路的孩子，她只认识他，想跟着他走。

她知道这念头幼稚可笑。

夜深人静。

书房的柔和灯光下，岳仲桉的面庞显得更加白净。极少有男性皮肤像他这样透着光亮，那是因为他长期保持良好的饮食和睡眠习惯，任何酒精类饮品都不沾，又常年健身。

他永远随身带一个保温杯，喝水的温度是二十五摄氏度。无论四季，晚上十一点睡，早上六点起开始处理一小时工作，七点运动，八点去公司。

没有人知道，他十五岁之后跟随爷爷生活，除了已故的母亲，陪伴他最多的人就是年过七旬的爷爷，所以他才会养成这样的一个作息规律。

他确实少年老成，是业界公认的“老干部”。

当然，他并不喜欢这个称呼。

而今晚，墙上的时钟已经指向深夜两点，他显然无法控制地失眠了。毫无困意，令他焦头烂额的不是眼前公司的处境，而是——林嘤其。

那样一个自律谨慎的人，在遇到她之后，一次次乱了分寸。比如中途离开开标会现场；比如对她无法控制地说出温柔关切或愤怒失望或捉弄挑逗的话语。

她令他变得有情绪。

他又想起商场里与她对峙的画面。

不知为什么，他总觉得她有些迟钝，和十三年前那个机灵狡黠的小女孩相比，已经是完全不同了。

她居然还凑热闹跑来商场参加什么抵制活动，将他置于与她对立的一面，闯完祸她就一声不吭地消失了。之后她又打电话来，要求他帮她画肖像找弟弟。在她心里，到底有没有考虑过一点点他的处境。

这次冲突事件，造成最恶劣的影响是令一名怀孕两个月的孕妇失去了孩子。至于对公司形象造成的负面影响，在生命面前，又怎能相提并论。

他陷入罪恶感，很痛苦，很愧疚。

如果自己事先做好预案，也许就不会在冲突发生时毫无应对方法，不会任由局面失控导致严重后果的发生。

他屡次强调增加安保人员，显然手底下的人没有严格执行。可他能往谁身上去推卸，这只能是他的责任，是他没有再度确认。

而现在，承担全部后果，不逃避责任，就是唯一的处理方法。

连续紧急召开一晚上会，对方致的处罚等危机过后再行定论。在会议结束时，向笃留下来，和他的那段对话，也让他反思。

“岳总，距离发布会前半小时，你还在听那个女人说话。现在联系到她动物保护组织志愿者的身份，我都怀疑她是故意接近你，拖延时间在那边搞事情。你以前从不会这样失了分寸的。”

“对不起，这件事情是我大意了。”他知道，这样的话，公司任何人都不会对他说，也只有向笃。既是职位上作为RARE的设计总监，又是生活中的多年好友，只有他才会这么说。

“这是你第一次犯错，全因为她。如果不是她在咖啡馆缠住你，你会提早来发布会现场，你会检查安保，你会控制局面。她到底和你说了什么话，重要到你连这么重要的发布会都可以晾在一边。”

岳仲桉缄默不语。

“作为和你一路打拼过来的兄弟，我希望你远离她。她和我们处在对立面，如果再靠近，迟早会毁了你。”

他想着向笃的话，无心入睡，换上一件衬衫，驱车去医院。

尽可能得到流产孕妇的原谅，代表公司给予安抚和补偿，才是他眼下想要解决的。

深夜三点的医院走廊，寂静无声。

他坐在病房门口的椅子上，仰着头，闭着眼靠着，衬衫衣领松散地解开到第三枚扣子处。

一夜之间，下巴处的胡子冒出青色的楂。

他握着手机，拇指在屏幕上无意识地轻轻点触，这是他思考问题时的习惯性动作。

太阳穴处疼，他从未熬过夜，这时未睡也就是在国外读书倒时差的经历。

他顾不上别的了，就算明知该走的捷径是什么，理性的生意人该用的手腕是什么，可他不需要。

RARE专柜应该在天亮之后就会被相关部门通知暂时停业整顿接受调查，公司的各项安排也会因此停滞，进口手续也会被进行重点核查。

新品刚要上市就发生这些事，无疑是出师不利，更牵连了向笃和久宁。

他相信会绝境逢生。

生命永远都是排在利益之前的。

林嘤其站在离他只有不到五米的距离，清晰地望着他的脸。他合着双眼，神情疲倦。她还是一贯贪婪地看着他的额头、眉毛、鼻尖……迷醉得差点忘了不久前还和他在电话里针锋相对。

她举起手机，悄悄拍下这张照片。

身为RARE公司的总经理，能够亲自守在病房门口，她还是很意外的，不禁有些感动。

她将照片发给了秋昙，希望秋昙在杂志里能够客观地去写，而不是众人表象所揣测的那样。

她轻手轻脚地走到病房另一端的长椅旁，在离他较远的地方，背对他坐着。她也不知自己是在何时睡着的，直到听见走廊上传来低声争论的声音才醒来。

她看见一个身高略微比岳仲桉矮的男子，她看不清对方的脸，看穿着也是十分讲究时尚的样子，西服的口袋里叠放着方巾。

“你知不知道等会儿各部门上班后公司会出现的状况？我在你家按门铃按了半小时，电话也不接，你居然跑来这里？别说你忘了我们当初创立RARE的初心了！RARE不能垮，你更不能垮！”

“向笃，公司的事你先处理，我必须留在这里，否则我过不了我心里这一关。”岳仲桉声音都哑了。

“这里有医生和护士，该赔的钱我们一分不少给到位。他们还想怎样？你跟我走！”向笃拉住岳仲桉的手臂，不由分说地往外拉。

向笃的动静有些大，岳仲桉担心惊扰到病房里的人休息，只好离开，也就没有看到远处背对着他的林嘤其。

岳仲桉走后，林嘤其也等在病房门口，直到赵先生打开门，她马上挤着笑脸迎上去，换来的仍是冷冰冰的瞪眼怒视。

“我知道您太太养了一只可爱的马尔济斯，叫卷儿对不对？我想她一定很想念卷儿，我昨天去宠物店看到卷儿了，有些关于卷儿的最新视频想给您太太看看。”林嘤其殷勤地说，急忙动手点开手机里的视频。

“不用你们好心，我太太谁也不想见，那只狗已经被送走了！”

“老公……你让她进来吧。”病房内，一个柔弱的声音传来。

林嘤其欣喜万分地走进病房，只见病床上躺着的年轻女性头发整洁，林嘤其看不清对方的脸，单看面部轮廓，能看出皮肤白净，面容姣好。

“你好，赵太太，其实昨天我就来过了，被你先生挡在了门口。我今天来，是因为我知道你的狗狗卷儿寄养在爱宝宠物店，我之前在那家宠物店工作过，我的职业是一名宠物医生，我也很喜欢狗狗。”

“我对你是谁并不感兴趣，你不会就是想和我说这些话吧。”赵太太说起这番话时，完全没有和老公说话时的那种温柔。

“卷儿生病了，你知道吗？”林嘤其将手机里的视频打开递过去。

她注意看赵太太搭在腿上的手，并没有流露出丝毫不安和紧张。看来她对卷儿长淋巴瘤的事确实一无所知。

“不可能，卷儿在宠物店被照顾得很好，我昨天还去……”赵太太话音未落，目光落在视频上，看到狗狗一副病恹恹的样子。

“卷儿生什么病了，严重吗？你们有没有给它治病？如果卷儿有什么事，我要让这家宠物店关门！”赵太太情绪爆发，愤而怒斥。

“你先别激动，还需要进一步检查，本来不想告诉你的，怕影响你身体的恢复。但我有切身体会，觉得你应该知道。以前我也养过一只狗，当然不是你养的马尔济斯这种狗狗，是一只小土狗，黑乎乎的一小坨。”

“土狗有什么好养的，又难看又蠢，养了也是浪费狗粮，人穷就别学人养狗。”赵太太言语刻薄，带着不屑，难怪连爱宝宠物店的老板娘都怕她。

这句话可能别人听了都会不舒服，但林嘤其想把这个故事说完。

“对，它就是一只又难看又蠢的小土狗，它叫坨坨，养它的我也很穷。那时我住在郊区，在农场上班，穷嘛，图房租便宜。它是我从狗贩子手里买来的小奶狗，它的妈妈被毒死送去了餐馆。我带它回家，仍想在能力范围内给它最好的一切，给它买上好的狗粮。我可能自己平时中午就吃个素菜盒饭，但给它买狗粮，我舍得。”林嘤其说着，眼前仿佛出现坨坨在她面前撒欢的那一幕。

“我给卷儿也是买最好的狗粮和牛排。”赵太太似乎找到了一点共同语言。

“坨坨生病，我给它选进口药，哪怕贵。你知道吗？我自己胃不舒服去买药，医生推荐进口药，我都不舍得。”林嘤其忍不住笑了。

“卷儿也是，它每个月美容的钱都不少呢。现在它病了，毛的色泽也差了很多，等我出院了，一定要好好护理它。”赵太太反复看着视频里的卷儿。

“我给你找坨坨的视频。”林嘤其翻出一段名为“与坨坨的美好时光”的视频。

那是在郊外农场门口，大雨过后，地面上满是泥泞。她临时被安排出差参加动物外科手术的学习调研会，几天后从外地回来就直接去农场上班。

坨坨原本是托她好朋友纪幻幻照顾的，结果她一出现在农场门口，就听见远处山坡上传来坨坨的叫声。紧接着，那个黑乎乎的身影就风驰电掣般向她奔跑而来。她蹲下身，唤着坨坨的名字。它一口气跑到她怀里，小脑袋不停地在她胳膊下钻来钻去。

坨坨身上有被野狗咬伤的痕迹，又淋了大雨，浑身泥水，瑟瑟发抖，还不停地在她身边摇尾巴。

“怎么那么笨呢坨坨，下雨不知道躲雨啊，别的狗咬你，不知道跑吗？”她心疼地将坨坨搂在怀里。

“没想到土狗也挺可爱的，等下次你把坨坨带来和我家卷儿一起玩吧。”赵太太主动说。

“这是我与坨坨最后一次见面。它每天偷偷送我，要走一小时的路程，而我是坐公交车上班的。它将我送到农场后，自己再走回去，傍晚再来接我。可是那天，我没有等到它接我。”

“它怎么了？”赵太太追问。

“它被车撞了，我是动物医生，我没能救得了它。它走的时候，眼睛一直看着我，我知道是它不放心我。它一定在想，它的主人看不清人，又很迟钝，它不放心啊……”林嘤其说着，眼眶泛红，嗓子哽住了。

“坨坨特别聪明，过马路都知道要等红灯。可是坨坨哪知道汽车会闯红灯啊。它走了之后，我那天没有坐公交车，而是走了一条它常来回接送我走的路。走过那条路，我才知道，它要蹚过一条小河，要穿过卡车超速疾驰的省道，还有野狗成群的小路，它要走上那么远，才能来到我面前……它就那样坐着，四只脚并在一起，乖乖地等着我。在我看来是寻常的一次见面，它却冒险走了那么远，那么远……”

“没想到竟是这样的结局。”赵太太唏嘘不已。

“我们这帮动物保护志愿者，也许在旁人看来是无法理解的，会觉得我们偏激，我们也会被质问，你们保护猫狗、保护野生动物，那你们难道就不吃鸡鸭鱼肉吗？面对这些，我也无力反驳，我会想起坨坨。就算现在看来，这些事是无意义的。但也许很多年后，它会是有意义的。”

“可是你们也不该在商场制造骚乱啊！如果不是你们和久宁的粉丝发生冲突，我就不会被推倒，就不会……”赵太太的语气和缓了许多。

“就不会不得不面对孩子已经胎停育的事实。”林嘤其柔和地说着，目光直视赵太太。

“你怎么会知道？”赵太太警惕地看向病房外。

林嘤其关上病房的门，压低声音说：“本来你去爱宝宠物店是打算接卷儿回家的。而刚刚听赵先生的语气，他根本没有这个打算。其实你在被推倒之前，已经通过产检结果知道自己胎停育了，所以才去看了卷儿，想着回家后向丈夫坦白胎停育的事，再把卷儿接回家。但你担心，本来丈夫就对你养狗很反对，如果他知道你胎停育，一定会迁怒于卷儿，你怕卷儿从此会被丢弃。恰好，在商场里，你遇到了突发事件，正常人明知自己有身孕，是不会往人堆里挤的，而赵太太你恰恰相反。”

“前面你给我说了一个很感人的故事，现在却来套我的话？这只是你的推测，想替自己和RARE推卸责任？你有什么证据说我胎停育在先？”

“赵太太，你生怕自己的狗狗卷儿蒙冤，背负造成你胎停育的责任，可你就忍心让无辜的人来背负这个罪名吗？”林嘤其质问着，从手机相册里翻出她拍的岳仲桉的照片。

“他连公司都顾不上了，在你的病房门口等到天亮才被公司人拉走。他不是为了让你少要点儿赔偿取得你原谅，他是真的内心深受煎熬啊赵太太。这样怎么可以呢赵太太？”

病房里陷入了沉默的僵局。

仿佛过了很久，赵太太叹息一声，说：“你有他的号码吗？我想亲自向这位先生道个歉。孩子没保住不怪任何人，是我自己的身体不争气。”

“你考虑清楚了？”林嘤其问。

“嗯，总是要面对的。”赵太太点点头。

林嘤其将岳仲桉的手机号码给了赵太太。

她从医院回来，已是早上八点。虽然一夜未睡，但收获很大，带着如释重负的轻松，以及对坨坨的思念，她钻进被子里，酣然入睡。

九点时，纪幻幻的电话如约而至。

周末的九点是纪幻幻雷打不动要打电话来的时间点。

“嘤儿，你总算回来啦，去肯尼亚有没有给我带礼物！”

“带了你最爱的咖啡，够你喝半年了。”林嘤其揉揉头发，掀开被子边打电话边整理床。

“晚上我请你吃火锅？”

“吃不了，嘴唇破了，你晚上来我家吃？”

“好呀，求之不得，最爱吃你妈做的饭了。如果我是你，天天吃那么好吃的菜，我现在应该有两百斤了。”

“难怪我妈喜欢你，就你最会夸人。不过得委屈你吃我做的菜了，我妈最近身体不大好。”

从小纪幻幻就是母亲口中的“别人家的孩子”，纪幻幻的父亲就是“别人家的丈夫”。纪叔叔是一名工程师，和父亲是大学同学。在那个年代，纪叔叔就经常出国研讨，每次回来都带很多她从未见过的好吃的。

纪幻幻常三更半夜敲她房间的窗户，小声地喊：“嘤儿，快来吃东西啊。”她打开窗户，纪幻幻便从窗户爬进来，衣服兜里装满了吃的，一股脑抖在她面前，盘着腿坐在床上。

吃饱了两个人就手牵手睡下，一起看窗外的星星和月亮。

直到家中发生那么多变故，坚定不移地站在她身边的，也仍是纪幻幻和周良池。

“我来是为了给你介绍一份工作，特别适合你！没办法啊，你失业我比我自己失业还难过，得赶紧帮你找面试的机会。”纪幻幻操心地说。

“好，快告诉我是什么工作！等我应聘上了，我请你吃好吃的！”她答应着，现在解决工作问题迫在眉睫。

“总经理的生活助理！怎么样，听起来很厉害对吧？”纪幻幻左右晃着脑袋，神神秘秘地说。

“我怎么听着像保姆啊？”她思索着。

“你管是不是保姆，你连奶牛都饲养过的，我就不信这份工作不比养奶牛轻松。主要是我要应聘这家公司的专柜店员，恰好看到这个职位，觉得适合你，都已经帮你投过简历了。你看你做饭和你妈一样好吃，又会精打细算过日子，重点是你还有过照顾大型哺乳动物的经验，又是学医的，万一老板有个头疼脑热的……”

“我学的是动物医学啊！你确定对方看了我的工作履历后不会叫我滚？”

林嘤其伸手轻戳了一下纪幻幻，觉得她简直是在异想天开。

“试试看嘛，主要是你可以顺路陪我一起去！地址和时间我发短信到你手机上了。”

林嘤其看着手机屏幕上方弹出来的短信提醒。

粗略看到“RARE总经理”的字眼。

去应征饲养的大型哺乳动物是……岳仲桉？

岳仲桉隐秘的痛苦是所有人都不知的秘密。连关系最好的向笃也想不通为什么孕妇的流产会让岳仲桉一蹶不振，连公司的一堆事都不顾，跑去妇产科病房门口守着。

“不知情的人还以为你是孩子的父亲。”向笃甚至都说出这话了。

他也没解释什么。一夜没睡，眼里布满红血丝。

手机里收到一条长长的短信——

“岳先生，我是此次踩踏事件流产孕妇本人。在这儿，我要向你承认错误并且道歉。真相是我腹中的孩子早在一周前就出现胎停育了，是我无法面对丈夫和公婆，所以我才自私地想要趁乱嫁祸给你们公司。我也不是为了钱，只是想找一个胎停育的理由。对不起，真的很对不起……赔偿什么的我都不要了，你如果要追究，我可以公开道歉。”

他握着手机，把这条短信足足看了三遍，有些难以置信他们是怎么从闭门不见的态度一下转变为主动道明真相。但这真让他原本垮塌的心瞬间治愈。

“谢谢你的坦诚，你也不必向家人澄清了。这件事的真相到我这里为止，我会处理好的。好好休养身体，祝你早日当妈妈。”

“好……谢谢你岳先生，也谢谢林小姐。”

林小姐，岳仲桉有些讶异，莫非这是她努力的结果？

他内疚沮丧的心结被打开后，整个人长舒了一口气。对岳仲桉这样的人来说，原谅他人容易，原谅自己是最难的。他终于振作起来，可以立刻投入工作了。

路蜓敲门走进来，手里抱着一摞简历。

“岳先生，这是生活助理一职的应聘简历，筛选出来了这些，你过目后，选三个来公司参加面试。”

岳仲桉扫了一眼摆在面上的那份简历。

一寸照片上的林嘤其，一双大眼睛，笑容甜美，皮肤白皙。

他不由得笑了，在心里想，她的照片是P过的，眼睛哪有这么大，脸也没有这么瘦白。

“岳先生，笑什么呢？”路蜓看出眉目，也抿嘴笑。

路蜓心领神会道：“噢，这位林嘤其小姐可是您手机里的五星备注啊！”

岳仲桉拿过林嘤其的简历，字正腔圆地念道：“林嘤其，动物医学专业，在奶牛场工作两年，饲养奶牛，预防奶牛疾病，提高产奶率……这是打算把我当哪种动物饲养？”

那时在林嘤其的心里，她对岳仲桉的感觉还是很微妙的。既停留在年少那段短暂而有趣的回忆里，又有恍如他从人海中走来救她于危难之中的依赖感。

她能够特别清晰地看清他的脸，并且也清晰地明白，他是能够帮助自己寻找到弟弟的人，也是能改变自己的世界的人。

好像这种小心翼翼却迫切的靠近听起来有些自私，统统都是她对他的“企图”。她以为那只是单纯的企图，和喜不喜欢并没有关系。

后来的某一天，她突然反应过来，那种迫切的靠近其实就是喜欢。

她不惧怕喜欢他。

如果喜欢一个人能为人生带来继续努力的勇气，即便永远不能在一起，也值得好好珍惜这份喜欢。

在此之前，她向他说过许多关于自己的事，却没有告诉他脸盲症的事，以及她独独能看清他的脸。

准备去RARE面试的那一个星期里，她想了很多种见到他时该说什么的开场白，毕竟她是引起冲突事件的组织中的一员，他大概对她已经是深恶痛绝了。

对于这份工作，她没有特别强烈的渴望，只觉得是一个契机，可以接近他，当面向他讨要一幅弟弟的肖像画。

她理解他的心情，每当她打开电脑，看到RARE公司仍处在舆论的风口浪尖上，她几乎能想象到他要面对的是什么。当然，她所想到的也只是他实际要承担的冰山一角。

当她想到流产孕妇赵太太的事应该告一段落了，至少他不会再为此被追责负疚，她心里也稍稍好受了一些。

令她深感奇怪的是，按照赵太太说的向岳仲桉道歉澄清，可最后赵太太也只是公开表示和RARE公司达成和解，不再追究RARE公司的责任。

直到赵太太在电话中告诉她，是岳先生让其隐瞒下去的。

林嘤其对岳仲桉又萌生了一种特殊的好感，仿佛挖掘到他很温柔的那一面。能够背负着致使孕妇流产的舆论压力，也要尽量保全对方的声誉，这多难得啊，尤其是在牵扯到商业利益时。

倒显得她以小人之心度君子之腹了。

她也没有想到面试的事情岳仲桉是知晓且默认的，所以她还心存侥幸，以为自己能够去面试，是他眼皮子底下的漏网之鱼。

和她同样感到幸运的人，是纪幻幻。

纪幻幻将林嘤其简历里“脸盲症患者”这一处备注擅自删除了，作为林嘤其的好朋友，她更希望两人能够在同一家公司上班。

“嘤儿，我有种预感，下周面试的题目里，肯定会有关于冲突事件如何看待和处理的问题，我们都要做好心理准备，在这一块上下点工夫。”纪幻幻在电话里不忘叮嘱。

林嘤其接着电话，正在菜市场里飞奔穿梭。她仔细看每家菜店的菜品新鲜程度，并把价格一一记在心里。

她这也是在为面试做准备。因为在生活助理要求一栏里，就有照顾饮食起居的内容。她还得为他做饭，幸好儿时她就跟在母亲身后学做饭，所以做几道精致的家常小菜她还是得心应手的。

她试着煲一道自创的养胃汤。

从一本两年前关于他的杂志访谈上看到他说胃不好，所以他喝水的温度都是二十五摄氏度恒温。

想要抓住他的心，要先抓住他的胃。

只要得到岳仲桉的帮助，找弟弟就能事半功倍。她边煲汤边美滋滋地幻想着，接下来岳仲桉画了一幅肖像画，虽然她看不清，却是百分之九十九高度还原。然后那幅肖像画经过警方运用人脸识别系统进行搜索，顺利地从符合条件的十八岁男青年中比对出五个人。再和这五人通过DNA比对，她终于找到了弟弟，然后她都想象到了一家三口拥抱在一起团聚的温馨画面。

正沉浸在幻想中，锅里的汤沸腾了。她伸手想揭开盖子放最后一种食材山药时，忘了戴隔热手套，手指被烫到，这一烫，才将她从幻想拉回现实。

现实是她站在狭小的厨房里，正幻想着已接近岳仲桉，得到一幅弟弟的画像。想到最后团聚的画面，她仿佛生出了无限动力。

哪怕脸皮厚点儿呢。

母亲的身体每况愈下，她要和时间赛跑去抓住最后的机会。

岳仲桉办公室的灯依旧亮着。

他给桌上的尤加利换水，清澈的高腰玻璃花瓶是一束尤加利。

他喜欢这种清凉的樟脑味。青灰色的圆叶，像是蒙上了一层白霜。

尤加利的气味能够令人镇静，保持头脑清明，注意力集中。

尤加利也就是桉树，如他的名字。花语是恩赐和回忆。

回忆，是他最大的死穴。

往事别人都能渐渐忘却，自然也忘了痛苦。

而他永远都记得。

在美国读书时，很多同学羡慕他记忆好，奉为天才，他也确实因为过目不忘的记忆得到了许多。

可他宁愿没有这个能力，像个常人一样，随着时间的推移忘掉过去。

自冲突事件之后，他就习以为常地加班到这个点了。之前主要心神都困在流产孕妇的事情上，为此他搁置了不少重要的事。现在他的心态已调整好，阴影散去，更要尽快处理好眼下的危机。

好在有向笃这个既是设计师又是左膀右臂在，关键时刻能帮他顶一把。

岳仲桉坐在电脑前，看到各大媒体网站正在热议RARE新品包使用鸵鸟皮且遭到动物保护组织的抵制，代言人久宁的粉丝和动物保护组织志愿者发生肢体冲突，上升为伤人事件，导致多人受伤，甚至连RARE总经理也被带进派出所接受调查等等。

他明白，这种舆论的后果有多恶劣，严重点可能导致新系列产品全国下架，甚至使RARE这个新兴品牌夭折。

热评里几乎全是一面倒的抵制和仇富心理言论。

一条置顶在话题榜里的直播视频，更是将踩踏事件全程录了下来。他看到视频里，有一段是林嘤其对着镜头宣扬抵制皮草的理念，看“林战士”那神态，还真像关汉卿戏曲中的那句——

我是个蒸不烂煮不熟捶不扁炒不爆响当当的一粒铜豌豆。

嗯，以后就悄悄叫她林豌豆。他在心里如是想，对她下周来公司的面试竟有些期待。

他关上电脑，陷入沉思。

他手里握着一支钢笔，在白色稿纸上写写画画，画出一条舆论发展时间轴，毫无悬念的是接下来各相关单位都会盯上RARE公司。

他倒没想要走什么捷径，按照正当的公关程序走，剩下的就是高度配合各单位的调查工作，RARE公司身正不怕影子斜。

在风口浪尖上，坦荡配合才是正道。他行事作风一贯如此，既有血性，也不失冷静。

他做出决定，修改广告片的拍摄方案，原本是代言人久宁的棚拍，改为去澳洲旅拍。

在广告片的内容上，他考虑尽量多体现野生动物的生存精神和力量，传递保护动物的主题，恰好久宁前段时间正式成为澳洲风景线的代言人。

将时尚与野生动物，及旅游线路结合在一起，转移舆论对皮草使用的关注度。

原本要召开的发布会因为突发事件取消，他必须尽快重新举行，而发布会的主题也进行了调整，从最初的宣传新品变为树立品牌形象和理念。他已经做好了要应对媒体质疑的准备。

做完接下来一周的工作计划，他才从办公椅上起身。

他想起林嘤其在电话里向自己提的那个请求，帮她画一幅弟弟儿时的画像。虽然当时是没有答应她，反而还奚落了她，但他其实心有不忍。想到她化解了RARE公司和流产孕妇之间的矛盾，他对她产生了感激之情，同时也有好奇之心。

于是他又重新坐下，靠在椅子上，闭着眼睛，仔仔细细回忆当年和年仅五岁的林友声相处的每一幕。

那张稚气干净的脸，冲岳仲桉一声声喊着“哥哥”。

他从抽屉里拿出一支铅笔，顺着记忆，在白纸上开始还原五岁林友声的面孔，迅速画着人物素描。他画得极快，因为不能够有迟疑，必须按记忆一气呵成画出来，好避免出现大的差异。

这不是寻常作画，最终是要用来寻人的，差以毫厘，失之千里。

他很谨慎。

画完之后，他端详着面前栩栩如生的林友声肖像，再度与自己脑中的记忆进行对比，直到确认一致，才落笔安心。

他将这幅画放在抽屉里，想等她来面试时交给她，希望能对她有所帮助。

窗外渐渐泛白，天竟亮了。那束尤加利叶散发着浓郁的气息，让他心神平静。

林豌豆，世人多重金，我独重你。

或许你现在还不能够明白。

我说你迟钝盲目，可是你知道吗?

你紧张迟钝的模样就很美，但相比这份美，我更爱你那颗干净透明的赤子之心，所以我正在大步走向你的路上。

林嘤其天真地以为只要自己勤练厨艺，说不定就能应聘上岳仲桉生活助理一职，这样接近他之后，哪怕软磨硬泡，也要得到弟弟的肖像画。

她整日窝在厨房里研究食谱，这天，齐队长的电话突然打了过来。

“小林，赶紧来! RARE公司上次在我们的努力之下，被迫取消了发布会，可今天又要召开了。我们人手不够，你过来帮个忙，最好把你那个好朋友也叫来。”齐队长说话语速极快，同时发来发布会的地址，让她四十分钟内到现场。

她向来不会拒绝，还没等她想出借口说不去，齐队长的电话已经挂断，等于就是默认她去了。

她只好求助纪幻幻，一听是这事，机灵的纪幻幻不愿意去。

“嘤儿，你是不是傻，我们都要去RARE公司面试了，很可能我们就会成为这家公司的员工！难道我们还去搅局？并且你还想不想他给你画弟弟的肖像画了？你还要穿着那件绿衣服站在他面前和他对峙？我劝你，既然有求于人就别去得罪人家。”纪幻幻边说着边摆手，有气无力地往前走。

只要林嘤其不用力在后面推，纪幻幻就不进则退，还想开溜。

“我知道啊，可是齐队长说了，这次去我们只要保持沉默，不用发表任何观点，就是去看看，而且都不用穿志愿者的服装。你不是一直想加入志愿者队伍吗？这次就是你的机会。”林嘤其艰难地推着纪幻幻往地铁站走。

纪幻幻转身，机警地说：“你别给我挖坑啊，要是单纯去看看，为什么说人手不够连我也叫上？你们不会又像上次那样吧……”

“你这样想啊，反正你也不是志愿者，真要是发生你想的那种事，那也是你争取表现的机会呀！你完全可以站在RARE公司的一方，你对这个品牌从创立到现在都那么熟悉，你也喜欢它的设计理念，所以说不定你能借此机会脱颖而出那我！”林嘤其分析得头头是道。

“你允许我叛变？哎，别说，还真有道理。反正我自己也进不去，那就跟你一起去吧，见见世面也好，还能看见久宁！不过……动物保护组织有十来个人，RARE公司没理由不发现啊，还能让我们溜进去？”纪幻幻半信半疑。

“是RARE公司邀请的，我们正大光明戴着贵宾证进去……”

“什么？！”纪幻幻的嗓音突然提高一个八度。

是啊，林嘤其也很意外，岳仲桉他究竟在想什么？

到了发布会现场，果然很顺利地领了贵宾证进入发布会现场。第一排座位从右到左，除了RARE公司的内部管理层，剩余的位子都是留给志愿者们的。

她见此状，恍然大悟，难怪齐队长要把她召唤来。不是人手不够，是大家都不愿意坐在这个位子上，可又碍于是非常公开友好的邀请。

毕竟之前冲突事件的责任是由RARE公司一力承担，将原本志愿者这部分的责任也包揽了，所以齐队长只好硬着头皮来了。

第二排是媒体记者。

林嘤其坐在第一排最靠左的位子。

她如坐针毡。打量着陆续走进发布会现场的每一个人，除了身背摄影器材的摄影师以外，她也就只能靠服装来分辨这些人大致是来干吗的。

现场最后四排坐了一群久宁的应援粉丝，正翘首以待久宁的到来。

纪幻幻举着手机，兴奋地录着视频，拍着林嘤其的肩膀说：“幸好你把我叫过来了，我还没有参加过这么大的发布会。等会儿我能见到久宁啊，好激动！她现在人气特别高，RARE公司选她当代言人真是选对了。”

她没有接纪幻幻的话，紧张地望着入口处。

直到熟悉清晰的那个人走进来。

他穿着一身黑色西服正装，举止优雅，大步走进会场，身旁一同款款走进来的女士定是久宁了。

久宁的粉丝举着手幅按捺住迫切的心情，好像在无声地呐喊久宁的名字。

林嘤其也是如此。

她心中有一道穿云裂石般的声音在喊他，岳仲桉、岳仲桉……她希望他看到自己，却又怕他看到。

定神望着他，光芒仿佛都照射在他一人身上。久宁再耀眼又怎样，与她林嘤其有何关系。

她视若无睹。

接下来的流程，如同常见的发布会那样，反正她也看不清那些人的脸，她漠不关心，哪怕是久宁站在台上。

纪幻幻直呼她对久宁一瞬间很喜欢，真人比镜头上要美很多，脸也只有巴掌大。

如果林嘤其没有记错的话，上个月她还听到纪幻幻吐槽久宁的脸都僵了，演技只会翻白眼……

“嘤儿！久宁的脸真的只有我的巴掌大，太精致了！你看不清吧，真的真的！她的脸只有你的一半大啊！！”纪幻幻坐在一旁兴奋地喊，把拍到的久宁的照片放在林嘤其脸旁比画。

她无动于衷，显得心事重重。探出头，她发现自己与他中间隔了有十个座位，隔着齐队长，还隔着一张张她根本辨认不出的侧脸。

她真想伸出手，把这些挡住她视线的脑袋全部推开。

从这个角度看去，他的侧脸是那么英气明晰。

她不禁又在心里暗想，老天真残忍，唯一一张看得清的脸，竟长得是这等英俊，叫她以后还怎么将就其他模糊黯淡的脸啊。

单纯当欣赏来看吧，也许自己是鬼迷心窍了。

▼ 第四章

I Am You

常常不知我是谁，我在哪里，要去哪里，要做什么。直到遇见你，我理解了答案。我想在你心里，我要去你身边，我要爱你。

岳仲桉将风头都留给了设计总监向笃，坐在台下，听向笃慷慨激昂的致辞。他专注地听着，时而极有风度地拍手鼓掌。

直到他被主持人邀请上台发言。

他着重提出感谢今日到场的动物保护组织志愿者，并就上一次的事件致以歉意。他言语不多，寥寥数句，没有这种场合下程式化的措辞，却字字透着令人信服的诚意。

当他的目光扫向林嘤其时，他略略向她点了点头，幅度极小。

在场所有人也许都没有察觉到，或者会以为是不经意的动作，但她领悟到了，如同有某种默契。

她的心怦怦直跳，那种与他目光对视的感觉让她慌乱，他闯入了她封闭的内心世界。

进行到最后提问的环节，他坦然站在台上接受媒体记者的现场发问。

“岳先生，身为国内新生时尚品牌创立人，请问您如何看待时尚品牌与奢侈品牌的区别和联系？”一名女记者提出一个中学政治课题般的问题。

“在我看来，时尚品牌和奢侈品牌的区别在于设计者的初心，时尚并不等于奢侈，奢侈也不意味着时尚。时尚是一种态度，而奢侈是一种消费观念。所以我将RARE定义为时尚品牌，而非奢侈品。我所理解的奢侈品也不是一味通过价格昂贵体现的，奢侈品体现在精益求精的手工打磨，设计师独一无二的设计理念上。设计者即品牌灵魂，在此，我们RARE的设计师向笃先生比我更有发言权。”他说着，将话题自然地传递给向笃，向笃站起身打了个招呼，简略地谈了两句。

座席上响起掌声。

在进行第三个问题时，一位记者手里攥着一份传单，正是上一次林嘤其派送的那份传单。

“岳先生，前两个我同行提出的问题，我都不感兴趣，因为不在点上。时下网络上热议的话题，关于RARE新系列包用鸵鸟皮引发志愿者不满，遭遇抵制，想听听您的态度。”

这个问题是能预料到的，只不过有的媒体可能是给RARE公司几分薄面避开了这个令RARE公司难堪的提问。现在碰到耿直的记者，也是正常。

岳仲桉连思索都没有，谈吐自如。

“首先，用鸵鸟皮做材质，RARE不是首家，更不是独家。其次在这里，我向在场各位郑重表态，我支持野生动物保护。单纯站在品牌立场上来看，RARE公司的所有皮草及所用的皮毛均是合法合理从国外进口的，不存在任何破坏和伤害野生动物的行为。”

“RARE在合理合法的同时是否合乎保护动物的原则？有没有考虑过用更好的材质来代替鸵鸟皮？”

“我希望大家不要放大材质问题，更多的是去关注它的设计。未来RARE会继续推出其他材质的包包，也会有人造革、帆布材质等。”他认真耐心地回答。

“那您创立RARE的初心又是什么呢？”记者追问。

他顿了顿，这是他整场发布会上，第一次表情迟疑。

“今天既然提到这个问题，那我就简单说说。但大家也就听听，我并没有任何拔高自己品牌的意思。”

他讲述起三年前，他在法国参加一场国际时尚品牌交流会晚宴时发生的故事。席间，一位某品牌创立人借着酒劲，笑中国人并不懂时尚奢侈品牌的定义，中国人背在身上引以为荣的名牌包，没有一个是中国品牌。

“听了对方的话，我告诉他，在我们中国，不乏传承百年历史的传统老字号品牌，五千年文化积累的历史底蕴博大精深，手工艺更是精湛，如我们中国的刺绣工艺和丝绸，以及金箔加工技术等。那晚，我与这位品牌创立人打赌，五年之后，会让他看到一个品牌，一个让国人背在身上引以为荣的时尚品牌，这就是我当年赌气而来的初心，也是这份初心让我走到了现在。”他说完，深深地鞠躬致谢。

台下掌声四起。

林嘤其感觉自己眼眶里有热泪，他的那份家国情怀打动了她。

就在此时，她感觉脚边有一个柔软且毛茸茸的小东西，而且还在动。她低头一看，竟然是一只……小鸵鸟。

发布会现场怎么会有一只小鸵鸟？可能是掌声惊吓到了它，它慌乱地从她脚边蹿出去，穿过第二排座位，往会场后面跑去。

她担心灯光昏暗，有人会不小心踩到小鸵鸟，于是离开座位，从座席的最左方往前追小鸵鸟。

不管这只小鸵鸟是什么来历，她现在都要抓住它看管起来，不惊动任何人，以免造成难堪的场面。

掌声停止后，她顺着座椅的空隙，看到小鸵鸟的脚停在后排座椅后。她伸出手，想要捉住它。

但扑了空。

这只机灵的小鸵鸟钻到了相对空旷的会场门口，站在一堵张贴着巨幅新款包的海报墙下。

它睁着一双亮晶晶的眼睛，仰头看着那张海报。

那么巧，它的目光落在了鸵鸟皮包上，或者是被包上闪光的配件所吸引。

林嘤其轻手轻脚地走上前去，蹲在小鸵鸟旁，静悄悄地看它，再慢慢地伸手抱住小鸵鸟。

她没有留意到身后的镜头，更没想到很快这就给RARE公司再度招来舆论灾难。

此时发布会已经结束。

她想问齐队长是谁带来的小鸵鸟，于是站在门口等着齐队长出来。

岳仲桉先走出来，和她擦身而过时，他目视前方，眼尾的余光看到她手中抱着一只小鸵鸟，羽翼未丰，伸着小脑袋在她的臂弯里打量着这个世界。稍有动静，它就缩下脑袋，躲在她怀里。

他震惊了，她居然带着一只小鸵鸟来了发布会现场？

她后来才知道，这只惹祸的小鸵鸟是和齐队长一起来的一名志愿者私自带来的，是那人从郊区鸵鸟养殖场借来的。本来那人是想惹事搅局，结果被岳仲桉的发言所打动，于是放弃了原来的计划，哪知顽皮的小鸵鸟却跑了出来。

林嘤其将小鸵鸟还给齐队长，嘱咐一定要马上送回养殖场。她松了一口气，以为事情能就这么相安无事过去。

发布会结束后的第三天，她的嘴唇已经差不多彻底好了。那天，手机微信忽然响了，在她都已经忘了自己申请过添加岳仲桉为好友时，他居然通过了她的好友请求。

她雀跃了起来，又多了一个联系他的方式。

点进他的朋友圈，感觉特别像官媒……为数不多的那几条动态，除了与公司有关，其余都是非常老派规矩的正能量。

比如……国庆阅兵仪式，他自豪地发了条朋友圈。

大致能看出这几年他在哪里，做了什么。

有一张照片是他在工厂车间查看打样的照片，身后跟着一群身形发福的中年男人，显得他矫矫不群。

也没有恋爱的迹象。

晚上，带着这点愉悦的心情，她去纪幻幻家吃饭谈心。

她其实已经快撑不住了，根本不能一个人待着，只要一个人静下来，就会想妈妈的病况，想弟弟。她想，只要自己的工作一确定，就用这个去说服母亲不干活了。

她也不想把消极的情绪感染给纪幻幻，装作什么事都没有。

纪幻幻陶醉在RARE新款包的光环里，憧憬地说："我要是能去RARE专柜上班该多好呀！祈祷我面试通过，这样就算我买不起这些包包，我天天能看着它们，也很满足啊。"

林嘤其摇摇头，实在不明白这些包和普通包的区别究竟在哪儿。不一样都是装东西吗？贵这么多，真是让人瞠目结舌的价格。

"我觉得我背的帆布包、循环使用的牛皮纸袋也挺好看的。"

"因为你的气质就是那样啊，我不像你，我恶俗，我虚荣，我市侩，我就喜欢RARE的包包！哈哈，背在身上，浑身写着三个字。"

"哪三个字？"

"姐、有、钱！"纪幻幻一字一字地说。

"岳仲桉要是知道自己苦心经营的品牌顾客群是你这样的心态，那该多好，重重地打击他一下！"她忍不住笑。

"我认为你应聘有个极大的优势，优势就是那么憎恶你的岳仲桉终于有机会对自动送上门的你进行摧残报复了。"纪幻幻拍着沙发笑得不行。

林嘤其撇撇嘴，负气地说："还不知道是谁蹂躏谁呢。"

说笑归说笑，她心里倒没有多少底，也摸不透他。

“我看秋昙的杂志，文章里给岳仲桉写了一段美化文字，是不是你让写的？”

“不是。”她否认。

“秋昙喜欢周良池，你知道吗？”

“不知道。”

她忽然想到上次秋昙给她拍了一张丑照，扬言要发给她喜欢的人，她也是鬼使神差地说出了周良池的名字。

这会不会让秋昙误会？

“完蛋了，你都那么说了，秋昙肯定把你当成情敌了。啧啧，以后你们朋友都做不成了。”

“我怎么听你还幸灾乐祸呢。”她没好气地白了纪幻幻一眼。

“我有个办法能弥补，就看你能不能豁得出去做了。”

虽然听起来是个馊主意，但她还是做了。为了让秋昙相信她对周良池没有非分之想，她要发一条朋友圈。

就是那张秋昙抓拍的丑照，反正林嘤其也看不清有多丑，只是从纪幻幻的反应上来看，应该是到极致了。她嘱咐帮她发朋友圈的纪幻幻要分组发。

图片配上四个字：丑到销魂。

“你这嘴唇和眼神，堪比梁朝伟在《东成西就》里的造型啊！嘤儿，我在这一刻为你是脸盲症而感到庆幸。哈哈……”纪幻幻在笑了足足半小时之后，才止住笑说。

“夸张了啊，我摸着厚度也还好啊。”她无辜地说。

这句话让纪幻幻继续捧腹大笑。

不多一会儿，她收到秋昙的点赞，并留言：我拍的你真可爱。

周良池留言：我握手术刀的手痒了。

“你看，这下秋昙知道我让周良池看到了，她就不会多心了吧。”林嘤其暗自放心。

此时，岳仲桉打开手机，一刷新，就看到林嘤其赫然醒目的照片。他立刻拿远手机，不忍直视。真是辣眼睛，这个林豌豆也太能自黑了吧，居然有胆量把这样的照片发出来。

这和朋友圈那些女人晒P了又P的自拍照一对比，还真是一股清流。

他眯着眼睛，再看一遍照片，又放大——怎么，给她买的药她没擦吗？

“擦药。”他在底下评论道。

当她看到岳仲桉的评论，简直要怀疑人生了。

“天哪……纪幻幻，你把岳仲桉也分组进来了吗？”

“算了，看到就看到了，无所谓，反正我自己看不见。”林嘤其自我安慰着，却被他简洁的一句“擦药”弄得心神不宁。他还在生气吗？或者，这是在关心她？

“对不起，我搞错了，请你吃冰激凌谢罪，羡慕你居然有岳仲桉的朋友圈。”纪幻幻从冰箱里搬出两份大盒装的冰激凌摆在面前。

“主要是以前在青海湖就认识，没别的。”她没有将自己能看清岳仲桉的脸这件事告诉纪幻幻，谁又会信呢？

她们俩像儿时那样坐在一起，抱着冰激凌大口大口吃。心情再不好，一大盒冰激凌下去就清爽了。

等到第二天面试时，她才醒悟头天晚上吃一大盒冰激凌是犯了多大的错误。

林嘤其在RARE公司并没有见到岳仲桉，她看向那面总经理办公室的玻璃窗户，里面空无一人。她并不知道他原本的计划是等她来，然后将肖像画给她的。结果他临时有事要飞北京，离开公司便去了机场。

面试她的是人事部经理。

她递交上自己的简历，看了一眼等候在外面的纪幻幻朝她做鬼脸打气。她尴尬地笑笑，忽然隐隐感到腹部绞痛，联想到在纪幻幻家吃的那一大盒冰激凌。

她捂着肚子，很难为情地问经理卫生间在哪儿。

经理告知她，很遗憾，一个肠胃不稳定，生理需求无法自控的人并不适合总经理生活助理这份工作，并让她用完洗手间可以自行离开。

她居然就这么落选了……

万般后悔吃了那盒冰激凌，她沮丧地在洗手台前洗手。

只听到高跟鞋落在地面上的声音，听节奏，林嘤其都能判定走进来的应该是个气场强大，昂首挺胸的女人。反正自己也看不清人脸，管她是谁呢。她都没抬头看，只顾洗手。

对方走进来后，握着一支口红，对着镜子补妆，狐疑地瞟一眼林嘤其，再从镜子里看着她。

林嘤其哪里知道，这个人就是RARE的代言人久宁，也是那次岳仲桉送她去机场时通电话的人。

“你就是那天踩踏事件时，在电梯里把岳仲桉气得不行的志愿者吧。你来这儿做什么？

“应聘。”她如实回答。

“什么职位？”

“我为什么要告诉你？”她反驳。

久宁冷冷地摇头，觉得眼前这个女人真是敢想敢做，无知无畏。她忽然想到一句话：以子之矛攻子之盾。久宁在心中筹划着，一旦林嘤其被RARE聘用，就必定会引起动物保护组织对林嘤其的质疑，也能改变之前冲突事件的影响，甚至可以洗清RARE，扭转舆论的矛头，指责志愿者们并非单纯保护动物，很可能是受雇于其他品牌来抹黑RARE的。

这本来就是久宁怀疑的，只不过没有得到证实罢了。

“你……不认识我？”久宁有点无语。这丫头是从哪个乡下来的，难道村里没通电吗？居然都不认识她久宁？

“不认识。”林嘤其冷淡地说，毫无兴趣，扭头准备出去。

“你真想要这份工作？想就跟我来。”久宁一副居高临下的口气。

其实林嘤其在进RARE公司前就已经给齐队长打过电话了。

她主动告诉齐队长自己要去RARE公司面试，原因是为了接近岳仲桉以便于找弟弟，她也怕志愿者们误会。

久宁将长发撩到耳后，侧靠在沙发上，问道："如果想让一个模特自动离岳仲桉远点儿，有没有什么办法？"

林嘤其拿过桌上的一张纸，写下岳仲桉和向笃的名字，在中间画了一个爱心。

久宁恍然大悟，捧腹笑了。

是啊，还有什么能比歪曲岳仲桉的性取向更能挡住那些女人的呢？

"好了，你被录用了。"久宁满意地打量着林嘤其。嗯，这种发育不良的身材和迟钝死板的脑筋，衣着朴素，还不化妆，简直稀有。她也太构不成诱惑和威胁了，总比岳仲桉手底下的人选一些只顾打扮争艳的生活助理让人放心。

人事部经理试探着问久宁："您看，要不要等岳总从北京回来再决定？"

路蜓赶来，朝人事部经理连连使眼色。

久宁大手一挥，霸气地说："这种小事就不必了，再说他都开除了十几个生活助理了，如果每个都要他亲自面试，那他每天还有时间做别的事吗？更何况，我在公司也有股份，这么小的一件事，我都不能决定吗？"

林嘤其这才确定眼前的女人是久宁。

岳仲桉居然开除了十几个生活助理，这让她的心"咯噔"一下，看来这份工作恐怕也不是人干的啊。

她自行脑补了岳仲桉凶神恶煞的画面，不禁打了个寒战。

"你和经理把劳务合同签了，就尽快正式上班吧。"久宁直接下达命令。

林嘤其看完合同，慎重地签下名字，领到一把岳仲桉家的钥匙，她可以直接去岳仲桉家上班。

她就这么稀里糊涂地成了他的生活助理，连他的面都没见上。她想要不是碰上了久宁，歪打正着，她又怎会被聘用。她并不知道，原本岳仲桉是要亲自面试她的。

纪幻幻倒是真把RARE公司的方方面面研究透了，加上自身对时尚品牌有点独到的见解，凭着自己的本事也应聘成功，成为RARE专柜的实习柜员。

两个人欢喜地站在广场上抱成一团，开心得直跳。

“没想到啊，我们俩都应聘上了！我对自己还是很有信心的，就是没想到你……”纪幻幻很意外。

“哎，你心里这么不看好我，那之前还鼓励我去，我这算是交友不慎吗？”她打趣道。

“我不是想有个伴吗？以后咱们就是同事啦！”纪幻幻振臂一挥，高喊，“RARE，我来了！包包们，我来了——”

纪幻幻的眼睛都在放光。

林嘤其默默在心里喊：“嘿嘿，岳仲桉，我来了——”她想，怎么感觉自己有点儿不怀好意呢，这样不太好。

想想妈妈，她更要认真对待这份工作，可不能和之前那些生活助理一样很快被开除。

没办法了，哪怕死皮赖脸，她也要缠住他。

找弟弟，要找弟弟，她坚定地想。在那根人工血管到期前，这仅剩的半年是她的最后期限。

岳仲桉，我明知这对你不公平，帮我找弟弟不是你的义务，可是我没有别的办法了。

我走投无路，只有找你，我没有别的指望。

常常不知我是谁，我在哪里，要去哪里，要做什么。直到遇见你，我理解了答案。我想在你心里，我要去你身边，我要爱你。

I Am You.

她被自己脑子里冒出的这些话给吓到了，又提醒自己，醒醒林嘤其，在痴想什么呢？

喜欢，但是不能喜欢。

一段和之前饲养奶牛截然不同的生活开始了。

林嘤其左手抱着一袋用牛皮纸包的菜，右手拖着她还是在中学时买的粉色行李箱，恍惚地站在岳仲桉家门口。第一次走进这么好的房子里，她有点无所适从。

真是……没见过世面。她都有些自卑，所以趁他不在，先好好目瞪口呆一下，省得在他面前出丑。

再往客厅里走，顿时被一抹气息给包裹住。那是一种具有侵略性的气息，你闻到了，便会忽略其余的气味，能盖过一切，将你团团围住。她感到熟悉，好像在他身上也闻到过。

她搜索着气味的来源，发现茶几和餐桌上的花瓶里都养着一束束尤加利叶。原来他喜欢这个，倒是很符合他清冷高傲、生人勿近的气质。

如果臭鼬味有反义词的话，那便是尤加利。

四下环顾，她脑子里浮起两幅画面，一幅画面上，一行行数字不停地被横线划掉。每月房租4000划掉，水电费500划掉，伙食费800划掉。另一幅画面上：也许能找到弟弟，打钩；银行卡余额增加，打钩；安全感，打钩。

这安全感，来自于她在他身边，能看清他的脸。

路蜓发来岳仲桉最近一周的行程，行程显示，岳仲桉已结束在北京的工作，此时应该在从机场回家的路上。

听路蜓的语气，岳仲桉好像只知道新来了生活助理，但还不知道是林嘤其。

“我相信岳总还是有点期待是你的，只是他没想到你能靠自己应聘上……”

她究竟在他心里是有多蠢笨和差劲？

也是，他都说了她迟钝了。

他肯定瞧不上她。

林嘤其看墙上的时钟，来不及了，她赶紧钻进厨房准备晚饭，想给岳仲桉一个“惊吓”。

她从装菜的袋子里拿出一把菜刀掂了掂，感叹还是自己的刀用着顺手。

岳仲桉拿着一本植物杂志站在公寓楼下等电梯，电梯门打开，他走进电梯。想着家里可能和之前一样，坐着一位精心打扮，准备好烛光晚餐在等他的生活助理，他觉得索然无味。

人事部经理是不是理解错了生活助理的定义，他胃不好，只单纯想找一个家政阿姨就可以了。但公司找来的却是年轻貌美、色艺俱佳的年轻女孩。

于是他开除了一个又一个。

哪料此时林嘤其正在他家大展刀工。

当他打开门，只见一个女人挥舞着刀，站在门口比画，他的第一反应就是有精神病人闯入了家里。

她挥着刀试图解释。

他身手敏捷，迅速将她握刀的手反扣住，拿下刀，定睛一看，才知是她。他语气冰冷地在她耳边问："林豌豆，你知不知道持刀私闯民宅的法律后果？"

"痛……"她叫嚷着，伸手指着鞋柜上的合同。

他松开手。

"你自己看！"

她拿起劳务合同重重地塞到岳仲桉手里，气鼓鼓地走进客厅。

岳仲桉的目光瞟向她，本想戏弄她一下，竟然生气了，真是人小气性大。

他看完合同后，有意试探道："我并不知这份合同的存在，看你举止异常，我考虑你做我的生活助理是不适合的，我提出单方面解约。"

"你要解约？那我给你分析分析你解约的后果，根据《劳动合同法》，你需要赔偿我一笔违约金。"她快速盘算起来。

"照赔不误。"他沉着地望着她，想看她如何反击。

明明看到她，心里开心得不得了，却还在那里装一本正经，不过适当捉弄捉弄她，还挺有意思的。

她当真了，只好抛出撒手锏，硬起心，说狠话："我必须和你说清楚，第一，我现在失业需要工作，如果没有工作，那么我将会把全部的精力投入到RARE新品鸵鸟皮包包的抵制宣传上面。站在你的立场上，失去一个私人生活助理，却得到一个抵制对手，孰轻孰重？第二，如果你毁约，那就会给人公报私仇的嫌疑。堂堂RARE总经理，总不至于这么心胸狭隘吧？”

她还是很凶，虚张声势的劲挺足的，看来就算迟钝点，在外面也不会吃亏被人欺负。嗯，放心了。他想。

岳仲桉思考数秒，看到合同上的试用期为一个月，说：“谢谢你提醒。没关系，反正有一个月的试用期，够我开除你一百次了。”

“说不定是我开除你。”她小声说。

“一码归一码，赵太太的事是你去化解的，就这件事，我得谢谢你。”

“不客气，我也是替自己弄明白，毕竟我也有参与，不全是为了你。”她又在说反话了。

“就我在商场电梯里对你的态度，也得向你道歉。”

“在当时的情况下，你生气很正常，我并不介意。”

两个人忽然都客客气气、“相敬如宾”起来，气氛显得有些怪异。

他转而问：“你打算将我当哪种动物来饲养？”

“老虎。”

“照顾老虎要谨记一句话。”他提醒道。

她把目光投向他身后，自言自语问：“莫非是，老虎的屁股摸不得？”

他转身避开她的目光，板脸纠正：“伴君如伴虎。”

“吓唬我，你还能吃了我不成？”她才不怕。

“我当然不会吃你，你在丛林中，充其量是只臭鼬，老虎吃你都嫌臭。”他挑逗着说，扫了一眼墙上的时钟，吩咐着，“半小时内，仅限于厨房目前的食材，做两道菜，荤素搭配。如果做不到，林豌豆你可能面临被开除。”

很显然他是在刁难人。

“你为什么叫我林豌豆？给别人取外号是很没素质的行为。”她牙尖嘴利。

“不是外号，是昵称。”他一句话就让她无话可说了。

她在心里窃喜，昵称……昵称是什么意思，她需要一个准确的注释。

钻进厨房，她百度搜索昵称的定义。

昵称：是指现实生活中通俗的小名，能表示亲近和喜爱。

亲近？喜爱？

这样看来，关系亲近了，是不是就可以让他帮着找弟弟了？她的那点小心思藏不住。

置身在这间厨房里，各种高端厨用电器，琳琅满目的餐具、炊具、刀具，她环顾四周，吞了吞口水，做饭竟然是这么复杂的事。

她买的那袋菜还在餐厅的桌子上，他要求仅限于厨房，也就是不许她用餐厅的那袋菜。她握紧自己带来的菜刀，用防身一般的姿势给自己信心。

“镇静镇静，一定能解决。”

她姿势夸张地贴在冰箱上，瞪大眼睛，一点点研究冰箱门怎么打开。好不容易打开了冰箱门，她震惊地发现，冰箱里竟摆满了一排排矿泉水，除了水以外，什么都没有。

“看起来那么有钱的人，冰箱却空空如也，真是生活朴素……”

就这种“艰苦”的条件，他居然还让她做一荤一素。

林嘤其凑近电饭煲，完全看不懂该按哪个键。再这样下去，别说一荤一素了，连米饭都煮不熟。她看向厨房窗户上的那一盆绿植，想了想，脸上浮起不服输的坏笑。

他想进厨房，却被她推出来，她让他就坐在餐桌前等着。他抬起手腕看手表时间，跟她倒计时：“林豌豆，你还有一分钟。”

她端上来第一道菜，介绍道：“凉拌薄荷，素菜。”

他通融地笑：“这你都能想到，好，这道菜算你混过去了。那么荤菜呢？你不会割肉做菜吧？”

他假装的刁难就是很容易露出马脚，她稍微一表现，他就开心了。

她抵触道："你想得美，才不给你吃我的肉呢。"

他摊摊手，示意她继续上菜。

她走进厨房，端上来一个银色托盘，用罩子盖着。

他好奇地揭开。

托盘上放着两个鸡蛋，鸡蛋壳外面分别画着两只小鸵鸟。

"每只被养来用皮做包的小鸵鸟在还是蛋时，都会被标注上记号，它们这一生，就像你眼前的这两个蛋。它们注定无法像真正的鸵鸟那样生活，它们就像一只肉鸡，它们不能打架，也不能运动，是活在鸵鸟身躯里的鸡。"

"故事听完了，很煽情。但我更想知道，鸡蛋是从哪里来的，厨房里并没有鸡蛋。"

她没好气地说："我自己口袋里装了四个鸡蛋，我习惯每天早上吃两个鸡蛋。我人在厨房，那我口袋里的东西也算是厨房自取。"

他问："你吃两个鸡蛋，为什么带四个？"

本来另外两个鸡蛋是带给他吃的。因为这个鸡蛋是母亲特意从青海老乡那里买的。

虽然鸡蛋也不是什么珍贵的东西，但你若对一个人有心，你有什么好吃的就都会想到他，想和他分享。

尽管不过就两个土鸡蛋。

"还有两个是武器，准备在你对我产生威胁时用来砸你。"

"鸡蛋算荤吗？"他想，这个傻瓜为什么要把鸡蛋装在口袋里？

"鸡蛋长大后就是鸡，鸡是荤，那鸡蛋凭什么不是荤？"

他被她的奇葩歪理折服，点头算她通过。他将就着用一道凉拌薄荷叶吃完一碗米饭。

他还挺好糊弄。林嘤其暗自想。

"米饭味道怎么样？一百来块的电饭锅和几万的电饭煲看来差距不大嘛。你现在吃的饭，就是我用平时煮蛋的锅煮的。"她得意地道。

他隐隐产生一种不祥之感，问：“那你每次水煮蛋前，会洗鸡蛋吗？”

她摇摇头：“不洗啊。”

他放下筷子，转身上了楼。

他不会是想要吐吧。她一边想，一边冲着他的背影喊：“大老虎，那这两个鸡蛋留着我们明天早上吃，一起吃！”

岳仲桉没有作声。

她窃喜，这算是顺利通关了。

夜里，她睡在客房。躺在床上，辗转难眠。第一天晚上住在这里，她很不习惯。她索性用被子蒙住脸，迷迷糊糊地睡去。

又做噩梦了。

梦里，她捂着眼睛，背着身子站在院子外，听到房屋倒塌的轰隆巨响，天地开始震动。她听到弟弟哭着喊：“姐姐救我，姐姐救我……”

她伸手紧紧握住弟弟的手，可是弟弟的衣服被挂住了，她用尽力气也拉不动。她急得要命，眨眼间，房子坍塌，一片黑暗。

她从梦境中惊醒，满脸是泪，耳边仍在回响着弟弟一声声“姐姐，姐姐，救我……”

她坐在床上，窗外，黎明即将到来。

一墙之隔的岳仲桉同样陷入失眠的状态，他望向床头的时钟，已是深夜四点。曾经他是那种说几点睡就能几点睡，说几点起就能几点起的人，自从与林嘤其重逢后，就打破了这个习惯，满脑子都是她，挥之不去。

听她说小鸵鸟的那段话，他内心是有所触动的，却掩饰着，他并不想向她解释自己的那套设计理念和生意经，那样只会让她更添误解。

她身上还有儿时那股子倔劲，似乎狡黠的小聪明也有。

既然她不相信，那就让她待在自己身边，让她亲眼看看自己的所作所为是否像她想象的那样。

他表面上一副勉为其难接受她成为自己生活助理的姿态，实际心里想想，还是偷着乐的。

对此安排，岳仲桉是不动声色地满意。

勉强睡了三个小时，他掀开被子，从抽屉里拿出那张林友声的肖像画，起身下楼。出差时他也随身带着这幅画，因为重要，怕丢了，一直想着找机会给她。

林嘤其刚做好早餐，端着一碗热腾腾的食物从厨房闯进餐厅。她大概是太着急了，没顾得上用隔热布包着碗。

“快让开，好烫好烫。”她嚷着，迅速将瓷碗放在餐桌上，然后举起双手，紧紧捏住自己的耳朵。

“别看着我，小时候我就听我妈说，要是手指被烫了，捏住耳朵能马上降温。”

他似信非信，并没有听过这一套神奇的理论。

她见他不信，便大胆地伸出滚烫的手指，捏住了他的耳朵，凉凉的，顿时觉得降温了。他一动不动，任由她那样紧紧捏着自己的耳朵，只是神情无比震惊，耳朵上传来强烈的炙热感。

他望着她发红的耳垂。

连林嘤其自己都无法理解，为什么自己会做出这样冒失的举动。短暂的几秒后，她赶紧拿开手，尴尬地低下头，双手摊开交叉握着，立在原地。

他见她手指通红。

“这才刚上班，你就想蹭工伤请假吗？”他放下那幅肖像画，用一只手掌同时抓握住她两个手腕，拉着她径直走进厨房。

他将她的手拉到水龙头下，打开冷水，不间断地冲凉手指。她看到他挽起衣袖的手臂皮肤上有一些青色的点，不是痣，像是刺青的颜色，可哪会有点状的刺青，分明像是用铅笔扎的痕迹。

“你……手臂上是用笔扎的吗？”她问。

他脸色一沉，将袖子拂下来。

她明白自己问了不该问的话，便绕开话题说：“烫得还真挺疼。”

他从冰箱里取出些冰块，装在厨用手套里，扎紧手套口，做成简易的冰袋。又仔细查看她的手指，除了红肿以外，并没有起水泡，物理降温后应该就无大碍了。

“握在手里，至少半小时。”

她只觉手指火辣辣地发烧，攥着冰袋后感觉好多了。抬起头，见他的耳垂略略发红，忍不住想笑。

他穿着一套灰色休闲家居服，这种装束和工作时完全不一样。

“我没事了，你快吃早餐，凉了就不好吃了。”

他有些不相信地说：“目测还是很烫，我可不敢冒险。不如你说说你这做的是什么东西？”

“麦仁饭，是青海的特色饭。做法很简单，将麦仁和切碎的羊肉一起小火慢慢熬煮，最后放入盐，就做成了。难道你当年在青海没有吃过吗？”

他摇摇头，浅浅地尝了一口，味道倒是挺鲜美。

“这份毫无视觉美感的早餐，吃起来还可以。”

“那就是很好吃了对不对？我不太清楚你的饮食习惯，慢慢磨合就好了，我会尽力的。”

“人不可貌相，食物也是，就像越丑的橘子、苹果越甜。”

“嗯，你做的早餐卖相是人如其餐啊。”他埋头慢慢吃，嘴角带着上扬的弧度。

“我弟弟最喜欢吃我做的麦仁饭了，每次他都能把碗舔干净。”

“别指望我会舔碗。”

他拿起翻盖在桌上的肖像画，递给她，若无其事地说：“我试着回忆，已经尽可能还原了。你自己看一下，像不像。”

她激动地接过画，都没顾得上看一眼，就抱在怀里，眼泪都快掉下来了，连声向他道谢。

这实在令她太意外了。

虽然有些不矜持，但在这一刻，真想凑近他的脸庞，狠狠地亲一口。至少那一秒她心里就是这样想的。

但她不敢，怕他会反抗。总之，说是感激涕零也毫不为过。

“你先看看再说。”他指了指画。

她望着手里的这幅画，虽然她根本看不清画上弟弟的脸，但凭着对岳仲桉的信任，她相信画像上的小男孩一定就是自己的弟弟。有了这幅画，她找弟弟的希望就大大提升了。

“他就是我弟弟，就是我弟弟啊……”她喃喃自语。

这令他十分欣慰。

他想起当年失去母亲的自己，能够感同身受。同时他也很清楚，时隔太久，林嘤其单凭这样一幅画想要找人，如大海捞针。

她想着要把这幅画像发到寻亲网站上，等待匹配的信息。她已经心潮澎湃，恨不得马上飞奔去把这幅画送给母亲看。

这么多年，连儿子一张照片都没有的母亲，仅靠着回忆，日复一日在思念里煎熬，可能对儿子的长相都快模糊了吧。

林嘤其看不清弟弟的脸，可母亲看得清啊。

他像看穿了她的心思似的，轻描淡写道：“今天一整天我都会在公司处理事情，你自由安排你的时间吧。”

她如获大赦。

“不过，任何时候我联系你，必须十分钟内回复。否则，你就自动被开除了。”他佯装严厉地说。

她点头如捣蒜。

他将那碗麦仁饭吃得干干净净。

她望着瓷碗，自言自语道：“吃得这么干净，和舔碗有区别吗？”

还好，小试牛刀的一顿早餐他并没有嫌弃，看来并不像大家说的那样难照顾。

目送他换上皮鞋出门后，她这才一改收敛起来的情绪，兴奋地往柔软的沙发上一躺，喜出望外地给母亲打电话。

“妈，我有弟弟的画像了，我们很快就能找到弟弟了！真的！我马上来找你。”隔着手机，她都能感受到母亲的激动之情。

打完电话，她弹起身，握着那幅画像去见母亲。

在母亲的雇主家楼下，林嘤其小心翼翼地从怀里取出那幅画像，视若珍宝，生怕弄破了。她打开画像，让母亲看。

“妈，是不是弟弟，是不是……”她迫不及待地问。

“我这老花眼，你让我仔细看看，我要仔细看看你弟弟……”母亲接过画像，布满老茧的手颤抖着，一眼不眨地细细打量。

渐渐地，母亲老泪纵横。

母亲将那幅画像贴在胸口，蹲下身子，无声痛哭。

“妈，是不是弟弟啊？你快说，我看不清，都要急死了。”她顾不上去体谅母亲见画如见儿的情绪，她只想得到答案，然后马上拿着这幅画像去找弟弟。

“是……也不是……”母亲红肿着眼，思子心切，一时换不过气。

“不是……是哪里不对吗？”

“神似，我一看这个就能想到你弟弟……但是细节有些明显不对。你弟弟是单眼皮，这幅画像上却是双眼皮。还有耳朵，他的耳朵也不是招风耳，是同你一样的小耳朵，嘴唇也厚了些……不过神态是像的。”

“那这很明显是画错了啊！”她燃起的希望又落了空，她拿过画像，想找他修改。

“可我看到它就能想起你弟弟的样子。”母亲望着画像不舍地说。

“我先让画的人再修改一下，直到最像为止。然后我就复印一堆，一定放一些在你身边。”她宽慰母亲。

“是谁这么好心帮我们画你弟弟，他见过你弟弟吗？记性如此好，不管画得像不像，都得好好感谢他。”母亲叮嘱。

“妈，你还记得当年和我一起被臭鼬攻击的男孩吗？还在我们家吃过饭的，是他画的，很巧，我现在就在他公司上班。”

“就是你说的什么生活助理？那不是和我一样，做家政？虽然我是不同意你走你爸的路子，可是凭你的专业，做个宠物医生也好啊，哪能像妈妈我这样做保姆啊！”母亲痛心地拍拍林嘤其的手背。

“妈，我这份工作的薪水比之前都高呢。倒是妈，你不能再这样操劳了，眼看就有弟弟的线索了，你得有个好身体来见弟弟。”她为母亲身体里那根如定时炸弹般的人工血管而担忧。

不知在哪一刻使用寿命会到期。林嘤其想到这里就不寒而栗，很害怕。

“你别听周良池吓唬你，你以为是食物啊还会过期，你见过家里的碗过期吗？你小时候，奶奶给你买的小碗，到现在还是好好的。我的血管，不会过期的。”

母亲是知道的，却不把这当回事。

“妈，你给人做做饭可以，求求你不要再去搬货了，我求求你，我只有你了……”

母亲紧紧抱着她，不停地点头，她再也经不起失去家人之痛了。

情绪失落地回到岳仲桉的公寓。这结果是她没想到的，本以为高度还原，马上就能联系梁警官和寻亲网站，在系统里匹配信息。她想，难道是他记错了？

她开始打扫房间的卫生，与其心烦意乱，还不如做事。等晚上他从公司回来，再找他修改一下画像。

弟弟是单眼皮，小耳朵，薄嘴唇，没错，按照这个来修改，肯定会对。她自我鼓舞着，提醒自己别灰心丧气。

走进他的书房。映入眼帘的是一整面书墙。倒不是那种装饰书，每本书都有他仔细翻阅做笔记的痕迹。

他看的书挺杂，天马行空，从绘本童话到纯英文的国外文学巨著。

她为此惊叹。

她转身，面朝书架对面的墙壁，注视着墙上的一幅画，看得入神。

画中是一个女孩，站在一片丁香花丛中。她熟悉这种丁香花，在青海被誉为“高原花魁”。

她看不清画中女孩的脸，或许是他当年在青海遇到的心仪的姑娘。

在另一格书柜里，她发现有许多获奖证书。按照常理，这些获奖证书和奖杯都会被摆在醒目之处，显示着荣誉。

但岳仲桉却将它们放在书柜底层最不起眼处，她如果不是想从最下面开始擦拭，还真发现不了它们。

带着某种好奇心，她仔细地翻看着一本本获奖证书。她看到后来，感叹岳仲桉的人生简直是开了挂，所获证书竟然涉及十几个专业，潜水、射击、围棋、花样滑冰……这家伙简直无所不能，还是人类吗？

她有些匪夷所思，难道他不用读书，不用谈恋爱，不务正业，专门钻研各种技能？

当她翻开最后一本证书时，看到上面用黑色英文写着“国际记忆大师”。

这本证书完美解释了上面那些证书。一个记忆力超群的人，做什么事情自然都得心应手。

反例就是她，连人脸都记不住，所以才会迟钝缓慢，一事无成到这种地步。

越想越不对，照这样看，说不通，她拿起那幅画像赶去RARE公司。

可以想象，一个各项技能如此出类拔萃，甚至是记忆大师的岳仲桉，怎么会在肖像画上犯那么低级的错误。

连她年近六旬的母亲都能清楚记得的细节，他会记错？

一幅漏洞四出的画，足见他的本意。

之前还矢口否认自己是记忆大师，言之凿凿地说那不过是媒体夸大塑造人物的光环。

难怪他会那么主动给她画像，让她颇感意外。

她由此推测，他是故意在误导自己，给了自己一幅信息错误的画像，存心报复。可他的心居然能坏成这样?

这还是那个救过她的岳仲桉吗?

是因为冲突事件触犯他的利益，他耿耿于怀，借此报复?

想到这里，她怫然不悦。不管岳仲桉怎么用言语打击她，她都不觉为过，毕竟是自己给他带来了麻烦，但弟弟是她的底线。

他可以拒绝画，但他怎么能故意画一幅错误的画像来打发她。

坐在出租车里，她握紧了拳头，心跳加速，想着见到他要怎样质问一番。

对此蒙在鼓里的岳仲桉正在办公室里接受电视台的采访。

采访的环节都是提前安排好的，带着重复性，也算是RARE公司继发布会顺利解除舆论危机之后的乘胜追击。

“作为RARE公司创立人，感谢动物保护组织的志愿者们对宣传动物保护所付出的努力，我们公司也将拿出一笔款作为保护动物的基金。如果志愿者们愿意接受，RARE公司将持续支持下去。”面对镜头，岳仲桉恳切地说。

他将其余的发言交给了向笃，公司的设计总监，远比他这个总经理更需要增加曝光度和知名度。

“接下来接受采访的是RARE的设计总监向笃。向先生您好！作为同样喜爱包包的女生，对您大胆配色的设计向来钟情，所以也特别好奇下一个系列的风格，能为我们透露点吗？”

向笃回答这类媒体采访，招牌式的滴水不漏。

“会在原有的风格上做更大的突破，融入更多设计元素。请大家更多关注RARE的设计本身，每期我们都有预告片和海报。至于使用材质，我相信每种设计都有其最适合的材质。接下来我们将赴澳洲拍摄新品广告片，届时会再度让部分新品亮相。”

“听完设计师的回答，想必各位都已对RARE新品摩拳擦掌。下面还有最后一个问题，二位任意一个人回答即可。”主持人扫了一眼手卡，笑意盈盈地看着岳仲桉和向笃。

“我来回答。”向笃先一步说。

“RARE公司与动物保护组织是否达成和解共识？还是RARE单方面的诚意而已？”

“当然已和解，就比如身为动物保护组织志愿者的林小姐，她现在是RARE公司的一名员工，她过去工作的单位是家奶牛场，履历平平。RARE公司鉴于她的部分能力，不计前嫌聘用了她。由此可见，双方代表取得了和解共识，否则她怎么会来RARE上班。”

岳仲桉认为向笃的话十分欠妥，但在镜头前，他只能含笑不语。他知道最后一个问题是向笃瞒着他补上去的。

采访结束，岳仲桉感觉极不舒服。

向笃起身送主持人和摄像师走。

林嘤其站在虚掩的办公室门外，将这一切都听在耳里。她几乎控制不住自己，瑟瑟发抖，她不敢想岳仲桉究竟有多处心积虑。

难怪她能顺利进入RARE上班，难怪她能顺利拿到弟弟的肖像画……岳仲桉，你简直太可怕了，这算得上是笑面虎了吧?

她仰起头，长吐一口气。推开他办公室的门，他正端着杯子，怡然自若地喝着咖啡。

岳仲桉见她眉宇间难掩愤怒，一副来兴师问罪的样子，并不意外，只想着她肯定是听见了刚刚向笃的那段话。

“很抱歉。”他说出这三个字。

“岳先生，既然做了，何必道歉。道歉意味着知错，可我看你连最基本的礼义廉耻都没有，所以抱歉这个词你说不合适，也言不由衷。”

“你只看到夸张的部分，也别忽略了事实真相，所以不必上升到廉耻这个层面吧。”他的话，在她理解来是对肖像画半真半假的解释。

“岳仲桉，你可真够伪君子的，我告诉你，我在RARE上班，在你身边工作，就是要查到对你不利的证据，再交给动物保护组织和相关部门。你别把我和你那些见不得人的勾当混为一谈，你洗不白的！”她说的绝大部分都是气话，成心想激怒他。可是这些话说出来后，她心里立刻又后悔了。

“来当卧底了？了不起啊林豌豆。”他欠欠身，向她致敬。

“没你厉害，能把单眼皮画成双眼皮，把小耳朵画成招风耳，把薄嘴唇画成厚嘴唇，你这国际记忆大师的奖怕是花钱买来的吧。”

“林小姐，请你把话讲清楚。”他神情一变，严肃地问。

“讲得还不够清楚吗？”

“如果我没记错，早上将画交到你手上时，我问过你像不像你弟弟，你的回答是肯定的。几小时过去，你跑来质问我，这翻脸速度也太快了吧。”他显得无辜，还有理。

“论翻脸无情，岳先生，我比不过你。”

她将画像放在他的办公桌上，欲辩称自己有脸盲症，转而一想，还是没说。

“早上我没戴隐形眼镜，看不清。”她背对着他，没好气地回。

“我记得你不近视的，也从没见你戴过隐形眼镜。”他逼近她，将她的身体扳过面向自己，问。

“我不想和你争论无意义的事，只想问你一句，你到底是有意还是无意画错的？”

他觉得可笑，反问她：“你觉得我有什么必要故意画错？”

“私报公仇。”

“你脑袋里哪来的这些词汇，我有必要和你计较吗？每天一堆事摆在面前已经够我焦头烂额的了。林小姐，坦白地讲，我没有那闲工夫。”

“你获得过国际记忆大师证书，我不信你会记错。好，就当你记错了，那你现在重新给我画一幅肖像画，按照我说的去画。”

“我说了，没有工夫和你闹。”

“岳仲桉，你口中轻飘飘的一个‘闹’字，你体会过失去亲人的痛苦吗？那种眼睁睁看着他被掩埋在你面前的痛苦，生不如死，宁愿当时和他一起被掩埋，宁愿失踪的是自己，哪怕是去死！活着，这辈子连死都不能，因为没有找到他，死都不瞑目，不甘心！”她歇斯底里，眼眶里满是泪。

他任由她发泄情绪，两人都沉默了一会儿，然后他轻轻对她说：“回去吧，好好睡一觉。”

眼看她消瘦单薄的身影，犹如站在风口，摇摇欲坠。

他心里不忍，补了一句：“我想想办法，晚上回家再说。”

她失魂落魄地往办公室外走，用力闭上眼睛再睁开，眼泪掉出，哀哀道：“如果当初就没打算做好人，那何必要装好人……”

岳仲桉疑虑地看向桌上那幅卷起的肖像画，很显然，画被人改过了。除了向笃，他想不到第二个人。

“你修改过我的一幅肖像画？”他一手握着画像，一手握着手机。

他之所以会猜到是向笃，是因为他回忆起去北京那天，他在向笃的办公室取文件，无意瞟了一眼办公桌上的2B铅笔。他记得前几天来找向笃时，那支铅笔摆放的位置。

向笃是不许保洁阿姨进自己办公室的，所以不可能被人整理。

这说明向笃动过笔。

当时他随口问向笃，最近在画新款设计图吗？向笃回答说没有，眼下公司一团乱麻，还没有精力。

向笃起先是一愣，反应过来后，就当作是很小一桩事来解释：“我以为什么事呢，不过是看你那儿有张素描画了个小男孩，我这强迫症就随手润色改了几处。没什么问题吧？瞧你这么紧张，不会是你私生子吧？”

“别胡说。是林嘤其走失的弟弟，她要用这张画像来寻人的，半点差错都不能有。算了，我重新画一幅给她吧。”

“她是不是误会你了？刚看到她从你办公室走出来，脸色发青眼发红，跟中毒似的。”

“先不提画了。你今天擅自将林嘤其推出来替公司背锅，你有没有想过接下来她要怎么面对她的志愿者朋友？”

“她来RARE上班时难道就没有想过她的志愿者朋友？”向笃嗤之以鼻。

“各人有各人的难处，不是谁都能面面俱到，强大到成为你向笃。”

“岳总，我们认识十年，并肩作战五年，我做的一切都是为了我们的RARE品牌。你不会为了袒护一个才进公司一天，甚至对我们品牌抵制抹黑过的女人而来质问我吧？”

“我不是袒护她，我是认为你这种做法不地道。”岳仲桉直言不讳。

“她重要还是我重要？”向笃问。

“神经，尽问废话。”岳仲桉撂下电话。

其实面对向笃这个有些不恰当的问题，岳仲桉还真没有答案。他只知道，向笃很重要，是多年来并肩打拼的好搭档。

林嘤其也重要，因为她是他心上的人。

再一想，还是她最最重要。他摇摇头，觉得好笑，这都什么跟什么啊，简直没有可比性。

林豌豆，你是真不知道我有多忘不了你吧。

如果不是眼下公司有一堆事情，否则，他真忍不住要去向她表白。多年后的重逢，本是要诉衷情的，就这么被一桩桩事给搅乱了。

如考拉抱紧桉树，这样，漫长的一生里我们终于不用告别了。

成为更好的自己，强大而充满爱。至于被不被爱，是对方要担心的事，你担心什么？

以前听说，男女之间，最好的时光其实是暧昧期，你猜不透我，我猜不透你。那时林嘤其还体会不到，只是感到苦涩。

现在想想，他对她种种忽远忽近的迹象，不是暧昧，而是无聊之举。

她有时感觉被他深深在意着，给她一种恨不得把她搂在怀里的错觉，就像那次在医院里，他对她说的，路灯一直都在。可有时他好像又将她一把推开，推得老远。她想，有些男人就是擅长制造假象，让女人误以为那是感情。

其实根本就是风流成性。

“岳仲桉，你就是个骗子！”她在心里用力地骂他，带着满腹委屈和牢骚离开公司，去了一趟动物保护组织协会。

刚走到办公室的窗户旁，就见志愿者们看完电视直播后，纷纷在吐槽——

“本来听岳仲桉表态说拿出一笔款用来做动物保护基金，我们还挺欣慰的，但那什么总监的话，不是在用钱侮辱我们人格吗？”

“齐队长，林嘤其这是在把我们往火坑里带啊。这节目一播出去，人家会怎么看待我们这些志愿者，好像我们抵制RARE是有所图。哦，给我们的人介绍工作我们就达成和解吗？”

“可不是嘛，她林嘤其撇清自己，谋得职位，明显被利用了。要不是因为她是志愿者，人家RARE公司会要个连人脸都看不清的半盲人？说白了就是花钱养个傻子，来洗白公司。”

众人七嘴八舌，一顿炮轰。

“大家别偏激了，小林对待我们的志愿者工作十分认真，原则性也很强，不是这种人。而且她去面试前就和我打过招呼了，并不是背着我们去的。”齐队长安抚大家的情绪，说先打电话问问林嘤其具体情况。

她听到这儿，敲门走进去，一言不发。

齐队长瞧她的神态，担心地说：“小林，脸色怎么这么难看，是不是病了？大伙没别的意思，就是担心你受骗。”

“对不起大家，给你们抹黑了，我没想到他们会说成那样。”她低头向众人鞠躬道歉。

“无商不奸，怪不得你。”齐队长朝众人使眼色。

“算了算了，怪我们嘴贱瞎猜，你别难受了。”大家见她状态那么差，一时的火气化为乌有。

“我去RARE工作，就是想找弟弟……我有脸盲症，你们都知道，而岳仲桉十三年前见过我弟弟，他是记忆大师，我想他帮我提供线索，找我弟弟。别说是去RARE上班了，只要能找到弟弟，我什么都愿意做。”

“好了，大家都明白你，别解释了。找了这么多年，换作任何人，但凡嗅到点味道，都会疯了般扑上去，没有什么比家人更重要的。”齐队长说。

她直起身，又朝大家鞠躬，原本强忍着的眼泪扑簌簌往下落，也不敢抬头，一个劲地说：“谢谢，谢谢。”

将心底的话说出来后，她更有勇气面对了。

为了找弟弟，哪怕不要脸，哪怕上刀山下火海，哪怕不要命。

她回到岳仲桉的公寓，继续做事情，准备晚饭，想等他晚上回来，再平静地坐下来谈一谈。她决定告诉他自己得了脸盲症，只能看清他的脸这个事实，以及母亲现在的身体情况。

他是她唯一的退路了。

岳仲桉结束手头的事情，正打算早些回家和她解释清楚。

这时，方致急匆匆敲门进来，神色慌张，着急地说：“岳总，大事不好！今天电视台直播之后，本来舆论效果很好，可偏偏在这时候，网上突然爆出一张照片，现在这张照片已经在网上传播开来，引起新一轮热议，又把我们推到风口浪尖了！”

上头条这件事，别人可能喜欢，岳仲桉只感到头疼。疲惫一天，加上昨夜睡眠不好，他合上眼几秒，再定睛看网上的照片。

照片的背景环境是RARE举办发布会的现场。

镜头聚焦在林嘤其身上。她蹲在一只小鸵鸟身后，满眼柔情地看着小鸵鸟，而小鸵鸟正抬着头，望向RARE张贴的新款鸵鸟皮包海报。

也就那么巧，小鸵鸟的视线恰好落在包上。

单纯这张照片倒没有什么歧义。

但照片旁边配着一句话：妈妈，你怎么变成这个样子了？打动人心的照片再加上极度煽情的拟人化配文，岳仲桉能想象到看到这张照片的人，第一反应就是得骂一骂这个“残忍”的品牌。

没有人会去寻求照片背后的真相。

“会不会是那天动物保护组织志愿者摆拍的，照片来路查清了吗？”岳仲桉问。

“查清了，不是摆拍，是当时在场的一位摄影师随手抓拍的。正因为是抓拍，现在舆论就更煽情了，变成RARE为制作鸵鸟皮包包惨无人道，为达到新品的宣传效果，将小鸵鸟带到发布会现场。小鸵鸟险些被人踩死，是照片中的女孩保护了小鸵鸟。”方致答。

向笃疾步走进来，怒不可遏道：“看来是我把林嘤其彻底得罪了，她来这么一阴招！没想到她动作还真快，照片肯定是她卖给媒体的。既炒作标榜自己，又中伤RARE。”

“不要急于下定论，林嘤其不是那种人，况且这张照片也不是她拍的。”岳仲桉反驳。

“那句配文就很符合她煽情的口气，不管是不是她，马上让她来公司交代，照片的主人公是她，她就脱不了干系！”向笃坚持己见。

“先找找我们自身的问题，梳理一下问题的源头吧。”一批又一批的黑料，让他怀疑是有专业的幕后推手在操作。

林嘤其没有那种本事发张照片就能上头条，想必她也心力交瘁了一天，他不想惊动她。

岳仲桉的手机响个不停，他无心接听，其中有一个来电显示，是RARE驻法国的投资人Léo，是名华裔商人，当初他们也是抱着共同创立中国顶尖时尚品牌而走到一起，达成合作的。

这通电话他不得不接，出了一连串的事，他必须给Léo交代，就算Léo不打过来，稍后他也会主动打过去。

向笃知道大事不妙，没想到消息如此快就从国内传到了法国。

“岳总，究竟是怎么回事，本来已经形势好转，怎么又冒出一张小鸵鸟照片，都传到我这边了。法国时尚界人士纷纷在议论这张照片，拿你们RARE做反例，再这样传播下去，我看RARE品牌整个系列就可以准备撤柜了。别给我撤资的压力，OK？” Léo直接挑明。

“我正在处理，一定会解决。”

“这次事件要责任到人，查查主要责任是否在设计总监的身上。如果是，只能果断选择换设计师，你不能感情用事。因为我记得，当初你是反对使用鸵鸟皮的，现在风波也都是因为这个材质引起的。”

“Léo，总监是一个品牌的灵魂，所以绝对不能换。这是管理上的失误，是我的责任，我会尽快扭转局面。”岳仲桉将责任包揽在自己身上。

“你要考虑自己独揽责任的后果。”Léo告诫道。

“五天内处理不好RARE危机，我辞去总经理一职。”

岳仲桉挂了电话，面上愁云笼罩。

“Léo要追究我的责任你让他找我，你别替我扛，大不了我不当这个设计总监了。”向笃深吸一口烟，说完，转身就走。

“你站住——”岳仲桉叫住向笃。

“把烟掐了。我来想办法。”他说。

向笃顿了顿，走出办公室。

岳仲桉更加确信，公司屡次出现的危机，是幕后推手有预谋地在打压RARE，他决定先暗自调查。

夜已深，他得留在公司做事情，心里却担心林嘤其胡思乱想。想到白天里她的精神状态很差，他又怎么忍心让她再卷入风波。

自踩踏事件起他就存有愧意，也在心底决意从此对她深信不疑。

八月盛夏的风，从窗外穿过客厅吹进来，燥热烦闷。林嘤其开着一台小小的电风扇，对着脸吹。她没有开冷气，想着一个人吹有点浪费电，等到他快下班时再开冷气。

她准备好了晚饭，等待岳仲桉回来。却在此时收到路蜓的通知。

“岳先生今晚加班，吃住都在公司，明天你的工作安排照旧。”

他居然不回来了，是还在生她的气吗？想想自己也是奇怪，脾气没发出来吧，会像个易燃易爆物，可是一旦爆发出来了，又觉得伤害了对方，自己倒难过，于心不忍。她盯着手机屏幕发呆，直到纪幻幻的视频通话请求毫无征兆地发来。

能不能关系好到随时随地语音或视频通话，这就是衡量好朋友的一个标准吧。林嘤其接通视频，仅餐厅的灯亮着，光线并不清晰。

“喂，嘤儿，不是吧，你还真把你勤俭持家、节约用电的好习惯都带进岳仲桉家了？求求你行行好，能不能替他多花点钱，多亮几盏灯啊！”纪幻幻瞪大眼睛，想要看到岳仲桉家的样子。

“就我一个人在房子里，开那么多灯做什么？”

“有‘呼哧呼哧’的声音，你在吹电风扇，有没有搞错？”纪幻幻大失所望地问。

“我穷惯了，有强迫症，浪费电我会心里不安。”她说。

“他家灯肯定都是艺术品等级，你开着也好让我开开眼界啊。”

“今天和他大吵一架。”她惆怅地说。

“就为画错你弟弟的肖像画？难怪他都不回来吃饭了。看来你真是错怪他了，记忆大师那是好几年前的事啦，他都二十八岁了，好汉不提当年勇，说不定他记忆力疾速衰退了，你这倒好，非要人家承认自己不行，他不要面子啊！”纪幻幻煞有介事地说。

好像也不无道理。

“我说岳仲桉聘用你做生活助理，他可是赚了，单你每个月为他省下来的开支就够发你薪水了。别的不说，光买菜这块已经不少了。”

“我可不是为他省，我是省惯了。”

“哎，你现在是不是特像做好了晚饭等不来儿子回家吃饭的妈妈啊！或者是像等不到皇上翻牌的妃子……”

“你还贫。我都焦虑死了。”

和纪幻幻你一句我一句闲聊着，林嘤其心里原本的阴霾倒被扫去了不少。或许是自己想歪了，前前后后联系起来看，他不至于故意那么做，那不是他的品行。

她有些后悔白天的冲动，拿起手机，思量过后，给他发送了一条道歉的微信——

“岳先生，对不起，下午的事是我过激了。还望见谅。”

一声“岳先生”，让他们的关系立刻疏远了。岳仲桉的手指快速划过这条消息，并没有回复，她这条短信的口吻真让他不舒服。他宁愿她强词夺理和他顶嘴。

她打开音响，想起他微博里曾经分享过一首歌，叫*I'll Be A Virgin, I'll Be A Mountain*。

“我将有赤子之心，我将化归山林。”

舒缓温柔的男声，娓娓动听，她单曲循环，听着他听过的歌，就好像离他更近了。这套公寓里，四处都是他的气息。她给尤加利叶换水，细嗅，他衬衫上也有这样的味道。

“岳仲桉，我们和好吧。”她想好等他走进家门，要和他说的第一句话。

整个RARE公司上下都收到通知，连夜加班，连纪幻幻一个实习柜员都被紧急召唤回公司。

除了林嘤其被蒙在鼓里。

纪幻幻好奇地问路蜓：“路助理，为什么全公司上上下下的人都来了，偏偏我的好朋友林嘤其没有来啊？”

“你别叫她来，是岳总吩咐的。”

“啊……”纪幻幻十分意外，赶紧不吱声了，心想：林嘤其你不会真把公司给卖了吧。

方致眼眶泛红，从岳仲桉办公室走出来。

“大家先停下手边的事，我说几句话。眼下公司遇到难关，我们岳总已经做出五天内解决问题否则引咎辞职的承诺。现在，我们要把那个躲在下水道，躲在暗处，坚持不懈抹黑、诋毁RARE的幕后推手给揪出来，这是赤裸裸的恶性竞争。从现在开始，我们每一个人，守在电脑前，仔细查。从同行到相关竞争品牌，每一条新闻信息都不能放过。”

“誓与公司共进退！” 纪幻幻挥起拳头，积极喊着口号。

“好！大家都辛苦一下，各部门同时加班，实在累了就换班睡。如果你们有朋友在媒体工作，或者自己有相关的人脉，全都用上。” 方致一副赞扬的语气。

隔着办公室的玻璃，岳仲桉看了一眼纪幻幻，想起这个女孩应该是林豌豆口中的好朋友，可比林豌豆要识时务多了。

他思忖着往手工坊走，却听到方致和向笃的对话。

“希望总监这个时候别待在手工坊了，现在公司的责任岳总自己扛下来了，大家都在加班……”方致恳求。

“难道你让我一个设计总监去做公关做的事吗？我又不是总经理！” 向笃态度轻蔑，除了岳仲桉，他从不把旁人放在眼里。

“当初岳总就反对用鸵鸟皮，是你非要坚持，本身鸵鸟皮就珍贵，也不是非用不可，完全可以用别的材质取代……你到底是为什么要一意孤行！”

“你一个助理就做好你助理的工作，而不是跑来质疑设计总监，你懂设计吗？如果不懂，就闭嘴。”

岳仲桉轻咳一声，打断了他们的针锋相对。

“方致，你去联系一下志愿者那边的齐队长，我要和他谈谈。我回忆发布会当天的细节，那只小鸵鸟应该是其中一名志愿者带进来的。弄清楚他们带进来的目的，以及小鸵鸟最后的去向，把事情的来龙去脉查清楚，我们就不会被动了。”岳仲桉吩咐。

“好，我马上去。”方致一听有眉目，健步如飞地冲出去。

岳仲桉拿起向笃的设计图，说：“你等会儿和我一起去见一下齐队长，你借此机会澄清一下林嘤其和公司的关系，别把她搅进来，免得对方误会被我们利用。”

“行吧。”向笃不悦地应承。

十点差五分，岳仲桉和向笃在一家路边大排档门口见到了齐队长。炎热的酷暑，空气中弥漫着饭菜变馊的酸臭气。

向笃有些忍受不了，勉为其难地皱紧眉头，低头看看，似乎无处下脚。

“不好意思，让你们来这种地方找我。没办法，接到消息称，这家店老板白天开饭店，晚上毒死流浪狗以备饭店食用，我们报警后就守在这儿，等着警察来个人赃俱获。”齐队长双手插在裤口袋里，神色不悦。

“你们这是正义之举，相信深明大义的齐队长会帮我们对这张照片进行答疑解惑的！”岳仲桉长话短说，直接递了照片给齐队长。

“这不是小林吗？拍得挺好的，还别说，真上相。”齐队长笑笑，脱口而出。

“齐队长，言归正传，这张照片被别有用心的人拿来针对我公司，声称这只小鸵鸟是由我公司带进发布会现场做宣传的，最终被折磨死了。”

“那可是胡说八道，这小鸵鸟是我们志愿者带进去的，黑就是黑，白就是白，我们不会瞎说！”齐队长倒是耿直爽快，立即否认。

“如果真相是这样，齐队长能让那名志愿者出来澄清一下吗？”岳仲桉收起照片，诚恳地说。

齐队长看了一眼岳仲桉身旁的向笃，气不打一处来：“替你们澄清，可他还往我们志愿者身上泼脏水。采访时他说的那些话，害我们遭到大家的质疑，还怀疑我们不是纯粹的动物保护组织志愿者，和你们公司之间有利益勾当。你说说我们哪能受得了这盆脏水！”

“是我不对，向你们这群伟大的志愿者道歉。”向笃趾高气扬，并没有什么诚意。

“行，这事啊，我看你也别问我，你不是说了，小林是你们公司员工，她又是照片上的人，这张照片到底咋回事，她最清楚，你们去问她吧。”齐队长恼了，摆手拒绝。

警车从远处驶来，齐队长借机扭头向警车方向跑去。

“他就这么把我们晾一边？我说这群人是不是成天没有正事可做！岳总，

你听听他都说了，得找林嘤其！”向笃急不可耐。

“我最后说一遍，不要把她卷进来。”他不容置疑地对向笃说。

他不想让自己和林嘤其的误解加深，关于她弟弟肖像画误差的事情还没有和她解释。抬眼间，只见一个黑影从排档隔壁的二楼窗户纵身跳下，落地后迅速往巷口处飞奔逃跑。

岳仲桉一个箭步紧跟着冲上去，而那个黑影很快就发现了他，停下来，手里握着一支毒狗针，向他逼近。

他丝毫不惧，迎面对着黑影抬脚重踹，对方捂着腹部倒在地上，支撑着想要站起来。

“奉劝你停手，我做过以色列格斗术教练。如果你想被抬上警车的话，你可以继续。”岳仲桉摊摊右手，眼神轻蔑。

黑影被镇住了。

最终，这个毒狗的人没能逃掉，束手就擒。

白色轿车内，岳仲桉握着方向盘，心情爽快。经此一事，他发现原来她这样的志愿者做的事有意义，却也危险。

他希望她不要再参与其中，不要有丝毫的危险。转念又想，她从小就被灌输了深刻的动物保护理念，是无法改变的。

“你知不知道那毒狗针的毒性有多强，你身手再好，万一针飞出来，后果不堪设想。”向笃心有余悸。

“值得的是，齐队长答应出面澄清了。再说，看到那种用卑劣手段毒狗的人，我怎么能袖手旁观。”岳仲桉的正义之气，从他少年读书时期到现在成为公司负责人，倒是丝毫未变。

“关于鸵鸟皮进口渠道，澳洲那边又在找我们了。”向笃催促。

“那家公司不能合作，从价格上看就明显有问题。虽然他们是当地较为庞大的集团，但我们得走正途。”

“如果合作，我们在成本上能省去百分之二十，这百分之二十完全可以投放到品牌广告上……”

“向笃，你没有怀疑过澳洲那家集团涉及走私？”岳仲桉有些失望。

“这是你的怀疑？”向笃呼吸急促。

“我在查，公司发生的这一连串事情，我怀疑这其中有关联，别让我掌握到证据。”岳仲桉攥紧手心，目视前方，像个严阵以待的战士。

向笃沉默，偏过头望着窗外，隐隐有些担忧。

林嘤其坐在客厅的沙发上，菜已经凉了。

电视里正直播着明星走红毯。她也看不清谁是谁，有的明星能通过体态或者声音来辨认，有的连纪幻幻都能犯脸盲症。

平时她看电视也少，只是今晚太难熬了。

这次她能确定，屏幕中走向红毯的是久宁。一袭烟蓝色露肩长纱裙，薄纱恰到好处地覆盖在锁骨处，若隐若现，招牌式微笑，优雅的小幅度挥手，还特意将米色的RARE包的logo正面朝向镜头。

在红毯上从来没输过的久宁并没有因为之前的商场风波而有失光彩，照旧吸引摄影师们的厚爱。

久宁变换着姿势配合摄影师按下快门。

林嘤其站在电视机前，跟着学久宁的姿势，掀起围裙一角，侧着身子，扬起下巴，脸泛油光。

“我可真是活脱脱东施效颦。”她惆怅地自言自语，想学化妆，想学唱歌，想学跳舞，想一下子特别耀眼地出现在他面前。

痴人说梦，她萎靡不振。哪里还有那种闲心，有时她都快要忘记自己是个女孩，也有一颗想要变美的心，想有喜欢的人。

“久宁今晚这一身仙气纱裙亮相，惊艳全场。果然是红毯时尚女王，永远不会穿错衣服。”主持人开口夸赞。

久宁对于盛赞从来都是骄傲地照单全收，不过今晚却客气道：“谢谢。”

主持人关注到久宁的包，低头指向包说：“今晚这个包真出彩，仿佛专门为你而制，配上裙子，就是仙女本人了。”

“这款包目前仅此一个，是RARE定制限量款。”

久宁甜甜笑着刚要走下红毯，主持人又追上来。

“不好意思，有请久宁先留步。因为消息来得有点突然，就在刚刚，有人给参加电视节的各个媒体发来一张照片，你要不要看一下？”

久宁一愣，随后淡定地点头。

主持人递过来手机。

久宁看了一眼照片，照片上是她和一名男子前后走进酒店大堂的背影。

“既然这样，我也没必要隐瞒了，你可以把照片给各位摄影师来个特写。没错，照片上两人的背影正是我和RARE总经理岳仲桉，不过我们只是去酒店吃饭而已。”

紧接着，久宁说了一番暧昧的话，至于会被怎么解读，她似乎并不在意。

“所以你们能理解我为什么代言RARE了，因为我了解岳仲桉对时尚设计的情怀和追求，他想实现的是打造属于我们中国人自己的时尚品牌。我愿意陪他造梦。而我身上这款包，我给这个系列取了名字，叫造梦者。希望每个女孩都能背上它，和你心爱的人一起造梦。”久宁一双明眸，热泪盈眶。

傻子也能听出来，久宁喜欢岳仲桉，对于他们的关系，她既不否认，也不承认。

“原来这个系列的包有这么浪漫的名字和意义。我想今天的活动结束之后，这款包定会风靡全国，能不能先给我预订一个？” 主持人被感动了，带头鼓掌。

久宁点头保持微笑，眼角泛着泪光。

连林嘤其也莫名被久宁给打动，这才是爱情的模样啊。她不禁想到一句话：“人家郎才女貌，天生一对，轮到你这妖怪来反对？”

她觉得自己软磨硬泡缠着岳仲桉，真像一个妖怪。

连吃醋的资格都没有。

他是她的路灯又怎样，他分明是久宁的太阳。

关掉电视，手机上跳出一条微信。她还以为是他发来的，可打开一看，是纪幻幻发的，她有些失落。

“嘤儿，这下你可捅大娄子了，岳仲桉很可能要引咎辞职！”

她看得有些云里雾里，只感觉事态很严重。她倚靠在墙壁上，闷热的天，仍背后发冷。

打开电脑，逐条搜索，看到那些扑面而来纷杂的消息时，她才知道一张小鸵鸟照片令他的公司再度陷入进退维谷的境地。而她作为照片里的主人公，他甚至连询问她一声都没有。

但凡他有点脑子，都会怀疑与她有关吧，毕竟是她抱着那只小鸵鸟。

她以为他会向自己兴师问罪，如同她因为弟弟画像的事向他兴师问罪那样。

而他并没有。

他相信她。

“一切寻找你的人，都想试探你。那些找到你的人，将会束缚你，用图画，用姿势。我却愿理解你，像大地理解你。”——里尔克。

后来，她和他相隔万重山时，偶然读得这段诗，想起他之于她，就是理解。理解她根植于阴暗土壤之下那部分顽强不屈，而非展露地面上的那些枝叶和花束。

唯有他的光亮可以照进来。

桌上的菜一动未动，她也没吃。望着他吃饭坐的那个位子，从她坐在沙发的视角上来看，他应是背向她的。她脑海中浮起他坐在那里时宽阔的肩膀，此刻，想必他正如此坐着吧。

他一定有许多委屈、压力、责任……

尤为想他。

大概是白天冲他发脾气的缘故，再加上无端成为舆论事件女主角，她倍感忧虑。

心神不定的她不停地注册账户在小鸵鸟照片相关的新闻下留言，一次次解释那只小鸵鸟是被动保志愿者带来的，和RARE公司无关。

可真相的声音迅速淹没在不断跳出的骂声中，多数网友似乎被那句拟人化的“妈妈，你怎么变成这个样子了”给洗脑了，更相信这就是真相。

天快亮时，他给她打来电话。

起初她还装作在睡觉的口吻，但还是被他识破了。

“怎么还不睡？”他关切地道，声音听起来干涩嘶哑，她料定他也没休息过。他胃不好，不能这样熬夜。

“我已经睡了。”她嘟哝着作答。

“好好睡一觉，别去回复那些骂声了，毫无意义，你也会很累。画像的细节是我这边出了点状况，晚点重新画一幅给你。”他温柔得不像话。

他竟知晓这一切。

她握着手机听他说话，只见电脑屏幕上，微博弹出来的一条已关注人的私信。是他的个人微博，他给她的账户发来一条消息。

“想你了。”

紧接着又跳出一句。

“很想你的麦仁饭。”

那一瞬间，她仿佛说不出话来，空气凝结般安静，她能听到他的呼吸声，他手指敲击写字桌的声响。

他似乎在等她的回应，回应他的那两句话。

“你怎么知道这个微博账户是我的？你就没有怀疑过我吗？之前因为弟弟画像的事我对你说了那些话，你没联想到一起吗？”

毕竟连好朋友纪幻幻都误以为是她做的。

“上次在商场电梯里对你误会，伤害了你。从那以后，我就在心底发誓，我相信你，如同相信我自己。除了你，还有谁会傻傻地一条条回复替我澄清，而且还那么了解情况。我不想你因为这件事而成为舆论焦点，受到困扰。”

“对不起。”她愧疚地说，那一刻，真想一头扎进他怀里。

“以后不要再轻易说对不起了，你没有错。画像是我这边出的状况，我会重新画一幅给你。趁天未亮，睡会儿吧。”

“那你呢，你睡吗？”

“别管我，我熬夜不会丑，你是女孩。”

“这件事怎么办，听说……你要引咎辞职？”

“只是缓兵之计，听我的，关上电脑，去睡觉。等我回来，给我做麦仁饭。”他说完，又补了一句，“我就算辞职，暂时你生活助理的职位还可以保留，新上任的总经理也需要生活助理，你不用担心会失业。”

她一听此话，急忙反驳道：“我才不做别人的生活助理，那我还不如去养猪。”

“哦，看你前天发的微博，配图有些过分……嗯，不说了，我要忙事情了。”他那头好像被人打断，他恢复工作的状态，用一本正经的口吻结束电话。

她想起前天发的微博内容了，是这样写的——

要不是为了找弟弟，才不做饭给你吃，还不如养猪。

配图是一张猪的照片，那分明是气话，他还拿来戏谑她。还好平时她极少发微博，不然要被他识破多少秘密。

包括她的脸盲症，还有她对他特殊的感觉，都是她想要掩盖的。她已有决定，要站出来把事实说清楚。

起身回房间时，她的胳膊碰到玄关的柜子，原本摆放好的乐高模型倒了下来，连同他的钱包。明哲保身未尝不是一件坏事，但她无法忍受混淆真相。即便不是他，换作是别的人，她也会做这个决定。

她将乐高模型放回原位，想捡起钱包，只见落在地上敞开的钱包里，有一张拍立得相片。那张相片她虽然看不清脸，但那条心爱的长裙，她再熟悉不过了。

是在肯尼亚时李龙抓拍的，回家后她再也没有找到相片，没承想在他这儿。他一副稳重严肃的模样，居然能做出偷拿女人照片的事。

男人将一个女人的相片放在钱包里，意味着什么不言而喻。

她对此悲喜参半，喜是因为她喜欢的人似乎也在意她。悲的是，这种喜欢根本不能拥有，是不会有结果的。

犹豫过后，她还是将照片从钱包里拿出来。他们之间，连称为朋友她都是高攀，不是自卑，是她有自知之明。

他们之间最恰当的关系，是老板与员工。她的相片出现在他钱包里，怎么看都不应当。

天渐渐亮了，她早早就在厨房煮麦仁饭，用保温盒装好，再动身去他公司。其间还接到纪幻幻的电话，她这个好朋友再三叮嘱她千万别露脸。

那张小鸵鸟照片，让她像多年前轰动全国的那张照片，握笔渴望读书的大眼睛女孩一般，走进公众视野。

她拎着保温盒，出现在RARE公司楼下。

如她料想到的那样，她刚走到大厦门口，就被蹲守的记者一拥而上团团包围住。

她就那样“手无寸铁”地站在许多记者面前，面对着那些她根本看不清的面孔，任由长枪短炮对着她一顿猛拍。哪怕她很恐慌，也怯弱，但她始终紧紧握着保温盒的提手。

她只要想起他，想起他说的路灯一直都在，她就不怕。

“小鸵鸟照片的主角是我，我比任何人都清楚这张照片的前因后果，所以，由我来澄清比谁都有说服力。”她昂起头，坦然面对镜头，心里只有一个念头，那就是直面过去，他才不会被牵累。

可她显然低估了记者的能力，作为照片上的主角，她的过往经历在昨晚就被查了个遍。她丝毫没有准备，根本没想到会面对接下来的残酷提问。

这也是岳仲桉所预料到的，所以他才那么坚决地反对让她卷进来。

起初的几个记者提问倒还是正常，她也落落大方讲述了整个小鸵鸟事件的经过，包括最后将小鸵鸟安全地送回养殖场。

“如果你们不相信我所说的话，不妨去养殖场调查，或者问一下当天去现场的其他志愿者，希望你们能还原真相，不要继续让虚假煽情的流言误导了。”她说完后，正要转身走进大厦。

一名老练的女记者追上她，话筒直逼她身后，犀利地问：“我们调查发现，你不仅是动物保护组织的志愿者，而且也是RARE的在职人员。请问牵涉这两重身份，今天你的澄清是否有为包庇RARE捏造假话？”

这段问话令她怒火中烧。

“该说的我都说清楚了，你可以按照我提供的信息去多方调查再提出疑问。我是动物保护志愿者和我是RARE的员工，都与我刚才那番话没有任何关系。”她坦坦荡荡，光明磊落。

女记者偏过头，露出一抹不屑的表情。只是那么一瞬间的流露，脸盲的林嘤其自然没有察觉，却被前来要接走她的岳仲桉看在眼底。

他预感到接下来她要面对怎样的质疑，那恰恰是他最不想看到的，他从一开始就不希望她插手这件事。

可他最不希望发生的事还是发生了。

女记者铿锵有力地问道：“据我们调查，你的父亲林贡之，一位动物学家，当年却和盗猎分子勾结，后担心败露而投湖自杀。对于他的双重身份，你怎么看待？”

林嘤其被这突如其来的创伤揭露击溃。这么多年来，父亲的死是她心底最大的痛，谁都不能提。平日母亲都避而不谈，因为母亲知道她和父亲的感情深厚，她坚信父亲绝不是那样的人。

那时有好事的男同学在学校里四处乱说，说她父亲是打着动物保护旗号的盗猎分子，她听到后和那个男同学打了一架，打到后来她眼睛都红了，一群人拉都拉不开。

她就像一匹小野狼，随时准备去攻击侮辱父亲的人。

母亲被叫来学校训话，回家后，母亲呵斥一声，叫她跪下。

母亲要她跪在父亲的遗像前起誓，这辈子都不得再因为这种事和别人发生矛盾。

“你要忍啊，这样才对得起你爸爸对你的教诲，他在天之灵，永远都不希望自己女儿变成一个打架骂人的野姑娘，哪怕是为了维护他。”

她跪在冰凉的水泥地上，浑身直打哆嗦，咬牙切齿，眼睛通红。

“我发誓，以后不管别人说爸爸什么，我都不可以还嘴，不可以骂人，不可以打架。否则，爸爸就……没有我这个女儿……”

这句誓言，母亲逼着她，跟着一句一句念下来。

她是牢牢咬着牙关念完的。

母亲那时就明白，身为林贡之的女儿，将来会不断面对这样的质问，而她不能够次次都如此冲动。母亲担忧她迟早会出事，才把心一横让她发毒誓。

往昔那个跪在父亲遗像前发誓的场景如在眼前。

此时她再度被人质问，而且是在众目睽睽之下，在那么多的记者和摄像机面前。

她看不清面前这个女记者的脸，跌跌撞撞地向后退了两步，眼里迅速涌起泪水。

父亲……父亲……她的父亲根本不是那种人，又怎能被随意诋毁。

悲痛，愤恨，哀怨，各种情绪一时涌起，她几乎动弹不得，仿佛失声，双眼浸泪，心神不定地任由记者们拍照。

“你十三年后的双重身份是否也是如此？明面上打着保护动物的旗号，实际与……”

她颤巍巍地捂住耳朵，恍惚地摇头，弯下身体蹲在地上，想逃离这刺耳锥心的质问。

“够了——”岳仲桉的声音响起，打断咄咄逼人的女记者。

林嘤其缓缓地循声而望，只见他那张脸清晰无比，相比众人面孔的模糊不清，此时的他是那样亲近，带着愤怒和怜惜向她走来。

看到她那副无措无助的样子，他的心一下软了。

他伸手牵起她，别在腰际，身体挡在她面前，将她与女记者的相机隔开。

她望着他挺拔的背，怔在原地。

“我警告你，你以上的问话涉嫌诽谤我司员工，我们将保留追究你诽谤的权利。”他护着她，气势汹汹，说完转身面向她，给了她一个肯定的眼神。

“一起走。”他柔声说，大步走在她前面，余光却没离开她，以确定那个胆怯惶恐的身影就紧跟在身后。

“一起走。”

这三个字那时带给她的悸动，她终生难忘。

他们大概注定是要一起走的人。

与十三年前被臭鼬攻击，他蒙上她的眼睛带她逃离如出一辙。

身后相机的快门声不断响起。走出记者视线的那段路短短十余米，她只觉得漫长。

长在背后争议的目光，长在前方他坚定的步伐。

回到办公室，他并未提及这些，若无其事地接过她手中的保温盒，一点点用勺子将里面的麦仁饭倒出来，分成两份。

他知道她没吃，甚至连昨晚的晚饭都没吃，因为在安静的办公室内，他听到她的肚子发出“咕咕”的抗议声。

“先吃东西。”他将碗推到她面前。

她顺从地端起碗，一小口一小口地抿，心乱如麻。她生怕自己给他闯了祸，原本是想替他澄清的，岂料……

“别担心我，任何时候，首先考虑你自己，保护你自己。我不要紧的，这些都是公事。你是属于私事。”他说罢，低头吃着，似乎吃得很香。

她点点头。

“下不为例。我不想你再牵涉进来，其实你今天完全没有必要出现，明白吗？我已经说服了齐队长，他会对小鸵鸟照片进行说明的。”

“我是不是搞砸了你的安排？”

“没有。”

“我还能够做些什么？”

“这不是你工作范畴内要考虑的事。”他语气变得生硬，没有丝毫感情色彩。

“我的工作范畴是什么？仅仅为你做早餐、订机票、熨衣服吗？！”

他半开玩笑半认真地答：“把这些事情做好，已经对得起你的薪水了。除此之外，难道你还想给我治病？”

她垂下头，想到记者的质疑。确实，她为了寻找弟弟接近他，成为他的生活助理。这和她动物保护组织志愿者身份是相悖的。

似乎继续这份工作，就会一直令他被质疑诟病，也牵连齐队长难做。

她不允许自己再继续“祸害”他了。

“岳先生。”

“嗯？”他温柔地应了一声。

“我想……辞职。虽然我也才做你的生活助理两天，但惹的麻烦够你受的了。实不相瞒，我是为了找弟弟，所以才对你死缠烂打。现在反而释怀了，而且我不适合做这份工作，生活助理也不是单纯做做饭这样简单，我也有我喜欢做的事。”

他静静地听着，点头，目光凝视着她。发现她虽然有时迟钝，却很有胆量，也很可爱。

“你喜欢做什么工作？”他认真地问。

“我还是喜欢和小动物打交道。”

他一副若有所思的神情，说：“看来我不如动物招你喜欢。”

“不是，我的专业是动物医学。”她搪塞着。

“我看看公司有没有其他职位适合你的。”他放心不下，不想让迟钝的她到外面去找工作。

“不用。”她急忙推辞。

看出来她是做好决定了，他便不再挽留。

“我尊重你的意见。你弟弟的画像我会补给你，不过我有个条件。”他说着，眼睛扫一眼面前的碗。

“什么条件？”她问。

“我以后肯定是找不到做麦仁饭这么好吃的生活助理了，你能不能继续给我做麦仁饭？”他提出请求。

“可是我搬走后……”

“批准你辞职，不批准你搬走，二者只能选一个。”他霸道地说。

她正想说什么，他看穿心思地打圆场，讨好道：“你不是要找弟弟吗？你继续住家里，或许以后当你收到线索照片，随时都可以拿给我辨认，我答应你的事，我一定会做到。”

不得不承认，那时候在彼此心间都有一种秘而不宣的默契萌生。她就这么答应下来，继续住在他家，每天早上给他做早餐。

他也没有再聘请生活助理。

尽管他心里很不想她辞职，却还是选择尊重她。他知道，会有更好更适合她的位子。

让他稍稍松口气的是，齐队长带着记者找到鸵鸟养殖场老板，并且拍下了那只小鸵鸟健康成长的视频，加上林嘤其关键时刻在记者面前的公开澄清，以及久宁和岳仲桉的绯闻闹得沸沸扬扬，这场风波也就结束了。

齐队长还不忘盛赞岳仲桉勇斗不法分子的故事。

在岳仲桉的震慑施压下，林嘤其被记者逼问有关她父亲的那段并没有出现在网络上。

他如约为她重新画了一幅林友声的肖像画，并且是当着她母亲的面画的，他一边画，一边耐心地问，阿姨看这里还需不需要修改？

她静静看着他反复修改润色，他专注的侧脸，思索时紧蹙的眉头。

岳仲桉，为什么偏偏是你，最不可能靠近的你，成为我生命里最清晰可辨的人。

如果你只是个寻常的普通男人，或许我会向前迈出很大一步。

可……我只是个患脸盲症，等同于半个残疾人的小兽医。灰头土脸地站在你身边，我是自卑的。

他喜欢干净的气息，周遭总是有尤加利的香味。她身上却总是带着各种动物的味道。

太违和了。

最终肖像画呈现出来的弟弟，用母亲的话来说，是“如同我儿在眼前”。他将林友声脸上的每一处细节都描画得如真人一般。

她将那幅肖像画复印出来，原画特意用相框装好，放在母亲的床头柜上。她再拿着肖像画复印件，在各个寻亲网站上发布寻人消息。

抱着很快就会有下落的心去等待，眼见半个月过去了，她却没有等来什么令人振奋的线索。

中秋节那晚，月亮特别圆。

她害怕过节，尤其是中秋和除夕，最难熬。万家团圆的日子，她家的餐桌上却另外空摆了两副碗筷。

由于母亲在雇主家回不来，她只好送盒月饼过去便回了公寓。可能是得到儿子画像的缘故，母亲的气色看起来好了很多。

她甚至有种错觉，母亲很健康，一切都会好起来。那样结实有劲的母亲，永远都不会离开她。

岳仲桉去北京出差，公寓里便只剩下她一个人冷冷清清的。她给尤加利叶换水，点上一支小小的香薰蜡烛，也是尤加利气味。

也许是和他共处久了的缘故，她也迷恋上这种令人安宁平静的味道。

不管在哪里，闻到尤加利气味，就会想起他。

嗯，没闻到的时候也会想他。当她望向人群，看到一张张模糊的脸，就会想起那张明晰温柔的脸庞，以及清澈的目光。

他此时在忙什么，吃过晚饭了吗？过节有尝月饼吗？她迟疑着要不要发一句中秋祝福给他，假装成群发的口吻。

似乎太生硬了。

想想，认识这么久，她只主动打过一次电话给他。她按下他的号码，心跳加速，连续深呼吸三次后，才鼓起勇气拨通电话。

岳仲桉，你永远都不知道我给你打电话时要鼓起多大的勇气。

“嘟嘟——”接线声，她感觉心“扑通扑通”直跳。

“喂……”她刚开口，便听到听筒里传来的不是他的声音，而是“您好，您拨打的电话正在通话中”。

他挂断了电话。

她有点自讨没趣，等了一会儿，他没有回电话过来，看来他是很忙。想到他这次出差到北京，会和久宁见面，说不定现在不方便接电话就是因为和久宁在共进晚餐。

她干脆将手机扔到沙发上，不去管它。那种小心翼翼想探出手，又缩回去的怯懦小心思困扰着她。

突然意识到，答应他继续住在这套公寓里是错误的。名义上为找弟弟，实际她已经一点点陷进感情里了。

趁还没无法自拔，是不是该当机立断？她在心里一遍遍告诫自己，不要妄想。

祈祷早日找到弟弟，那她就彻底没有任何理由再和他接触了。

窗台上，烛光随晚风摇曳。

夜色很美，她坐在阳台上，仰头望向天上的月亮。想到范成大《水调歌头》里的那句诗：“细数十年事，十处过中秋。”

十年之间，她何尝不是过十处中秋。

自爸爸去世，弟弟失踪，从此十多年里的每一个佳节，都是悲伤。

哪里都不是家。

她记得有一年中秋，爸爸在北京出差，赶着回来过节。他们姐弟俩从早上开始就站在门口盼，望穿秋水。两个人爬到一棵高树上，瞭望远方。天渐渐暗了，远处出现了那个渺小而熟悉的身影。

“姐你看，爸回来了！”弟弟喜悦地喊，猴精一般爬下树就跑去接。

她则赶紧冲进家里，把父亲常喝茶的那个白瓷缸冲洗一遍，放点茶叶，拿热水泡上，再出门迎接。

爸爸从遥远的北京给她和弟弟各买了一个兔儿爷玩具。她好喜欢，放在床头，在那清贫纯真的年月里，是她最珍爱的物件，伴随她度过很多个夜晚。

后来房子被泥石流冲垮，她失去了那个兔儿爷。

过去的永远回不来。

门铃声划破夜的寂静。她穿过阳台来开门，心事重重的，以为是物业，想都没多想就把门打开了。

岳仲桉站在门外，略略抬起眼，疲惫地看着她，一声不吭。他进了门，忽然张开双臂，紧紧拥住她。

她愣在原地，任由他抱着。

他将头抵靠在她的肩膀上，手掌心抚上她的后脑勺。

“怎么了？”她缓缓开口。

他摇摇头。

“今晚不是不回来吗？合作没谈好？”她问。

他还是摇摇头。

“整整开了十个小时的会，合同签了。好累，想就这样赖你肩膀上。”他喃喃低语。

他这是撒娇？

“记得那时，你爸爸唤你的乳名，考拉。如考拉抱紧桉树，这样，漫长的一生里我们终于不用告别了。”他深情道。

“我会结婚，将来我也会死，怎么可能一生都不用告别呢？”她说。

“和我结婚，死在我之后。”

“胡言乱语。”她瞪他一眼。

“林豌豆，我爱你……”他低头，凝望着她，眼底都是爱意。

“嗯？”她措手不及。

“你爱我吗？”他干涩的声音从喉咙里发出。

“这……太突然了。”

“看着我的眼睛，你接近我，目的仅仅是为了找弟弟？难道你对我就没有一点儿喜欢吗？”

“我不知道。”她心虚地避开他的目光。

“林嘤其，我们交往吧！”他蓦然表白。

她眨眨眼，试图挣脱他的怀抱。岂料他抱得更紧，紧得她能感觉到他胸膛的温度。文胸都快被他压扁了……

“你压到我了。”她戳戳他。

“压到就压到，反正你迟早是我的。”他在她耳边口齿不清地说。

她的脸一下红了。

“你放手。”她说。

“我怕放了你会跑掉……”他耍起无赖来，这和平日里的老干部形象大相径庭。

“不跑，我能跑到哪里去。”她连哄带骗好不容易才从他怀里逃出来。

她坐到沙发上，怀里抱着靠枕，心生欢喜，他竟开完会赶飞机回来了。

“你今天是怎么了，好端端说这些？”

他站在一旁，像个受尽委屈的孩子一般说：“今天的会太冗长了，中途我用冷水冲脸时，好想念你，想你是不是在发呆，是不是又为弟弟的事难过了。

我就想早点赶回来抱一抱你。”

“你压力太大，别说胡话了，我们只是纯粹的朋友。”她不痛不痒地说，竭力让自己冷静一点儿。

“书房里的那幅画你还不明白吗？我以为你从进书房看到那幅画起，就明白我的心意。”他说。

她想起那幅画，少女站在丁香花丛中。

“那上面画的是你喜欢的女孩？”

“明知故问。”他快要被她莫名其妙的问题绕晕。

“那你就去向她表白啊！”

“刚刚才向她表白的。”他望着她，有点无奈。

“画上的人，是我？”她呆呆地盯着他，有些难以置信，像个傻瓜。她的脸盲症就是连自己的脸都看不清，也认不出来的啊。

他点头，反问：“那么明显你都看不出来吗？”

“看来是你把我画得太不像了。”她只好这么说。

难怪他对她时而很近，时而又很远，在他看来，那幅画已经是向她表白了，她却视而不见。他到底有过多少心路历程，她全然不知。

“我有时也很沮丧，我能记下有关别人的点点滴滴，独自活在回忆里，可我深深记在心里的人却没有记住我。”他忧伤地说着。

原来记性太好也是一桩痛苦的事。

她多想告诉他，不是的，在这个世上，还有一个人，她看不清任何人的脸，却只记得他。

“岳仲桉，我从未忘记过你，我甚至想告诉你，遗忘也并非一件好事。试想有一天，你连你心爱的人的脸都记不住，那会是怎样一种感觉。”她酸楚地说。

“你要记住我，爱上我。”他的目光柔软又坚定。

她垂下眼帘，黯然道：“对不起……”

那一刻，她感觉自己十分可耻，分明心里呐喊着、渴盼着他来爱自己。不接受，因为这是一条没有光明的道路。他还不知道她患有脸盲症的事，曾经有过要告诉他的冲动，却不知从何说起。茫茫人海，我只记得你的脸，这听起来很荒谬。

像是与他套近乎的谎言。

她想起大学毕业前，学校组织体检。班上一对恋人原本情意绵绵到了谈婚论嫁的地步，结果男方查出一项隐疾后不久，两人便分开了。

女方认为男方是有意隐瞒病情不说，还把此事拔高到骗婚的层面。男方则指责女方嫌弃他生病，不能共患难。或许双方都没有错，只是不够爱。

世上很多的爱，都有前提和基础。

她就算没患脸盲症，也不过是个平平凡凡的女孩，没有什么条件能够获得他的爱。

这份爱，平白无故。

爸爸告诫过她，永远不要接受平白无故的东西，包括爱。

“你不接受我，是因为有喜欢的人吗？”他没提周良池的名字。

“没有。”她斩钉截铁。

“我本性里有恶劣的部分，它自私、冷清、傲慢，却也掺杂着悲悯。是这悲悯让那部分恶劣变得忽略不计。”他说着，停下来，望着她，再度开口，“而你来了，我的恶劣就消失了。”

爱情在所有物种身上体现出来的，都是相同的眼神。

▼ 第六章

“我身后无山”
“你身后有岳”

她惶惶不安地望着他的那双眼睛，再这样下去，真要沦陷了。

“不要怕被遗忘。”她说。关于脸盲症，终未启齿。

“闭上眼睛，我有两份中秋礼物要送你。”他蹲下身，打开行李箱，神秘一笑。

她顺从地闭上眼睛。

“睁开吧。”他说。

她睁开眼，看到眼前是只穿着朱红袍的兔儿爷，长长的白耳朵中间描着胭脂红，坐骑是老虎。竟和当年父亲送她的那只兔儿爷一模一样。她的眼泪瞬间就滚落下来，急忙用手遮住脸，接过兔儿爷，抱在怀里。

“你……还记得它，是在哪儿买到的？”她强忍心中的激动问。

“记得那时在你房间看到兔儿爷，你当作珍宝似的放在床头，我想拿起来看，被你狠狠瞪了一眼。”

“你还挺记仇的。”她破涕为笑，说，“要知道兔儿爷是泥做的，手碰多了，会把上面的彩弄脱的。可是，你从哪里买来一样的兔儿爷啊？”

“我找到当年做兔儿爷的老爷子，他都已经不做这个了，破例为你做了一个。”

“你是怎么找到他的？”

“他做的兔儿爷，坐骑底下有印章。”他一脸笃定自信的笑容，将兔儿爷翻过来，果然，她看到了那枚鲜红的印。过目不忘的他，连十几年前匆匆瞥过兔儿爷，一个小细节都记得如此清楚。

岳仲桉说得极简单轻松。

她所不知的是，那天为了说服老爷子重拾手艺，再做一个兔儿爷，他煞费苦心，还陪老爷子下了半天的棋。

而且这棋得输得自然，哄得老爷子十分开心。

临走时老爷子意兴阑珊地说：“年轻人，现在喜欢兔儿爷的年轻人不多了，咱北京会做兔儿爷的手艺人也就十几个了。我做了一辈子的兔儿爷，你手上这个，怕是最后一个啦。”

他被老人身上的工匠精神，以及对传统工艺传承的担忧所感染，也反思自身，是否做到了将品牌与匠心、文化完美融合。

“怎么忽然想着送我兔儿爷？”

“中秋节，我想你一定会想念那个兔儿爷。老北京时，过中秋都会给小朋友买兔儿爷玩具，这是习俗。”

在他眼里，她还是小朋友吗？

“嗯，再给你看第二份礼物。”他紧接着拿出一张相片，是黑白照的全家福。

她看不清脸，却从熟悉到一生都不会忘的场景里俨然“看到”相片上努力耸起肩膀的父亲，龇牙咧嘴做鬼脸的弟弟，拘谨到笑得不自然的母亲，以及腼腆的自己。

她这辈子都没想过，有一天还能看到这张相片，全家人整整齐齐在一起的画面。

“是从哪里找到的相片……”

“找肖像画家画出来，再让摄影师还原成相片。”他说着。

她感动得不知如何表达，将照片和兔儿爷拥在怀里，眼泪夺眶而出。

如果是上天刻意拿走她那部分珍贵的回忆，那么岳仲桉此时是帮她追回来了。她闭上双眼，在心中默默念着：爸爸，终于再次看到你了，你在天上过得好吗？请你保佑妈妈和弟弟，让妈妈平安渡过危机，让弟弟和我们早日团聚。

岳仲桉曾一度厌恶自己过目不忘的记忆力给他带来了诸多痛苦，直至他看到这份记忆能够抚平心爱之人的痛楚，他想，或许这都是值得的。

他是填补她记忆的那个人。

“谢谢你为我做的这一切，这是我此生收到的最珍贵的礼物。”

“不要轻言是此生之最，因为以后还会有。”他的话语温柔得不像话。

“这些就足够了。”她低头看着兔儿爷和相片，一副爱不释手的样子。

“不够，我只觉得不够，能为你做的太少太少。”他轻轻伸过手臂，将她揽住。

“可我什么也没为你做过。”

“你做的菜很好吃，我现在胃都养好了不少。不过我钱包里缺失的那张相片你得还我，正式送给我。”他来讨要相片了。

“好好好，礼尚往来，送你。”她故作大度的口吻，起身跑回卧室，找到那张拍立得相片。

他正站在阳台上，背对着她，垂下左手，修长的手指夹着烟，一口接一口地吸烟。她注视着他的背影，烟雾缓缓散开，他变得低落消沉。

他怎么开始抽烟了？这是她第一次见他抽烟。她轻轻走到他身旁，递给他一杯温水。

“月色很美。只有赏月的时候，才真正理解儿时背过的那些唐诗宋词。比如：去年元夜时，花市灯如昼。比如：野旷天低树，江清月近人。比如：但愿人长久，千里共婵娟。”她轻声细语念着。

“再比如：世事一场大梦，人生几度秋凉？夜来风叶已鸣廊。看取眉头鬓上。酒贱常愁客少，月明多被云妨。中秋谁与共孤光。把盏凄然北望。”他跟随她，朗诵了一首苏轼的《西江月》。

原来愁眉不展地朗诵宋词的男人是这么迷人。他身上总有一股让人捉摸不透的忧郁，好像深埋了许多心事。

从来没听他提起家人、父母，中秋节对他来说大概和她同样难过吧。他不主动说的事，她不会询问。

“你一走，我就想抽烟。虽然你只走了一分钟。”他看向她，强撑笑意，有种掩饰不住的心力交瘁。

她猛地心疼。

“小考拉，你想听故事吗？”他凑近她的脸问。他的皮肤细腻洁净，极少有男子有这么好的皮肤吧。眼睛里好像蒙上了一层湖水，清澈纯粹，没有丝毫杂质。

她轻轻地点点头。

“本来，我不愿回忆往事。”他吸了口烟，掐灭，继续说，“就是很想告诉你，也许你能从中更了解我一些。当年你问过我，为什么来青海，我没有回答你。”

“记得，你是苏州的口音，我爸爸听出来了。”她也开始回忆。

“那是我妈去世后的第三个月，我随我爸去青海散心。我爸作为丈夫，似乎已经从丧妻之痛中走了出来，可我作为儿子……却没能从丧母之痛中走出来。”岳仲桉的语气渐渐沉重。

她安静地听他讲述身世。

他父亲岳平然是江浙一带家世显赫的棉纺织业商人，祖上自明朝起就开始从商。母亲双嘉是在茶馆唱苏州评弹的艺女。

在那个年代，世俗人眼中的双嘉不过是跑江湖卖唱之流，她嫁给岳平然，算是攀上了高枝。岳平然沉迷她婉转灵动的歌声，加上她楚楚动人、我见犹怜的模样，唱曲时眼里常含泪水，令他一见倾心。

是那种让男人看了想托起她的下巴，细细凝望的美。

“其他的女的都是叫女人，只有你母亲才称得上是女子。”

岳平然连续听了一百天的苏州评弹，方抱得美人归。但好景不长，即使那样哀怨的美，岳平然也看腻了。他不再愿意听她唱评弹，尤其在工厂经营惨淡时，他更是在家里大发雷霆。眼前这个被他赞为只有她能称得上是女子的双嘉，变成了他口中的丧门星。

她眼中的泪水，他不再怜惜。

“我一回家，看到你这张苦命脸，这死气沉沉的家，我就烦得要命！”岳平然将桌上的茶杯拂飞，白瓷碎了一地。幼年的岳仲桉被母亲紧紧搂在怀里，睁大眼睛盯着地上那本圆周率。

他挣脱母亲的双手，捡起那本圆周率翻开，冲到父亲面前递上去。别的什么话也不说，直接高声清脆地背诵圆周率。

“3.1415926535……”他背到一百位、两百位、三百位……他站得笔直，眼里噙着泪，目视前方的那株枇杷树，神情像小男子汉般坚毅。

父亲的脸色从怒到惊再到欣喜，后来也不再看那本圆周率，只是听着他背，俨然对儿子在数字方面的天赋感到骄傲。这是经商的好苗子，将来必成大器。

直到月色布满庭院，他还站在原地背着圆周率。

父亲欣慰地抚摸着他的头，露出难得的慈父笑容。

“仲桉啊，是谁教你背圆周率的？”

“是妈妈教的！”他大声回答。

父亲向母亲投去赞许的目光。

其实是他自学的。很多个夜晚，他坐在月光下，偷偷地背。童年的月亮，好像格外亮。

那年他才六岁。

是别的同龄小男孩正四处捣蛋闯祸的年纪。他背圆周率，就为取悦父亲。当他发现自己表现得好，能使母亲免于受父亲的羞辱，他便更努力去加强记忆。

记忆可以保护母亲。

久而久之，他的潜力被挖掘了出来。

“仲桉，别再背了。我不要紧，好孩子……妈妈和爸爸要过一辈子，再痛妈妈也能忘掉。你的人生还很长很长，我宁愿你是个平凡的人。人只有拥有遗忘的本领，才能过好一生……”

但，事与愿违。

少年岳仲桉出类拔萃，过目不忘。父亲也有意栽培他经商，想送他出国读书。他坚持不愿意去，因为放不下母亲。

2004年，岳仲桉十五岁，在一所寄宿高中读书。顺利的话，等他高中毕业可以直接出国，他打算把母亲一同带去。

意外的是，年过四十的双嘉怀孕了，对于第二个孩子的到来，她特别惊喜，想着不管是男孩或女孩都能够和仲桉结个伴，于是执意要生下二胎。

岳平然很少回家，表面上说在外忙，其实双嘉心里清楚，这个早已厌倦家庭的男人，在外面还有另外的温柔乡。

她懒得过问，反正也管不住，问多了只是添堵，她把心思都放在仲桉和肚子里渐渐长大的胎儿身上。

岳仲桉每天晚上睡前都会和母亲通个电话。

春天的雨，好像下不完似的，就在雨季要结束的一天晚上，岳平然喝多了酒，醉醺醺地回家。

双嘉抱着琵琶，浅吟低唱。独自居住，漫长的夜，有时她禁不住也会唱两曲。因为丈夫反感她唱，她只有趁其不在家时弹琵琶，对着窗外的细雨清唱。

摇摇晃晃刚走进院子的岳平然听到曲声后，顿时火冒三丈，冲进房间，夺走双嘉怀中的琵琶，从二楼窗户扔了下去。

“我让你唱！你是不是还想着他！我只要一想到你这张脸，这身子，也枕在别人身侧，唱给别人听，我就恶心，你让我恶心！”岳平然怒吼道，发完脾气，倒头呼呼大睡。

说这样的话语，他习以为常，却没有想过会让那个纤瘦哀怨的，曾那么打动他，让他爱怜的女子如坠冰窟。

当初他娶她的时候，承诺不再让她眼中含泪。

誓言化作烟云字。她挺着肚子，失魂落魄地下楼捡拾琵琶，耳边不停回响着岳平然的那句话——

“你让我恶心！”

万般皆是命。

她不慎脚滑跌倒在雨中，隆起的腹部重摔在地。她躺在地上，痛得爬不起来，腹中产生剧烈的胎动，胎儿在她的腹中踢打反抗着，搏命一般。

“平然……平然……”她呼唤着，声音微弱，雨下得更大了。

很快，那种剧烈的胎动慢慢静了下来，静得让人恐惧，再也没有丝毫动静。腹部坠痛不止，两腿间殷红的血在雨水中扩散开来。她自知孩子保不住了，绝望地躺在冰凉的地上，任雨淋着。

她放弃了自救。

心都死了。

“你还拖累我的儿子！要不是你，他早就去留学了，你还真打算跟着他一起出国陪读吗！你休想！”她想起丈夫的话。

“仲桉啊，妈妈放心不下你……我不能再让你保护我了，妈妈好累，想安心睡了……把你生下来，就没让你快乐过，你知道妈妈看你背圆周率，背错了就用铅笔扎手臂，妈妈的心有多痛吗？妈妈的心要痛死了……仲桉啊，妈妈对不起你……”她死前，脑中徘徊着这段话。

第二天早上，久违的太阳升起。

那是母亲再也没有见到的太阳。

“你妈妈，孕五个月流产，大出血导致死亡。”岳仲桉听到父亲在电话那头读着母亲的死亡通知书。

他竟只是麻木地照读医生写的死因。

他怎能不恨薄情的父亲。

母亲去世后的第三个月，他和父亲来到青海湖，也是在那里，他遇到臭鼬停下脚步，她闯入他的生命，之后他随爷爷生活。

尘封的往事被重新忆起，历历在目。讲完这一切，岳仲桉埋下头，双手挡住脸，潸然泪下。林嘤其亦是悲从中来，紧紧握住他的手。

她一下理解了他远超常人的记忆力、手臂上的青点；理解了赵太太流产事件时他放下公司，一蹶不振地守在医院；理解了他为什么身边没有家人。

在她眼里，他是高不可攀的，此时的他却像个无助的孩子。过去这么多年，他还记得一清二楚，念念不忘，该多痛苦。

人生来就必须要饱尝生老病死的苦楚，时间即使不能消灭苦楚，也能淡化削弱。

可像岳仲桉这样的人，所经历的生老病死，永远清晰在目。

“我宁愿你没有这过目不忘的记忆，宁愿你平庸。”她心疼地说。

“跟你说出来，感觉这儿累积的痛缓解了一半。”他按住心脏的位置，眼睛通红地望着她，声音哽咽。

“我陪你去各大医院看看，有没有什么方法和药能够让人记忆力退化，我们不要这么好的记忆力了，好不好？”她轻摇他的手，恳求道。

“死去的人，意味着此生不复相见。能这样深刻地记住妈妈，也许这也是她活着的另一种方式。”

“当然要记着，只是像我这种寻常人一样记着。比如我父亲，我也没有遗忘过，包括他的死因，我从来都不承认是他们调查的那样。想起他，我还是会痛。可你这样的记忆，那是锥心啊！”

“傻瓜，我还要陪你找弟弟。”他将她脸上的乱发拨到耳后，拭去她眼角的泪。

“我自己也可以找，都已经有肖像画了。”她倔强地说。

“我陪着你等，只要有下落，我们就一起去确认。”他稍稍用力握握她的手，然后松开。这是他一贯以来鼓励她的方式。

“仲桉。”她喃喃唤他。

“嗯。”他应。

“仲桉。”

“嗯。”

第一次唤他的名字，不带姓。她连唤两声。

夜色凉如水。两个同样孤独的人，如同找到了填补自己伤痕豁口的那一块。

这样推心置腹地倾谈心事，使两个人更亲密无间。

虽然她拒绝了他，没有确立恋人关系，但在他心里，她就是他心爱的人。从在青海湖结识后起，他就没能忘得了她。感谢臭鼬，使他们能够再度相逢。

日子照旧平淡地往前走。

林嘤其是在挺长时间以后，才从纪幻幻那里听说了一件事。小鸵鸟照片事件时，久宁私自在媒体面前公开谈论和岳仲桉的关系，让岳仲桉发了很大脾气，隔着办公室的门，只听到他震耳欲聋的那一句“我还没有不济到要靠你用绯闻来转移媒体注意力，帮我渡过难关”。

“岳仲桉真是大男子主义，久宁也是好心，他不领情就算了，还那么凶巴巴的。”

小鸵鸟照片事件那晚，公司员工都在加班，他在办公室和久宁打过电话后，反常地抽了很久的烟。第二天早上，烟灰缸里满满的烟蒂。也是那天，他第一次给林嘤其发“想你了”。

心情不好时格外想她。

原先三年前开始做RARE品牌时，他就戒烟了。

是个烟酒不沾的人。

他不应酬，没有饭局，规规矩矩做生意。起初圈内对他的风评两边倒，有认为他故作清高的，有说他不合时宜永远没有人脉的，后来他们接触多了也习惯了他的合作方式。清清淡淡，君子之交。

不负众望的是，风波过后，RARE的销售量直线上升。喜忧参半的是，之前种种负面新闻，使得RARE品牌迅速进入大众视野。但在某种程度上，顾客的心理是，拥有RARE是变相证明自己紧跟时尚，以及有钱。

这对于追求情怀的岳仲桉而言，有些哭笑不得。他并不希望自己的品牌仅仅是昂贵的奢侈品，满足顾客的虚荣心。他想起在北京时，做兔儿爷的老手艺人和他聊的匠心情怀。

必须要扭转RARE的大众形象，建立品牌文化。

他更加繁忙，开不完的会议，连轴转地跨国出差，接受采访。偶尔闲暇之余，他开始思考林嘤其的话，一味地追求稀有材质做包，是否必要。

林嘤其忙于找工作和搜寻弟弟的线索，有点空就去陪母亲给雇主家打扫卫生，再洗洗衣服。

纪幻幻在RARE门店工作得得心应手，似乎暗恋上了向笃。有时向笃来店里视察，纪幻幻会偷拍一张照片发给林嘤其。

“给你看我老公！”

“你结婚咋没通知我？！”林嘤其蒙了。

“我的蠢疙瘩，你都不看电视、不上网的吗？四海之内，但凡我喜欢的，皆是我老公。这个老公不是丈夫的意思，不过……嘿嘿，向笃迟早是我的。”

“好吧，反正我也看不清他的脸。”

“那你看腿啊！”

纪幻幻这是坠入暗恋情网了，为了得到向笃的关注，她当月个人销售创下业绩最高纪录。

秋昙动身去西藏攀登珠峰，临行前给林嘤其打了个电话。

“嘤其，其实你不必因为我对周良池的感情而回避你自己。我想通了，能够喜欢他就行了，并不需要拥有。”

“秋昙，我和周良池只是朋友，就像你和纪幻幻这样的朋友。”

“他一直在寻找能够治愈你脸盲症的方法。”

“因为他是医生，攻克疑难杂症，救治朋友，仅此而已。”林嘤其想了想，又说，“我已经有爱的人了。祝福你，秋昙，大胆去追你所爱的人，连珠峰你都能拿下，区区周良池，你一定能征服的。”

林嘤其记得周良池最向往的是雪山，无奈当医生的他太忙了，有时两年都休不到一周的假，根本没时间去旅行。上一次他休假，还是两年前，他跑到亚马孙热带雨林生存了五天。

秋昙去攀登珠峰，是为了周良池而去的吧。

七天后，林嘤其看到秋昙在朋友圈发了攀登珠峰的照片。

周良池点赞评论：空灵的雪山，好美，可惜我去不了，替我多看一看。

林嘤其真想在底下回复周良池：秋昙就是为你去的啊，她喜欢你你知不知道！

纪幻幻花痴般评论：美是美，就是太冷了，我老公肯定不喜欢，他喜欢海洋。

被纪幻幻破坏了气氛，林嘤其便没有再回。

周末她和纪幻幻见面。

她问纪幻幻：“为什么你看到什么都能扯到向笃身上？”

“你还说我，难道你提岳仲桉还少吗？上次一起吃个钵钵鸡你都想打包一份带回去，岳仲桉喝水都喝恒温的，他怎么可能吃钵钵鸡？！”纪幻幻秋后算账。

“他吃了一口，还说很好吃，我不让他多吃，他胃不好。”林嘤其得意地说。

“啧啧，看你贤妻般的口气，住在一个屋檐下就是好，近水楼台先得月。你们这还没谈恋爱呢都像是小夫妻过日子了，这要是真结婚了，岂不翻云覆雨、鱼水之欢……”纪幻幻瞎用词描述着。

“停停停，再说都没法听了。说实话，我到现在还没告诉他我有脸盲症的事。”她不安地说。

“你呆头呆脑迟钝迷糊，他居然没发现？”纪幻幻不可思议地问。

“现在我和他接触都是在只有我和他两个人时，再说我能看清他的脸啊，因此他只会觉得迟钝是我性子慢，不看电视是因为我喜欢看书。”林嘤其沮丧地说。

“听你这么一解释倒是真的，换作我是他，也不会往脸盲症上想。不过你打算瞒多久，婚检能糊弄过去吗？算不算骗婚？”纪幻幻的脑回路永远都是快进的状态。

“都哪跟哪啊，我现在也没心思谈恋爱。之所以不告诉他我有脸盲症，不是怕被他嫌弃，是以我对他的了解，你越弱他就越不放手，懂吗？”

“你是不想他同情你。那你诚实地回答我，你想他放手吗？”

“我不知道……可我真的爱上他了。我的世界只能看得清他，我不知道这到底是爱，还是如溺水之人抓住救命浮木般的依赖感。”

“那你想想，假如以后你看不清他的脸，你还会爱他吗？”

“会。”

“听从你的心，别折磨彼此了。其实我真羡慕你们，两个人都相爱，还有什么好怕的，还有什么理由不在一起？不相爱才是最难的。”纪幻幻正儿八经道。

“我妈的人工血管只剩下半年时间了，他答应一有线索就帮我找弟弟。只能这样了，哪怕我有时也无法抗拒他的眼神，差点就要沦陷。我不想管了，一股脑儿把实情都告诉他吧。在一天是一天，过一天是一天。就算最后没有结果，也不要再这样游离了。”她多想振作。

“没错，今朝有酒今朝醉！现在就给他打电话，向他告白。要是被久宁捷足先登了，你就和你这辈子唯一接吻能看得清脸的人错失了啊！你想想，以后你要与一个连脸长啥样都不知道的男人接吻！”

“怎样不是过一辈子呢？不是他，和任何人，看得清脸和看不清脸又有何区别。反正都不是他。”她酸涩地摇头，低头抚弄手指，笑笑。

“照你的意思，半年后，不管是找到弟弟，或是……呸呸，那种事不会发生的，世上那么多东西过期还能用，人工血管也一定可以！”纪幻幻安慰着。

林嘤其比纪幻幻想象的要更坚强，经过这段时间，这一切她已能够面对和安排了。相信奇迹的往往都是置身不幸之外的人，只有不幸砸在自己身上时，才能残忍地清醒，没有那么多奇迹可幻想，理智地直面，或许才更有利承受不幸。

“周良池都和我交代过了，不会超过半年。我妈又是个歇不住的人，不倒下她就不会停止干活，我说服不了她。干活会增加血管破裂的风险，我有时看到手机里妈妈的来电都好怕，我会想是不是她出事了。直到听到她的声音，我才不怕。”

“像阿姨那样的妈妈，勤劳一生，连生病都觉得是一种罪过。”

“所以，这半年，万一最害怕的事发生了……我会离开G市，离开岳仲桉。”她心意已决。

后来事实证明，她太低估自己对他的爱了。

酷暑过完，早晚天渐凉。

岳仲桉发现越来越难得在公寓里碰到她，要么她早起外出，要么她很早就闭门睡了。他同样也忙，只是再忙也挂念着她。

他敲门，她支吾一句：“睡着了。”

“找工作很累吗？”他知道她最近东奔西走，鞋柜里她的那两双球鞋，鞋底都快磨穿了。

“是的。”她用被子蒙着头，捂紧自己。

天知道，四处碰壁一肚子委屈的她，在听到他的声音在门外响起的那一刻，有多想打开门钻进他怀里。

她得死死按住那颗拼命想往他怀里钻的心啊！

林嘤其，瞧你那点出息。她捶捶自己，打住这“龌龊”的想法。

他将三双崭新的鞋子放在鞋柜里。当她发现自己的球鞋不见了，问他：“你看到我球鞋了吗？”

“扔了。”

“你扔了？你居然扔了，又没有穿坏你干吗扔啊！”她蹙眉，真舍不得。

“在你的意识里，衣服、鞋子一定要穿破才能扔吗？”他边系领带边问。

“当然，你这种领带都有几十条的人是不会明白的。”她说完赶紧奔向小区的垃圾桶。

岳仲桉老老实实等她回来，接受批评。

她空手而归，故作盛气凌人，就算是假装，她也要表现出这样的态度，不然以后真担心他擅自做主，将她衣柜里的衣服统统丢出去。

“岳先生，我很严肃地和你说，虽然我住在你的房子里，但我的东西你无权不经过我的同意就处理，否则……”

“否则你要拿我怎样，嗯？”他那张英朗的脸凑过来，闭上眼，噘起了嘴。

他居然噘嘴。

刚梳理过的发丝浓密自然，他靠近时，带着扑面而来的尤加利气息。这就是秋日清晨里，最干净好闻的味道吧。

她还真想噘着嘴吻上去。

理智呢林嘤其！她试图噘起的嘴被理智给收了回去。

“考拉不亲桉树的话，桉树就一直噘着。”他撒娇道。

她浑身一震，受不了了，顺手拿起茶几上的那本动物百科，熟烂于心的她翻到介绍猴的那一页。

将猴子撅着红屁股的那张照片，贴在了他的嘴唇上。

“就知道你要给我亲这个，好歹也选这张啊。”他找到萌萌的考拉那一页。

不过被他这么一打岔，她差点忘了本来要假装凶他一顿的。

“别转移矛盾，以后你要是再丢我的衣服鞋子，我就对你不客气。”她挑挑眉，笑着施威。

“都依你。”他一副宠爱的口吻，看着她笑。

岳仲桉，我如同一只龇着乳牙朝你吼叫的小母狮子，你伸手过来，我就舔舔。忽然想到我应该很凶，于是又收起舌头，往后退，瞪着你咧嘴竖毛。

呜——我可是很凶的母狮子。

“你笑什么？”她问。

“一见你就笑。”他说着，穿上西装，权威感立现，又不失绅士风度。他打开音响，播放了一首歌。

音乐响起，是邓丽君的经典老歌。

甜美愉悦的歌声在他和她周围回荡，两人相视笑着，好像有无数个粉色爱心泡泡不断升起。

“我一见你就笑，你那翩翩风采太美妙，跟你在一起，永远没烦恼。我一见你就笑，你那翩翩风采太美妙……究竟为了什么，我一见你就笑，因为我已爱上你……”

后来她看到一句话：你可能不知道，一见你就笑的人是有多喜欢你。

以前总问他笑什么。

她真蠢。

“你今天去哪儿？我送你，难得早上一起出门。”他打量着她，见她穿件白衬衫，想起了什么。

“我去面试。”

“面试？你看你眉都画歪了，快去拿眉笔。”他催促道。

她在心里暗想，难道自己又把眉画残了？她看不清脸，画眉只能用手摸眉毛生长的位置来画。于是她只好取来眉笔，递给他。

他抬起她的脸，端详着眉，一点一点描。

她想，连眉都会描，看来给别的女人也描过，轻车熟路。论撩拨女人，三等男人看手相，一等男人是描眉，至于二等男人，此刻还没想到。

这样的姿势，她恰好可以看到他下半张脸。他早上一定用过剃须刀，留有淡淡的剃须水的味道。

“晚起梳头，慵手描眉翠。妆罢游鱼飞雁醉，江山谁与争明媚？”他轻念。

岳仲桉，你脑袋里怎么装了这么多东西啊，转念一想，人家可是记忆大师。

她视线再往下，看着他的嘴唇，说话时露出整齐白亮的牙齿。

“生手，第一次做这种事，你看看行吗？”他像看穿她的心思一般说着。总算画好了，大功告成，他往后退两步，再察看，露出满意的神色。

“原来你是生手，那你把我的眉画成什么鬼了？”她担心道，心里好似得到安慰，还好是第一次。

“打算从你这里把生手练成老手。”

她假模假样对着镜子看了一下左右的眉，表现出欣喜，说：“画得不错。”其实她什么也看不清。

他去衣帽间找来一枚胸针，送给她。

那枚铃兰胸针，绿珐琅做铃兰叶，上面镶嵌着两束花枝，七颗白色珍珠雕刻成小巧的铃兰花朵。

“好美。”女人的本性让她禁不住感叹，之前还不许他送鞋子、衣服，可是这枚胸针她实在太喜欢了，便问他多少钱，在哪儿买的。

“世上仅此一枚，是我自己设计，用我这双手做出来的。放心，用材不贵。”他挥挥双手。

“那我也不能要呀。”她还给他。

“吃人嘴软，拿人手短。以后你做好吃的还我，我们不就彼此彼此了。”他将胸针别在她衬衫的领口处。

“铃兰的花语是幸福归来。我把它送给你，是希望你记住，即使遭遇过人生的不幸，也要期待幸福归来。”他别好胸针，望着她说，“它好适合你。”

“这是我的第一枚胸针。”穿来穿去就那么几件衬衫和牛仔裤的她，疲于生活，哪曾有过精致。

“女人最高级的配饰不是项链、戒指，是胸针。一个懂得佩戴胸针的女人，一定不会把自己的生活过糟糕。”他冲她笑，打开门，手掌心拂过她的背，将她轻推出门。

忽然懂得他为什么有几十条领带了。

所谓保持生活的仪式感，从琐碎的日常里，小到一碟菜、一束花，与金钱无关，内心优雅安定，认真地度过每一天。她不由得想到儿时母亲每天早上都会起来给父亲熨衬衫和裤子，尽管是旧衣服，但母亲说这是男人的体面。

岳仲桉的那辆白色车子，安静地停在车库。

车里也有尤加利的香气。她回头，看见后排车座上放着一小束尤加利干花。

“你很喜欢尤加利，是因为名字里有个‘桉’字吗？”她问。

“因为考拉喜欢。”他开车，侧过头看她一眼。

她沉默了。

“我知道你现在的心思都在找弟弟上，我可以等你，就算不确立关系也没关系，只要你不刻意回避我。”他说。

她本来就没硬起的心更软了。

“我就在前面下车。”她蒙混过关地说。路上确实有点堵，她担心面试迟到，就让他在快接近目的地的路口放下她，她只需穿过马路。

他坐在车内，手撑在车窗上，车子在车流里缓缓前行，目送着她过马路，直到她走向大厦广场，他才加快车速离去。

她面试的是一家互联网公司，做宠物求医问药的板块。

面试到最后环节——

“今天的面试你令我很不愉快，因为你这个人极没有礼貌，也不尊重人，整个面试你都没看我的眼睛。”面试的经理不客气道。

她急忙翻开简历，指着自己“脸盲症”那一栏。这一行为也让经理感到不悦，像是被揭穿了他没有认真看简历。

“对不起，我是脸盲症，我看不清你的脸。”这句话，十几年来她说了无数遍。

“那请你另谋高就吧，我们公司不用你这样的人。”冷冰冰的话语，将她拒之门外。闭门羹吃多了，也就习惯了，她独自漫无目的地走在街上，行色匆匆的人群里，没有一张脸看得清。

她和一个抱婴儿的妈妈擦肩而过。

想到如果自己做了母亲，却连孩子长什么样都不知道，去幼儿园接小朋友，都不知哪个是自家的孩子……她想得可真长远啊，或许她根本就不会结婚，会孤独终老呢。

“不是能看清动物的脸吗？再不济以后就和动物相处好了，我要养两只狗，养一对八哥。”她才不会顾影自怜，经历了这么多惨淡的事，没点顽强的复原力，她也挺不到现在。

“身在井隅，心向璀璨。”她常用这八个字来激励自己。

母亲打来电话，林嘤其立刻摆出一副轻松爽朗的口吻接电话。

“嘤其，太好了，我跟你说，家政公司通知我有一份新活，你猜是干什么？主家出国了，不放心家中院子里种的植物和养的猫，我就住进去照看两只猫。”母亲喜不自胜地说。

“好倒是好，可妈妈你身边也不能没人啊，之前的活好歹还有一家人在，我也放心。”她担心万一母亲突发疾病，身边没个人。

“还有一个老园丁、一个保安在。嚯，那宅子多大。这家主人又特别好，知道我的身体情况，也没嫌。”

“可是妈，我还是想租间房子我们俩一起住。”她尝试再次劝母亲。

“我们都住别人家里，每月起码省下两千的房租，再说条件也比原先租的房子好。能省点钱就省点，以后花钱的地方多着呢。我劳动惯了，你让我闲下来，指不定闲个两天血管还真破了。”母亲决定了一件事后，向来都不会动摇。

既然说不动母亲，只要工作量小些，也是件好事。能这么幸运遇到好主家，也算否极泰来了。

好事不断，几天后，她的工作终于有了点眉目。

一家野生动物园向她发来面试邀请。在各种杂七杂八的工作岗位里，这是最让她喜欢的职位：野生动物医生。

自毕业后她就在各种养殖场工作，比如养鸡场、奶牛场，其实她更喜欢和野生动物打交道。她难免会想起，儿时跟随父亲耳濡目染，以及和野生动物相处的快乐时光。

母亲是断然不许她和这些“野牲畜”再有关系的。母亲固执地认为，人爱什么，就会死于什么，父亲就是太爱这些“野牲畜”，最后不仅把性命搭进去，还落了个污名，家破人亡。

她计划先面试，顺利的话就工作，先隐瞒母亲，慢慢有了个适应过程再坦白。

关于和他，一如平日。

清晨，她照常起来做早餐，会给他做一份，为他熬小米粥养胃。

有时他起来早些的话，不用那么急去公司，也会给她做早餐。她意外地发现，他煎的荷包蛋特别香。

比她简单粗暴的水煮蛋好吃。

周一那天早上，她喝着粥，突然醒悟过来，和他打趣道：“现在想想，到底你是生意人，精明，你现在是不用付我薪水，照旧享有生活助理做饭的待遇。”

“你做一份和做两份有什么区别？”他大言不惭地反问她。

“有区别，我比较节俭，平时我买给自己的菜和米，没有做给你吃的那么贵。”

“不用迁就我，你吃什么我就吃什么。”

“你吃得惯吗？”

“怎么吃不惯，按照你的用度标准去买，我还分摊你一半，不是挺好的。我什么都依你，连胃口都依你。”他生怕她不煮自己的饭。

“嘴越来越甜了。”她夸他。

“不嘴甜怕你跑了。”他委屈道。

“咯……认真点，有件事我要告诉你，我上午要去面试，是一份我很喜欢很喜欢的工作。但如果面试上了，我应该会很忙，以后说不定没工夫做饭一起吃了。”她必须把这一点告诉他。

他装作好奇地问她：“什么工作？”

“保密。”她挑了挑眉，特别得意。

她还蒙在鼓里，这份她喜欢得不得了，觉得极适合自己，得意地向他保密的工作，其实是他介绍的。不过她最终能否被录取，还得看她自己的能力，他也只是引荐罢了。

面试时的景况和她想象的不一样。

天空飘着细雨，前来面试的人倒不是很多，就五个。园长没有出面试题，简单一句让他们自己随意在动物园里转转。

她顺着观赏区往前走，隔着玻璃，细心地看着每一只动物，观察它们的神态和习性。

直到她走到考拉的生活区，她停下，细望后发现树梢上的考拉神情萎靡，不同于健康考拉的贪睡状态。

她蹲下来寻找地上的粪便，发现这只考拉的粪便形状不是方形的。她发现考拉粪便形状不对劲，便暗暗记了下来。

脸盲症的她虽然看不清人脸，但对动物面孔的分辨能力却很强。比如在猴园，十几只金丝猴奔跑成一群，她能看出每一只的不同。在常人眼中，大概所有的金丝猴都是一样的吧。

一小时后，她再次见到了园长。

很显然，这一小时的时间不是留给面试的人逛动物园玩的，园长带着期许的眼神，希望能听到些有用的反馈。

林嘤其作为一个连园长的脸都记不清的人，得凭衣服才能认出园长，显得有些反应迟钝。其余几个面试的都是应届毕业生，头脑非常灵活，各自发表对动物园现状的看法，有的言辞恳切，有的夸夸其谈，都非常聪明。她几次想打断他们的谈话，要把考拉生病的事说出来，却没有机会。

她几次尝试抢白，也引起其他面试者的不悦。

最后终于轮到她发言了，她没有说别的，只是非常着急地说："园长，考拉园里那只叫哈格的考拉应该得了肠胃炎，需要马上治疗。否则，真担心它会因为体力不支而坠树，导致受伤。"

"哦？我们老兽医每天早上都会检查一遍，哈格很健康的，应该不会有疾病，怎么会老兽医没发现倒让你发现了？再说，你有饲养考拉的经验吗？你作出判断的依据是什么？"园长态度随和，想让她继续往下说。

其他几个面试者鄙夷地看着她，毫不掩饰地发出嗤笑。

反正她也看不清别人的脸色，这倒是件好事。

"我是没照顾过考拉，但常识我有，考拉的粪便是方形的，哈格很显然在腹泻。"

"是有一只考拉得了肠胃炎，但不是哈格，而且那只考拉我们每天都在喂药。"园长否认。

她执着地说："我可以肯定腹泻的是哈格，极有可能是把药喂到另一只考拉嘴里了，所以导致健康的考拉在吃药引发便秘，而生病的哈格却没有吃到药。"

园长好奇地问："你怎么知道那些腹泻的粪便是哈格的，而不是另一只考拉的？"

"因为哈格见我蹲在那里查看，它给了我一些反应。"她实话实说。

最终，在园长的带领下，老兽医和饲养员再度仔细检查后发现，如她所言，得肠胃炎的确实是哈格，于是赶紧给哈格喂了药。

她就这样应聘上了，甚至她都怀疑是园长故意摆出的一道试题。

晚饭间，她沾沾自喜地和他说起这段面试经过，他正用勺子舀着一块龟苓膏，边听边要将龟苓膏吃下去。

她说：“以下的话可能会引起你的某些不适，你要听吗？”

“不要。”他不假思索地拒绝，“求生欲”极强。可惜反应还是不够快，没来得及捂上耳朵。

“考拉正常的粪便就和你勺子里的龟苓膏一样，绿色方块……”她还是说了。

他像被点了穴，嘴里的龟苓膏吃也不是，吐也不是。过了几秒，他赌气般地说：“想让我没食欲好自己一个人独享，我偏要吃。”他瞪着眼睛吞了下去。

她怎么觉得他也有点可爱呢。

正式工作后，她每天大部分时间都在野生动物园，虽然辛苦，但也乐趣多多。她没过多久就和那些小动物建立了感情，尤其是那只病愈后的考拉哈格。

每次她进去给考拉例行检查，哈格就会慢慢爬下树，再慢慢抱住她的腿。她把它搬开，它再爬上来抱着。再搬开，它又爬上来。就这么来来回回，最终她妥协了，边走路边任由它抱着腿。

忽然她就在想啊，对他来说，自己是不是就像哈格，她也是有些迟钝，紧紧抱着他不肯松开。

他之于她，就是那株被考拉紧紧抱着的桉树。他是她唯一看清的脸，就像每只考拉认准一株桉树一样。

白天她和岳仲桉各自工作，晚上有时能碰面。她拒绝和他一起外出，以避免遇到除他之外的人，露出脸盲症的端倪。

有一天晚上，他喊她来客厅沙发坐一会儿，一起看RARE的广告片。她不看，那条广告拍的是久宁，她有点小小的醋意。

“你知道我不看电视的，我只看书。”

“那下次我陪你一起看书，你喜欢看什么书？”他在她面前话显得格外多，还喜欢找话题。

"这一点和你相似，我也喜欢读些古诗词。"她说。

"那你喜欢读陶渊明吗？"

"喜欢读，除了陶渊明，就是辛弃疾和苏轼。"

"那我考考你，我出上句，你接下句。"

"好。"她爽快地答应，并不知他是在逗她。

"少无适俗韵。"他念出上句。

她想都没有想，脱口而出道："性本爱丘山。"

他静静地望着她，笑容浮起，认真地问："你刚刚是说喜欢我吗？"

"为什么突然这么问，能好好背诗吗？"

"你刚才向我表白了，你说，'性本爱丘山，丘山即是岳'。"他强词夺理地分析，好像真有那么一回事似的。

她望向他，喃喃地说："我是很喜欢'性本爱丘山'这句诗，因为我喜欢山。小时候，父亲就如同我的山，我至今都记得他的肩膀，很宽，后背也很直，后来渐渐就弯了，直到世上再也没有这个人。从此……"她迟疑着，慢慢地说，"我身后无山。"

"你身后有岳。"他蓦然开口道。

这句话，让她的心都酥了。

——"我身后无山。"

——"你身后有岳。"

岳在词典里注释的第一层意思就是：高大的山。

"我是你的山。"

仲桉，第一个和我说这句话的男人，是我的父亲。第二个和我说这句话的人，是你。

我们有过许多美好的时光。记得你开车送我去机场，我从你车上下来，低头走进航站楼时，我的心事。

我战战兢兢的，生怕我们的关系落了俗套，变得不堪，进退两难。你明白我，那些都不重要。不管将来怎样，我放你在心里就好。

秋昙说得对，能喜欢就行，不需要拥有。

虽然啊，我是那么那么想和你一起走到耄耋之年。

岳仲桉还天真地以为她是无心在儿女情长上，他私下想办法托人四处打听林友声。只要找到林友声，她身上的担子就轻下来了。

他们俩就能够真真正正毫无挂碍地在一起。

白天他工作之余，也会抽空去动物园看望她，当然需要找点儿借口。有一次向笃去路蜓那里问岳仲桉最近的行程。

“岳总不出差的时候，除了公司，就是动物园。”路蜓有些尴尬。

“动物园？！”向笃惊诧万分。

“可能老板是去找新系列产品的灵感，将动物图案与RARE的设计相结合。”路蜓自圆其说。

“这么反常，必定是坠入爱河了。”向笃断言。

岳仲桉不介意员工怎么看，他按部就班地工作，只不过是将有限的私人时间都挤出来去看林嘤其罢了。

对他来说，静静地看着她，等于休息。

国庆期间，旅游高峰期，林嘤其忙得团团转，动物们都健康倒好，棘手的是，园里那只叫“斑花”的长颈鹿吃了游客投食的异物，需要挂水消炎。

她急得不行，几乎天天二十四小时都待在园里，吃住都和斑花一起。

为了让斑花的治疗有起色，必须坚持每天输液。

能想象长颈鹿输液吗？还好斑花只是一只少女期的长颈鹿，脖子长得不太长。

他来园里看她，见她举着两米多高的竹竿，上面挂着吊瓶跟在斑花后面。斑花往哪儿走，她就往哪儿走。他想替她一会儿，她拒绝，说怕弄脏了他的衬衫，又说外来人员不得进斑花的生活区。

直到下午三点，斑花一瓶水吊完了，也开始进食树叶，她心里这才踏实了，回到办公室。她一进门，见岳仲桉坐在一旁，桌上叫的饭菜丝毫未动。

她脱下工作服，边洗手边问：“咦，你怎么不先吃？”

“不饿。”他答道。

“不信。这都几点了，你胃不好，不能挨饿。”

他这才说：“不吃的原因有两点，第一，不陪你吃，你就又想赶紧吃完去照顾斑花；第二，我饿着，就能知道你饿到什么程度，这样就能知道你的感受。如果我饿到不舒服，甚至是胃痛的地步，我就得强制把你拎出来吃东西。”

岳仲桉，你怎么可以这样好……好到她有点想抱一下他。

渐渐的，他常来看望她，说是几天不见这些动物，他还有些想念。亏他想得出来，说自己是想动物们了。

有一次，她给一只母猩猩打针，结果遭到了猛烈的粪便攻击。那只母猩猩的男朋友——一只脾气暴躁的公猩猩朝她丢大便。

她整整被丢了一星期。

确实挺令人崩溃的，野生动物医生真是一份有“气味”，并且还面临患者家属“医闹”的危险工作。

岳仲桉得知后，心疼不已。他想，我的小考拉怎么能被大猩猩欺负？他决定找这只公猩猩“谈判”。

傍晚他下班后，早早地来到猩猩园里，坐在护栏外边，面对着那只暴躁的黑猩猩。它极不友好地瞟了他一眼。

“听说就是你天天朝林嘤其身上扔大便？”

黑猩猩一脸茫然地看着他，当然听不懂他在说什么，他又继续说下去。

“能不能商量一下，别欺负她，她怪可怜的。你心疼你女朋友，我也心疼我的小考拉啊。你要实在是有气，就冲我来，或者我送一筐香蕉给你吃。”

他说着，低头剥掉手里香蕉的皮，把香蕉递给黑猩猩。

谁能想到那样一个工作时不说一句废话的岳仲桉，居然对着一只大猩猩叨叨个不停。

暴躁的黑猩猩一边吃香蕉，一边用爱慕的眼神看着它的女朋友。

他也看着远处正在忙碌的林嘤其。

秋日的风中，他就那样一眨不眨地望着她。

后来被园长取笑，说岳仲桉看林嘤其的眼神，和那只公猩猩看女朋友的眼神那么像。

“爱情在所有物种身上体现出来的，都是相同的眼神。”他还得出一个结论。

倘若时间就停留在那时该多好，可好光景总是不长久。

十一月底，动物园的游客减少，园内萧条冷清。林嘤其难得有休假的机会，他早替她安排好了假期，陪同他去澳洲拍摄春夏系列的广告片。

“我要陪我妈妈。”她不假思索地拒绝。

“假期的头两天你先陪妈妈，之后我们再去澳洲。主要是因为在澳洲拍摄时会涉及袋鼠和考拉，而你比较了解动物的习性。”他认真地说着，好像没有一丝“假公济私”的成分。

她没有答应。

在那个大院子陪母亲的时候，她无意中看到一张老照片，是一个身段柔弱多姿的女人，抱着琵琶。她没有往心里去。

母亲主动问起她和岳仲桉的关系。

“以前妈还会为你乱点鸳鸯谱，现在不知怎的，更希望你能找到发自肺腑喜欢的男人，结婚生子。哪怕吃苦受罪，光那份心底里知足的劲，都能抵过去。”母亲动情地说。她应该是想到了爸爸吧。

“我想找到弟弟，想陪着妈。”她撒娇道。

她这样在母亲身边撒娇，还是极少的。

“弟弟和妈也不能陪你一辈子，别把自己的幸福弄丢了。我听纪幻幻说，岳仲桉让你陪他出国拍什么广告，你没答应？”

她点点头。

“你去吧，也就几天的事，我还要和老乡阿姨一块儿聚聚，你可别天天缠着我。”母亲反过来嫌弃她了。

最后在母亲的硬逼下，她只好随他一起去了澳洲。

倘若能预料到后面发生的事，她断然不会让他去澳洲的。不过，该发生的总会发生，也庆幸陪着他去了。

抵达澳洲的当日，他们还一同去海边游玩，那时还是平安无事的，只是暗中已有几双眼睛在死死地盯着他们了。

“你有没有觉得似乎有人在盯着我们？”他敏感地觉察到不对劲。

他说这话时，他们正站在海滩上，远处海岸线蜿蜒，蔚蓝色的大海与金黄色的沙滩紧紧交缠。海平面上，一大群海鸟掠起。一只海鸥站在船的桅杆之上，目光警惕地看向周围。

“是它在盯着我们吧。”她笑着指向那只海鸥。

望着眼前的落日，海浪声此起彼伏，仿佛天地间只剩下你我。

“真希望时间永远停在这一刻，永永远远……”他从她身后环住她的腰，在她耳畔说。

“小考拉，我们在一起吧，正式公开地在一起，好吗？”

她没有点头，只是转身抬头迎上他炙热的目光。

只怪落日太美。

他的吻，轻轻地覆盖下来。

“不许影响工作，不然向总监又要说你是个只顾谈恋爱的人了。”她从他怀里抽开身，轻盈地跑向远方。

星星和月亮升上了天空，他拍下了那晚的夜色，发了条朋友圈。

那是他所发过的朋友圈里，唯一一条格格不入的。因为他写了一句话：月亮有星星，我有你。

谁能想到岳仲桉这样的官媒风格，老干部，秀起恩爱来也是毫不手软。她甜甜一笑，给他点了个赞。

晚上回到酒店，她在自己的房间写动物们每月的身体健康状况总结，他则在自己的房间看第二天的团队拍摄安排。

窗外，一只考拉趴在桉树树干上睡觉。

他站在床边，看着觉得很可爱，便想拍给她看，想着她看到了，一定会想起哈格吧。

结果他还没来得及拍，这只考拉“咚”的一声从树干上掉到了地下。

他赶忙匆匆跑出房间，来到树下寻找这只考拉。他穿着睡衣站在桉树下，一脸狐疑地看着草地，并没有发现考拉。

等他转过头准备回房间时，却见这只考拉正在身后看着自己。他向来对这些小动物只敢远观，是绝对不敢近距离接触的。他惧怕动物，这是他的弱项，当然，也是林嘤其的强项。

于是，一人一考拉干瞪眼，你看着我，我看着你。半晌，他无奈地笑笑，败下阵来。他指了指桉树说：“你能自己爬上树吗？”

这只萌蠢的小考拉没有反应，歪着头望着他发呆。他只好极度小心地接近它，用肢体语言朝它比画。

“你，自己爬上去！”

小考拉还是一副听不懂的弱小无助的样子。

“真是无法沟通，看来只有同类才能达成一致了。”他抚住额头，束手无策。

谁会想到，小考拉缓慢地伸出爪子，环抱住他的腿。他整个人仿佛被点了穴道，僵在原地，完全失去了平时的冷静状态。

他紧紧闭上眼，声音颤抖地道：“你……放手……”

小考拉抱得更紧了，将脑袋靠在他的小腿上，偎依着，还满意地蹭了蹭，一副就是不撒手的样子。

他想摇摇脚让它掉下来，可是看到它的模样，难免想起她。他心中的小考拉啊，桉树怎么能不管考拉，任由它跌落？他不忍地将脚轻轻放回地面。

自心中有了她，对许多与她有关的事物都多了几分悯爱。

他竭力平复心情，清了清嗓子，从裤口袋里掏出手机来。

“我遇到了点麻烦，你马上来一下……嗯，有只考拉，缠上我了。”话音未落，小考拉顺着他的腿又往上爬了一点。

当她匆匆跑过来，见他一动也不敢动，乖乖站在那里，紧闭双眼，等着她来解救。他一米八五的高大身姿，却在小考拉面前露怯，显出一种强烈的反差萌。

“我当怎么了呢，一只考拉就把你吓成这样，还要我来救你啊！”她轻轻抱开小考拉，放回树上，取笑他胆小。

“它抱住我，我就害怕。平时在动物园，也是隔着栅栏，不会触碰到。”他如释重负般，略带着委屈说。

“那上次还去找我们园的大猩猩谈判？”她歪着头调侃道。

“欺负你就不行，我喜欢的女人，还能被大猩猩给欺负了？”他伸手捏捏她的脸颊。

她“扑哧”一笑，说：“刚才你一动也不敢动站在那儿的样子，好像当年在青海湖偶遇臭鼬一家散步哈哈。别怕，有我在，我救你。”

谁能想到这句无意的玩笑话“有我在，我救你”，在第二天的沙漠里，竟成了真。

他们要共同面对的，是枪林弹雨。

第七章 ▼

许多年了

也许以后，我会在离你很遥远的地方生活。但我都会好好的，像今天这样带着花回家。不管你在哪里，你都在我心里。

回到酒店房间，她靠坐在床上，想起一些在青海湖的往事。

父亲长眠的地方。

她好像把心留在了那里。

“没有到人生尽头那一天，我们永远都要记得前方有鲜花。”

这是父亲对她说过的话。

艰难时，咬紧牙关，硬撑过去。就像一架行驶在夜空中的飞机，在黑暗中无声前行。航线清晰，朝目的地无限接近，直至降落。

很多次她独自拖着行李箱走夜路，辗转于高铁站、长途汽车站、机场等地，去往一座又一座陌生的城市寻找弟弟，行至黑暗无人处，她也有过害怕。那时心里的信念，是父亲的谆谆教诲。

记得第一次读得“已识乾坤大，犹怜草木青”这句诗，是在父亲的工作簿的扉页上。

想来世间最好的姿态就是这样，被命运磨砺过，仍以体恤平静的心，看待事物。

理性之外的感性，是超俗的智慧。

长久的爱，也伴随着理性。

“爱不是盲目自欺。是我能看见你的皱纹，你的疲惫，你自以为的侥幸和聪明，你的辞令，还是选择爱你。”

先爱天地万物苍生，再是爱人。懂得生而为人的难处，怎还忍心苛责半分。

你不必成为我称心如意的人。

成为你自己。

她想到岳仲桉那样惧怕动物，却那么支持她从事喜爱的野生动物医生工作，能够包容她将更多的时间给予了动物们，爱干净的他。也能无视她身上沾染混合着各种动物的气息。

还要求什么?

心与心的距离，从来不是由外表、物质、健康等这些因素决定的，而是两个灵魂的吸引和接近。

她决定，从澳洲回国之后就向他坦白自己患有脸盲症的事。他若是不介意……当她刚涌起这个念头时，立刻又想，他怎会不介意?

将来他将她介绍给他的父亲、朋友、同事认识时，她连他们的脸都记不住。

可她不想再隐瞒下去了。要么在一起，要么天各一方。

岳仲桉，愿你决定。

如张国荣的歌里那句：常常望愿你决定，共我相伴活出生命。

翌日清晨。

她刚睡醒睁开眼，就听到门铃声。岳仲桉端着餐盘走进房间，肩上挂着一台相机。

“昨晚睡得好吗？”

她一边刷牙一边朝他猛点头。

他用食指在她鼻尖上点了一下，眼里都是宠溺的目光："吃完早餐，你就在酒店附近转转散散心，拍些照片。"

"不是说要我协助你拍摄吗？"

"今天在沙漠拍摄，风沙太大，你别去。"他将一块三明治塞进她嘴里，她大口含住，冲他笑，好不容易吃完，他又喂了一块过来。

门外传来敲门声。

她的笑容僵住，回避地往后退了几步。

"没想到岳总居然也会有喂女人吃东西的一面啊。"久宁站在虚掩的门口，冷脸瞟了一眼林嘤其。

"你定妆了吗？"岳仲桉问久宁。

"既然风沙太大，要不你安排替身去吧。"久宁生硬地说。

"除了需要你出镜的时候，你都可以在房车上休息。"岳仲桉不想节外生枝。

"岳仲桉，我不想和你兜圈子了。你以为我抛下国内所有的活动陪你来这儿，在沙漠和一群动物拍广告，是为了你给的代言费吗？"久宁的眼睛红了。

"我还有事，先出去了。"林嘤其欲往外走。

"你站住！"久宁高声道。

岳仲桉渐生不悦。

"久宁，我希望我们能继续保持良好的合作关系。"他望着久宁，诚恳地说。

"合作关系？那你和她呢？什么关系？我来澳洲，不是来看你们眉来眼去、耳鬓厮磨的！"久宁抬手指向林嘤其。

"她是我爱的人。"岳仲桉语气加重，不容置疑。

久宁打开手机，翻出岳仲桉的那条星星月亮的朋友圈，晃了晃，苦涩地笑道："这是什么意思，要公开关系了？"

岳仲桉点头。

林嘤其急忙否认：“不是这样的，久宁你误会了。”

“误会？”久宁盯着林嘤其，不屑地笑道，“当初帮助你成为他的生活助理，那才是我对你最大的误会，误以为你是个衣着朴素、不施粉黛、纯良无害的女人。我哪会想到，正是这样一个不起眼，愚蠢鲁莽的女人，会近水楼台先得月，捷足先登……”

“久宁，这与她无关。在我还不认识你时，我就喜欢上她了。许多年了，她一直在我心上。而我将你视为最佳搭档，从未变过。”岳仲桉斟酌着说。

“所以那次我自曝与你的关系，不惜牺牲我的前途，你非但不领情，反而生气，都是因为她……”久宁的脸上，有着说不出的失落。

“岳仲桉，你别再说了！”林嘤其好像被打回原形一般，坐立不安。

“你喜欢她什么，喜欢她爱好小动物吗？我也喜欢小动物啊，喜欢到我每顿餐桌上都有它们。”久宁备受刺激，尖刻地说。

岳仲桉沉默。

“好，从今天起，岳仲桉，我们的合作中止。我司人员会和你商讨解除协议的方案。”久宁转身就走。

岳仲桉没有追上前去挽留，他给向笃拨去电话，让其去和久宁沟通，必要时启动预备方案。

“不要因为我搞砸了你的工作，去向她道歉吧。”林嘤其心情复杂，局促不安，总隐约感觉有大事要发生。

她和他以后到底能不能在一起都是未知数，为了这个未知数而失去久宁的合作关系，对于他正处于上升期的品牌而言，是重创。

“你来帮我。”他双手揽住她的肩，看着她的眼睛。

“我？”她一脸茫然。

他向她道明自己的预备方案，是由林嘤其与动物为拍摄对象，切入RARE的新款包系列。

“我没有镜头感。”她说。与他认识至今，几乎没有牵涉更多人，所以他没有察觉到她对其他人脸无法识别。

“你只要和动物自然靠近，摄影师会选择性拍摄。有我在呢，我会保证你的安全。”

“我无法做到在这时去取代久宁。”她喃喃地说，推开他的手。

“不是取代她，你只是象征性出镜，和那种代言人是两回事。就当是救急，否则不能一班人马单纯拍点动物就回国。”

“我懂。不管你怎么看待，确实我的存在已经伤害了久宁，我真的不能再搅入这件事了。你尽量挽回久宁，实在不行的话……或者，换你来呢？”她提议。

他的第一反应是否认。

“你不是没见过我有多怕这些动物，我不行的。”

“别忘了你有专业的野生动物医生在身旁，我跟你说，我能和动物交流，相当于你随身带了动物翻译。再说……”她向后退了一步，细细打量他。

从他的额头往下看，眉眼清朗，五官立体，牙齿洁白。肩平而宽阔，胸膛结实，再往下，全是腿。修长的腿，站姿气质不凡。

这样好的男子，凭什么爱我呢？她在心里想。

她恨不得立刻上前告诉他，我有脸盲症，我是个残缺的人，靠近你是为了寻找弟弟。你厌恶我也好，远离我也罢，我们是完全相背离的。

记忆大师和脸盲症，她怎么能从他的身上去寻找自己缺失的来弥补。

明知不能爱。

明知是自不量力的高攀。

他忽然像看透她的心事一般，上前抱住她。

她挣脱。

他再次将她紧紧抱在怀中。

“不要犹豫，不要舍弃我……”他闷声闷气地恳求，双手托起她的脸。

四目相对。

她的脸被他挤得发圆，嘴唇嘟起。

真想狠狠吻她一顿，他心想。

“继续说，再说什么？”他又笑，松开手，坐回沙发上，想让自己尽力克制。

“我是这么认为的，RARE的包，顾客群是女性，那么广告片上如果是一个高大英俊的男人和小动物接触，那种反差萌体现的温柔感是很打动人的。灵感来自昨晚你被考拉抱住的那个瞬间。”

“有道理。我让向笃联系男模特。”

“你最合适。”她用一种前所未有的眼神注视着他。

“你是在色眯眯地看着我？”他开玩笑道。

“为了品牌，你就牺牲一下美貌吧。我更建议你挽回久宁，和她一起拍这则广告片。”

“我的小考拉，你似乎一点也不吃醋。我得想想办法，让你醋性大发。”他微微弓下身子，平视她。

“你越来越爱说孩子气的话了。”

她抚正他的领带。

“去忙你的事好了，我也有我的事。”她回到写字桌前，翻开工作本，佯装无视他的存在。

他不舍地走向门口。

停下脚步，回头，见她也抬头正要张嘴和他说话。

“你先说。”他等她开口。

“我把工作总结写好后就去拍摄地点找你。”她说。

不管久宁去不去拍摄，她都不太适合和岳仲桉同车前去。来澳洲之前，他们已经办了驾照的英文公证件。

“你开车行吗？”他有些不放心。

“我开慢点。以前在奶牛场上班时，我还能开装奶牛的货车。”她胸有成竹，补了句，“岳总放心。”

“我本来想说，拍摄结束早的话，一起吃晚餐。”他说。

“那……沙漠见。”她轻轻挥手。

他走之后，她伏案工作，直到午后，她收到他发来的消息，是一张他与小袋鼠的合影。他握着奶瓶给小袋鼠喂奶，两只小袋鼠亲热地偎依在他身旁，一只前脚搭在他的手背上。他温柔地凝视着它们，满眼宠溺。

“想象你在旁边看着我，我就有无限的柔情蜜意。”他附言道。

还有他穿白色夹克，戴着墨镜，潇洒绅士地回眸一笑，身后摆放着RARE的新款包的手提袋。

她看着相片痴痴发笑。

门铃响起。

她将手机放在桌上，打开门。

久宁推开她，径直走到沙发前坐下，扫了一眼桌上手机里那个还停留在和岳仲桉对话的界面。

“我今晚的飞机回国，如你所愿，林小姐，我和岳仲桉多年的交情毁于一旦。我来就是想看看，你究竟是哪点吸引了他！”久宁跷起长腿，裙摆上扬，胸前领口微露，姣好的身材一览无余。

林嘤其不知该说些什么。

她的一言不发让久宁更妒火中烧。

久宁猛地站起身，越过林嘤其，走到行李架旁，将林嘤其的箱子掀开，推翻，动作连贯，一如她平日里的干脆利落，是个狠角色。

衣物和日用品散落一地。

久宁抬起穿着高跟鞋的脚，一件件钩起地上的衣物。

格子衬衫、牛仔裤、咖啡色风衣……久宁的脚尖钩起衣物后，再轻蔑地丢向一旁。

一件白色真丝吊带睡裙滑落出来。

久宁蹲下来，将睡裙丢向林嘤其，打开一个黑色的化妆包，里面有眉笔、口红、粉饼，以及很小一支风干的尤加利枝叶，有折断的痕迹，是她从岳仲桉的公寓折下来，随身带着的。

那是属于他的气息。

“你就是这样穿着性感睡衣，抹着口红，像个妖艳的贱货去敲岳仲桉的房门，你就是这样得到他的吗？”久宁近乎崩溃。

面对久宁的举动和质问，林嘤其显得很平静。

“我和岳仲桉的关系还没有到那一步。你也没有必要表现得这么失控，我哪里都没法和你相比。”

“你安之若素是因为你得到了他的心！”久宁痛苦地将睡裙抛向林嘤其，险些没站稳。

一个身影飞快地跑过，又折返后站在门口，慌乱地喊：“完了完了，有人开枪！”

“开枪？”久宁顾不上林嘤其，跟着助理就往外走。

“还好我们没去……拍摄现场被持枪歹徒袭击了，他们能不能活命都是未知数！”助理紧张地哆嗦着。

林嘤其提心吊胆地追出去，听见久宁的助理说，在与那边通话的过程中听到了枪响。

岳仲桉恐怕有危险。

她顾不得多想，拿起岳仲桉留给她的车钥匙就往酒店外冲，一边跑一边拨打岳仲桉的电话。

已经无法接通了。

她奔上车，按照先前岳仲桉发给她的地址导航，向着拍摄点开去。

那是她一生中开过的最快的车速。她什么都不管了，没有理智，没有多余的考虑，只想到他身处险境，自己要去救他。

“没事的，一定没事的……”她握紧方向盘，心中念着。

车驶离公路，进入沙漠地带。

她开的越野车在沙漠中疾驰，车轮扬起大片沙尘，目光不时扫向车载屏幕，眼看着GPS导航上的标记点越来越近。

忽然，一声巨大的枪响划破沙漠的宁静，她一个急刹车停下，判断出枪声距离导航上岳仲桉所处的拍摄点很近。

她心里一紧，猛踩油门朝着枪响的方向开去。

车离目标地点越来越近。

她依稀看到不远处的前方，有一群人拥挤着躲在吉普车后，看车上的横幅字样，这些人就是RARE拍摄团队的工作人员。她拼命睁大眼睛，用模糊的视线搜索着他们的脸，却没有看到岳仲桉……

他不在这里，她的心一沉。

“岳仲桉呢？！”她摇下车窗，冲躲在吉普车后的那群人疯狂地喊叫，尖锐的声音响彻云霄。

没有人敢回应一声。

有人朝她摆手，示意她别再往前开了。

“前面危险！”

“回来，你不要命了啊！”

她听到人群里有人压低声音提示自己。

“岳仲桉在哪儿？！”她剜心般地问，脸涨得通红，脖颈间的青筋冒起，眼睛死死地盯着前方，手紧握住方向盘。她只有一个信念——救他。

那时脑子里根本不会想前方有什么在等着自己，是子弹，还是死亡，也不知道害怕，只知道他在那儿。

前面一辆敞篷越野车似乎在追逐人，在沙漠里快速扭来扭去。她猛地加速追上去，与那辆车接近。

只见这辆敞篷越野车在不断逼近远处一个熟悉的身影。

她瞪大眼睛。

黄沙漫天中，她一眼就认出那个狼狈不堪的人正是岳仲桉。

当她的车与敞篷越野车平行时，她看向车内坐着的人，是两名外籍男子，手中持枪。

此刻的岳仲桉已经十分疲惫，他踉踉跄跄，身上沾满黄沙。一名歹徒站起身来，举起手枪，正要瞄准他。

他回身望去，想着这次是要彻底死在这儿了。

他想，林嘤其怎么办？还有那么多设想的美好时光想要和她共度。他想起她的笑脸，想起她迟钝时无辜的样子。

“小考拉，我好爱你。”他在心中无声地说。如果在世上只能说最后一句话了，那么他要说的就是这一句。

千钧一发之际，她一踩油门，开车直冲上去，拦腰撞向歹徒的车。两辆越野车相撞，扬起大片沙尘，车子剧烈震动，颠簸。

她的后脑勺重重地磕在车门上。

顾不上痛，她熟练地倒车，打方向，咬紧牙，急了眼一般，再次朝着那辆车撞去。歹徒手中的枪失去准头，“砰砰”连着两枪打在岳仲桉旁边的沙地上。

他回头，看见她从天而降一般坐在横冲直撞的车里。她怎么来了？不要命了吗！这让他痛心万分，她不该来，这太危险了，他宁可自己死在这里，也不要殃及她来送死。

她单手打开副驾驶室的车门，对着他大吼。

“上车！”

他配合地飞速跃上车，又一发子弹打在车门上。她惊叫了一声，吓得一只手捂住耳朵。

他扶住方向盘，异常冷静地安抚她：“他们的目标是我，必要的时候舍弃我，保住你自己！”说着，他紧盯后视镜里紧追不舍的敞篷越野车。

“胡说！我说过我会救你的！”她一脚猛踩油门，加速逃避后面那辆车的追击。她两眼通红，呼吸急促，心里只想开得再快点，甩开歹徒。

两辆车在沙漠中追逐，他看了一眼仪表盘，速度已经开到车身猛烈摇晃。

车子被石子硌得打滑，他伸手替她稳住方向盘，身后再度传来枪响，后挡风玻璃应声破裂。玻璃碎片冲入车内，她一阵尖叫。

他一手扶着方向盘，一手将她的头压低，将她牢牢护在胸前。沙尘四起，他们的车左边撞上了沙丘，停了下来。

她半趴在他的腿上，他把她压在怀里。感受到怀里弱小的她在发抖，他想，怎能让她遭此横祸？无论如何，她都不能受到伤害。

只要他在车上，歹徒就不会放弃。

他低声道："你开车跑……往南开，还有五公里就到市区。不要停，保住你的命，他们的目标是我！"他打开车门，欲跳车。

她握住他的手。

"不要！"

"听话，一个人活，总比两个人死在这里好。与你无关啊！"他拂开她的手，说完这句话，跳下车。

他回头深深地望着她，眼里满是痛心、愧疚、诀别……

相识以来，他没有保护好她，却害她担惊受怕。

"活下去。"

"要活一起活，你说过的，你是我身后的岳，你是我的山啊……"她颤抖着哀求，双手死死地推着车门，坚决不走。

"傻瓜……快开车走！"

"我不走……"她不停地摇头，不让他关车门。

"听话，我会格斗术，你见识过的对吗？相信我，对付他们绰绰有余，你不走，只会拖累我！"他骗她。再厉害的格斗术，也难敌对方手中的真枪实弹。

他听见歹徒下车，朝着他们走来的声音。

"快开车！"他关上车门，想给她预留逃命的时间，他擦去脸上的沙尘，向着歹徒走去。

听到她发动车的声音，沙尘在他身后飞起。车轮在沙地里打滑几圈后，疾速行驶。只要她能逃出去，他就欣慰了。

他脸上露出笑容，沙漠的黄昏好美，如果不是这场变故，和她在这里看夕阳，时间永远留在这一刻……

在生死面前，他对人世唯一的牵挂不是拥有的财富和地位，甚至连他苦心经营的RARE品牌也不是，而是她。

他想起在海边拥吻她时，她紧紧攥住他身侧的衣摆。

就在此时，她发狂般大力踩下油门，挂倒挡，车子飞快向后倒去，直冲向两名歹徒。

生则同生，死则同死。

歹徒向两侧躲闪，连续向她的车“砰砰”开枪。

“上车，一起走！”她把车退回来，就是为了和他一起走。

这个不要命的女人，居然又倒了回来！

他跳上车，转向，两人配合着将车冲出沙丘，迎着西南方向的那轮红日奔驰而去。

在狭窄的车厢里，他们互换位子，他坐到了驾驶位上。

后视镜里，两名歹徒挥舞着枪，喊着“Go！Go”，急忙上车。

“傻瓜，倒车回来耽误的这三十秒，够你开出五百米了。”他惋惜地说，伸手揉揉她的头，再握紧方向盘。

他有沙地熟脸驾驶的经验，只要保证车不陷入沙地，顺利开到市区，那么他们能活下来的概率就很大了。他要保护好她，不能让她受伤。

她凝望着他，这是第一次看到他灰头土脸的样子，高挺的鼻尖沾着细细的黄沙。她感到无比安定，心跳也逐渐平稳。

“你如果不上车，我就绝不走。让他们朝你开一枪，再朝我开一枪好了，所以你不要再妄想跳车弃我而去。”她坚定地说，大颗热泪滚落。

他不知道，看他走向歹徒的那一刻，她有多怕。

车在颠簸中向前奔驰，远处的建筑随着距离的拉近，从渺小变得高大。她不断看向后视镜，歹徒的敞篷越野车加速追来。

“他们的车距我们的车大概两百米！”她急急地说。

“这个市集的地形图我记得，等会儿弃车跑，你可以跑吗？”他说着，望了她一眼，用手掌拂去她脸颊上的沙尘。

她点点头，与他四目相望，他看到她眼角的黄沙，还有清亮信任的眼神。

那一瞬间，他的泪水盈满眼眶。

“对不起，是我害了你……”他痛心疾首。

“傻子，我不要紧。”她将头轻轻靠在他的肩上，他抓住她的手，与她十指相扣。

“大漠孤烟直，长河落日圆”的壮观景象，此刻呈现在眼前。

我要用我的生命来保护她。他在心底发誓。

他搜索着记忆，虽然没有来过这个市集，但也是机缘巧合，在来澳洲之前，他做过简易的攻略。想着结束拍摄后，可以就近找好玩的市集带她逛逛，所以研究了一下地形图，以及其他游客来此拍的照片。

脑中迅速勾画着市集的街道和小巷方位，较大建筑、人口密集的位置，他在心中设计着逃生路线。如果没有记错的话，只要她平安穿过一条街巷，就能到警局。

两个人必须分头跑，否则目标太明显了。

歹徒的目标是他，他不能领着歹徒往闹市区跑，以防伤及无辜，他只能跑去相对人少的巷子进行隐蔽。

“你听我说，记住我的话，待会儿我们得分头……”他感受到她紧握的手力度更大了。

“我不要分头跑！”她想都没想就否定了。

对面一辆消防车缓慢行驶，恰是良机。

“如果你想我们都活着的话，就听我的。时间紧迫，我只说一遍，你必须记住。看到广场上的教堂了吗？”

她顺着他的手望去，那儿有一栋恢宏的建筑。

“我会用我们的车阻拦住消防车，以此挡住最近的入口。我向教堂左侧的小巷子跑，你往右侧的街道跑，拼命跑，不要回头，经过农产品市场后，跑到尽头就是警局。相信我的大脑，这块地形我熟悉。”

他开始打方向盘，将油门踩到底，向着消防车开去。

“我们都能活吗？”她的声音变得坚毅起来，豁出去了。

“我保证。”他笃定地答。

随着车速的提升，他们将敞篷越野车甩出至少五百米。这五百米，能给他们争取几十秒的下车逃亡时间。

车在消防车的前方猛地刹停住。

“下车，跑！”他喊道。

两人几乎是同时下车，他掩护着她，让她先跑出几十米。果然如他所料，她没有听他的话，而是选择跑向了教堂左侧。

他望着她的背影，大步跑向右侧。

她一头扎进巷口，飞快地跑，好似有个信念，他很快跑到警局，会平安得救。她选择把通往警局的那条路留给了他。

身边不停有各种肤色的行人与她擦肩而过，大多是游客。人们神态安详，与她仓皇奔逃的样子形成鲜明对比。

越往前奔跑，人流量越大，有很多人聚集停留，围在摊位前购物。

她在摩肩接踵的人群中努力向前走，也不敢过多打量，甚至都没有勇气回头看歹徒有没有追过去。

她渐渐发现不对劲，心生疑虑，直到她看到了农产品市场。

岳仲桉骗了她！

他所描绘的右侧街道景象，分明就是她跑向的这条左侧的巷子。实际右侧才是真正的人相对少的路。

世界如静止一般，天旋地转。她回身望去，身后是一派祥和，没有歹徒，只有正常的游客。阳光照在每个人的脸上，是那么平静快乐。

身边不断有人挤过，她看到正前方飘扬着澳大利亚国旗的地方，门口有“POLICE”的字样。

她真是蠢呵！

她冲进警局，用简洁流利的英语告诉警察，在平行的另一条巷子里，有人在持枪行凶，快去救人。确认警察登记的信息无误，准备火速出警后，她就往外跑去。之前她观察过，农产品市场有可以横穿到右侧的路口。

当她刚穿过路口，踏入岳仲桉所处的街道时，就听到了“砰”的一声枪声。

这是一条新建还未投入使用的市集，所以根本没有什么游客。枪声让屈指可数的几个行人吓得抱头乱窜，逃之夭夭。

她朝枪声响的地方跑去。

那是一栋未竣工的建筑，她走近后，小心观察着，见地上有滴落状血迹，于是她贴着墙，轻轻向前移动。

绕过一楼搭建的护栏，在后方拐弯处，她看见了他！

他靠在墙角，粗重地喘着气，左小腿在出血，脸上挂着瘀青和伤痕，应该是和歹徒正面格斗过。她扑倒在他身边，撕扯下衬衫的衣角，包扎他腿部的伤口进行止血。

“傻瓜，你太不听话了……”他蹙紧眉头，失望至极地摇头。这个迟钝的“小考拉”，真是甩都甩不掉啊。

“警察马上就到。”她强忍住哭。

他不知道她要用多大力量才能忍住此时不狠狠责备他、痛骂他、控诉他，怎么能那么自私，他以为他很伟大吗？把活路留给她，如果是以他的死换来的活路，她往后怎么活……

“撂倒一个，还有一个消失了。没有动静意味着更危险，对方不太熟悉地形，应该登高观察地形去了。”他握住她的手，放在胸膛处。

他的心跳十分有力。

“别怕，看它跳得多好。”

她苦涩地笑，没有到劫后余生那一步，可以再见上一面，也好。她按压住包扎好的伤口，出血止住了。

“总算体验到我家林医生的医术了。”他将她搂在怀中，看她。

“你还好吧，有没有伤到哪里？”他问。

“我没有。你再撑一下，警察就来了。”她紧咬双唇，手上沾着他的血，令她心疼。

他机警地扫视周围，抬起头，见到对面顶楼一个身影晃动了一下。

“小心，歹徒在对面楼顶！”枪声又一次响起。

他刹那间转过身，大力一扑，下意识地以高大的身躯护住林嘤其。两人向旁边滚去，子弹擦身而过。

枪声过后，她松开捂着耳朵的手，焦急地问他：“岳仲桉！你有没有事？说话呀！”

“别乱动，老老实实躲在我怀里。他们随时会再开枪。”他低声道。

天色渐暗。

她被他半压在身下，却见高处的歹徒又举起了枪。她推开他，爬出来，拿出口袋里的强光照明手电筒，打开，照射对方。

这支夜间能够照射数百米的强光手电，是她原本准备用来拍摄星空用的，没想到此时却能拿来防身。

歹徒的眼睛被强光刺激，举起手来挡光，向后踉跄着退了两步。

“快趴下！”他命令她。

她准备再照射时，被撑起身来的岳仲桉拉入怀中。他的身体将她严严实实包裹住，接连传来两声枪响。只见她一双眼睛瞬间睁大，像被定住一般。枪响过后，耳中传来尖锐的耳鸣，她惊恐悲痛地望着他。

除了轰隆的耳鸣，他耳中还有她疯狂的哭喊声。

他的肩膀中枪了，衣服上染了大片的血。她紧紧抱着他坐在地上，神情恍惚，崩溃地号哭。

歹徒竟也中枪倒下了，她以为是警察开的。

她看向另一栋楼的楼顶，那里也站着一个身影。耳鸣逐渐消失，刺耳的警笛声大响。

她脑中只有混乱的碎片影像，黄沙、枪声、鲜血，他紧闭双眼，脸色苍白。她用力按住他肩头的伤口，可血仍不断从她的指缝中渗出。

“岳仲桉！岳仲桉！岳仲桉！”她高声呼唤他的名字，眼泪止不住地往下掉。

他用力喘着气，呼吸极度不匀，忍着痛对她笑：“你哭鼻子不好看……”

警察迅速围了上来。

她声嘶力竭地哀求着：“Save him! Please!（请救救他！）”

现场一片混乱，各种声音纷乱入耳，晃动的人影和模糊的人脸塞满她的视线。她被警察扶起来，拉开，无力地看着岳仲桉被抬上担架，送上救护车。

她被强制带到了警局。

尽管她有千万个不放心，但警察说，抢救病人的工作交给医生，眼下必须争取时间抓住歹徒，再查明作案动机。

在警局她才得知，一名歹徒受伤后逃掉了，另一名中枪当场身亡。

中枪身亡的歹徒并非警察开枪所致。警方推测有可能是起了内讧，让林嘤其仔细回忆当时发生的每一个细节。

她努力去想，只记得最后一声枪响时，她看到的那个身影，那张脸，却是很模糊的，越想看清就越是模糊，仿佛听见有人叫她。

“林小姐？”

她回过神，见是一个男子，声音熟悉，她推测是向笃。他身后跟着一个身穿正装，衣服上的名牌显示是律师身份的人。

“你不记得我了？我是RARE的设计总监，我叫向笃，这位是我们的律师。”

律师主动问她：“林小姐，你有没有看清楚其他涉案人的脸，能描述吗？”

她有些茫然，看看周围匆匆而过的澳洲警察，再看看自己，浑身上下满是沙尘，衣服上沾满岳仲桉的血迹。

殷红的血刺激着她的神经。

她一把抓住向笃的衣襟，问：“岳仲桉！岳仲桉现在怎么样了，子弹取出来了吗？有没有伤到心脏？”

“你放手！”向笃用力拂开她的手。

“暂不清楚，正在急诊手术中。请你配合律师。”向笃脸色发青，神情坚决。

“我配合……”她悲伤地说。

一名澳洲警察将资料递给律师。

律师拿资料让她看。

她仔细翻阅资料。

“林小姐，最后一名持枪打伤歹徒的嫌犯只有你看见了，需要你辨认。现在初步考虑他和歹徒是同一团伙，在对岳总行凶的过程中发生了分歧。找到他或许就能顺藤摸瓜找出对岳总行凶的歹徒，没想到他阴差阳错救了你和岳总。所以请你仔细想想。”律师分析说。

“当时……离得有点远，我看得不是很清楚，我……”她试图强行回忆。

别说那么高那么远了，就算面对面，她一个脸盲症也看不清啊。

向笃始终盯着她的脸。

“毕竟刚死里逃生，脑子里一片混乱，一时想不起来很正常。林小姐你先稳定一下情绪，闭上眼慢慢想，想想那个人有什么特征，比如身高、穿什么衣服、什么肤色？”向笃试探性地安抚她。

律师在警察面前小声说了几句。

“Every details might help us to find out the murderer.（每一个细节都有助于我们找出凶手。）”警察说，还是希望她能多提供一些线索。

她闭紧眼睛，喃喃道：“他是黑色短发，高瘦，灰色上衣……”

向笃眼里微微闪过一丝凉意，但神色依旧镇定。

“很好，继续往下想！”律师鼓励道。

警察打开电脑。

“这是警方调取的进出该沙漠车辆的监控画面，其中可疑男性的照片都在这里，你看一下。”律师说。

她靠近屏幕，仔细看电脑屏幕上的面孔。不断闪出的人脸，没有一张她能看清。她额上冒出冷汗，显得焦虑不安。她想赶紧做完笔录，好去医院看岳仲桉。

一张上衣穿着看着有些眼熟的监控照片跳出来，她连忙喊停，带着犹豫。

“停一下……这个脸的轮廓？”她立刻又摇头自我否定，说，“不是的，我看错了。”

律师纠正说：“林小姐什么眼神，这明明是向先生开车去拍摄场地。”

她扭头望着向笃，似乎目光灼灼，视线却模糊不清。一时间，空气仿佛静止，向笃紧张不安地握紧了拳头。

她深吸一口气，不安地说：“结果或许让你们失望了。”

向笃陷入恐慌。

她面朝律师和警察，坦白说：“我对人脸的辨识有障碍！Sorry，I have face blindness，I can’t...（对不起，我有脸盲症，我不能……）”

向笃和律师一脸震惊。

“我有脸盲症，本以为我能把握住第一眼印象，从面部轮廓和着装上想起来，结果我根本分辨不了这些人，所以我不能够指认嫌犯。请让我回医院去看岳仲桉。”她沮丧地道。

她的心仿佛被揪起般担忧着他。

警车将她送到了岳仲桉所在的医院，此时他早已进了手术室。

她寸步不离地守在手术室外，双手合一，在心中祈祷，祈祷哪怕让她折寿半生，以换他平安。

她想了许多事。

过去究竟在犹豫什么？那么多个清晨，一起安静平和地吃早餐，她都没有告诉他，自己是爱他的。

直到现在，才知两个人共进早餐的珍贵。那时，窗外的高树上总有一对黄鹂在啼叫，还在枝丫间筑巢。下细雨时，两只鸟就躲在树叶下，彼此用嘴轻啄梳理对方的羽毛。

窗内的他和她，各自端着一杯咖啡，静静地看着，觉得十分美好。

脸盲症怎样？记忆大师又怎样？

除了我们不相爱这个理由，此外所有的理由都不能将我们分开，难道不是吗？

不被按在沙棘上来回狠狠磨掉一层皮，你就不会相信：你以为的残忍，永远更残忍。你以为不会失去的人，随时可能失去。

想起他对她说过——

“记忆太好也是残缺。很多时候我就像只困兽，关住自己，不想讲话，不想接触人，因为想少记得点。

“林嘤其，我能忍受漫长岁月里待在我身边的人，只有你。

“我愿意记住与你有关的一切，哪怕有痛苦。”

她问他：“哪怕爱恨别离？”

“我们之间，只有爱。不会有恨别离。”他说。

想到这里，她像受到鼓舞一般，相信他一定能平安无事。因为他答应过的，他们不会有恨别离。

手术比预想中结束得要早。

他躺在推床上，两名医生一前一后出来。手术非常成功，她以他女朋友的身份，看到了那枚取出来的子弹。

幸亏子弹没有伤及脏器，完整地取出了。

她喜极而泣，捂住脸，跟着他回到病房。由于他的伤情不算危重，不用进ICU，所以她能够在病房日夜陪护着他。

麻药未过，他昏睡着，在输液。病房里很安静，她遵医嘱，用棉棒蘸水轻轻湿润他的嘴唇。

向笃来看他，坐了一会儿才走，告诉她已经联系了岳仲桉在美国的父亲，会尽快赶来医院。

她倒了一盆温热的水，用毛巾轻轻擦拭他脸上的脏东西。

他半边肩膀上缠着绷带，腿上有玻璃刺入的伤，也用绷带包扎着。看着平日里整洁刚毅的他，现在无声地躺在病床上，她就很心疼，他这次受太大的罪了。

她给他擦拭手臂时，看见了他手臂上的点状“刺青”，那是他儿时背错圆周率时用铅笔扎的。她轻握住他的手，摩挲着他“刺青”处的皮肤，想到他那年也只是个小男孩。

她真想穿越到过去，保护那个小男孩。

“小时候，我想保护我妈妈。现在，我想好好保护你。”他曾这样说。

他骗了她，将生路留给了她，把自己置于险境。

“我真傻，居然被你骗了。”她泪水涟涟，边擦拭边自言自语。反正他也听不到，索性就把想说的话，统统都对他说出来。

“在手术室外面等你的时候，我特别后悔以前畏首畏尾，不敢正视这份感情。你知道吗？我很自卑，尤其是在你面前。你说记忆太好是残缺，那像我这种，就是残疾了……我不是那种被父母捧在手心里呵护的孩子，有时我都挺羡慕那些人到中年父母还健在的人，还可以说一声，爸妈我回来了。没有父亲的女孩会很缺爱敏感吧。我像是很小就被推下山崖的鸟，我不断告诉自己，我这一生不能为自己活着，我要不停地找，直到找到弟弟……”

她一直握着他的手，说着话。

那颗小女孩的玲珑心，是自遇见岳仲桉以后才被装了起来。

在他当着记者的面牵起她说一起走，在他为她去和大猩猩“谈判”时，她体会到，被一个人悉心呵护是这样甜蜜。

“我没有恋爱经历，不懂得怎样是去爱一个男人最好的方式。我知道世上没有百分百投契的两个人，可遇见你以后，我确信，你之后的每个人都远不及你。绝不会比你好，只会糟糕。”

一盏昏黄温暖的夜灯亮着，她紧握他的手，随意地说些不着边际的话，是那样亲近。

她用额头抵住他的额头，确定他没有发烧，再坐下，继续和他“谈心”。

“以后不许再骗我了。仅此一次。”她低头，想起他以前会用力捏捏自己的掌心，以示支持和鼓励。

她捏捏他的掌心，看他呼吸平稳，稍微放了心。

“你不要怕痛，我会陪在这里。要是你痛了，就戳戳我。”她趴在病床旁，脸贴着他的手心。

“你可是我在这个世上唯一认识的人，既然你摊上我了，你就得好好的，管我一辈子。”她不讲道理地喃喃自语。

“好……”他微弱却清晰的声音响起。

他醒了。

她欣喜若狂地凑到他的脸庞上方。

“你醒啦？饿不饿，痛不痛？按照麻药时间，得等天亮了才能喂点流食。”她顾不上去想他是何时醒的，又究竟听了多少她说的话。

“嗯，不饿，不痛。林嘤其，还能看见你，我真高兴。”他声音嘶哑。

“魂都被你吓飞了！还好，万幸没伤到脏器。只是失血有些多，起码要休养两个月，你就别想工作了。”她继续用棉棒给他润嘴唇。

他偏过头，拒绝道：“不想用棉棒擦。”

“你现在还不能喝水。”

“要你亲一下。”他无理地说，满是孩子气。

真让她哭笑不得。

“看在我死里逃生的分上……”他话未说话，她柔软的唇已覆上来。他顿时觉得哪里都不痛了，忘我地投入这个吻中。

她主动的吻，来得太迟了。

他想，幸好活着，否则这美好不知要被哪个男人得到了。她停下吻，躲开他说：“好好养伤，来日方长。”

“嗯，来日方长。”他不舍地说，却又觉察语境有哪里不对劲，有点尴尬，他只好说，“有点趁火打劫的意味，我得检讨一下自己。”

“才不是，是我自己想亲你好吗？”她有点得意，看他还能这么和自己打趣，不禁心花怒放。

“现在几点了，你吃了吗？”他看向窗外，夜已深。

“夜里十点，我一点也不饿。”她强装不饿的口吻。

“去吃点东西再回来，别让我挂心。”

“好……”她顺从地说，将他的手机放在枕边。

她走之后，他努力单手打开手机，登录邮箱，翻看之前向笃发给他的一份提案。

这次的袭击事件绝非单纯，歹徒直冲他而来，素未谋面，肯定是受人指使。他在澳洲除了鸵鸟皮进口贸易，没有别的结怨深到要他性命的事。

将前因后果梳理一番后，他判断极大可能和境外的走私集团有关，断人财路，才会招此仇杀。他搜索新闻，果然，上月一个跨境走私皮草的团伙被海关一举打掉，涉案金额数十亿。

他最不想看到的是，向笃在这其中扮演的角色。顺着回忆，他想起那天向笃找他谈换鸵鸟皮渠道时的神态，显得有点不自然。

加上之前RARE一直被人在幕后有组织地抹黑诋毁，他能想到的就是，RARE所谓的满腔正派做品牌，着实打击到了某些见不得光的集团的利益。眼下他养伤在床，只能暂时将公司交给向笃代管。

正好借此机会，暗中着手调查。他希望这一切都与向笃无关。

“哎呀，趁我出去就偷偷看手机，快把手机放下！”她装作嗔怒道，走到他身旁。

他赶忙把手机放到一旁，像犯错的孩子一样，无辜地望着她，等待受罚。

“别以为清醒了就当是小手术，你可是受了枪伤的人。”她给他掖好被子，在旁边的陪护床上躺下。

他伸出手臂，示意要牵一下手。

“为什么会有歹徒？我想不明白。”她侧着身子，嘟哝道。

“我猜测……是生意上得罪了人吧。你别担心，下周我们回国就安全了。哪里的治安都比不上我们的祖国。”

“是啊，做个普通人多好，一份普普通通的工作，过简简单单的生活。”

“我们都是很平凡的人，只想平凡地相爱一生。”他慰藉地说着，露出虚弱的笑容。

她凝视着他，两张床中间只隔着一米的距离。从这个角度望去，他安然地躺着，他的脸庞就在眼前。真好，以后再也不要有任何灾难了。

“在幕后指使者没落网之前，你都不许工作，就在家里待着。”她一副吩咐的口吻。

“不工作怎么行，我要娶你。”

“我是你的退路。”她轻声说着，从床上起来，不再犹豫，抱住他的脖子，在他耳边说，“别担心，无论发生什么事，有我在呢。”

他鼻子发酸，想想长这么大，还是第一次体会到脆弱时被人一把搂住，并温柔关切地安慰。

“那你打算怎么养我？”他想逗她。

“我捡大象粪养你啊。”她开始分析哪种大象的粪便是特别贵的。

他忍不住笑，无论任何时候，她都能让他很安心。虽然在小事上她有些迷糊，但大事上她又很果断利落。

她身上有很多他欣赏的地方。因为他是那种事无巨细都要亲力亲为一丝不苟的人，很累。他要向她学习，才能活得轻松一点儿。

“要想看到最光明的希望，就必须穿过最深层的黑暗。”她说。

麻药效果消退后，伤口有些疼，她想转移他的注意力，不许他说话，让他闭目养神。她说，他只管听就行。

安静的病房里，她给他讲电影故事。他有种错觉，听她讲话，伤口好像真的不疼了。

她轻声细语地讲述《英国病人》，因为电影里讲的和他们不久前的经历很相似，也是发生在漫天黄沙的撒哈拉沙漠里。

她说到艾马殊和凯瑟琳被困沙漠，凯瑟琳的腿部受伤无法前行，艾玛殊做出选择，将凯瑟琳安置在山洞。

他说：“换了是我，我就背着你往前走。”

“可那样两个人都会死。”

“我绝不会抛下你，背着你走一步算一步。我无法想象将你独自安置在山洞里，而我去寻找出路的情景。”他说着，伸出手，隔着病床，两只手再次紧紧相握。

不知何时，两人一同入睡，久违的甜甜一觉。

醒来好像全世界都好了。管他人间地狱，有你便是上好的世道。

黎明的曙光照进病房。她睁开眼，见他还安稳地睡着。她放轻动作，起床去给他准备流食。

一碗香甜的燕麦粥，她还特意把燕麦碾碎，多加了点牛奶。

他醒来的第一件事就是用目光寻找她，直到看到她端着碗走进来，才松了口气。

“我们的桉树先生，准备吃早餐啦。”她给了他一个甜美夸张的笑容，洋溢着幸福，这也是死里逃生的欢喜。

她不让他自己吃，坚持一勺一勺喂他。

“上次我们园里那只大猩猩生病了，我也是这么喂它的。”

“哪只？那只为了自己的女朋友欺负你的猩猩吗？”

她点头。

“那应该让它自己女朋友喂它，干吗让我女朋友喂。”他说着，一口咬住勺子，连大猩猩的醋都要吃。

有时是真觉得他可爱到不行啊。

“林医生，你这是默认做我女朋友了，对吧。”他一只手臂环住她的腰。

“我看你啊，有点恃宠而骄，要不是你那只手臂受伤动不了，还不知道你要不安分成什么样。”她一副拿他没办法的宠爱眼神。

“恃病行凶。”他说。

手术后的头三天，他们都沉浸在这种愉悦温暖的气氛里，他的伤一天比一天好起来，再过几日就可以出院回国了。

向笃带着摄制团队先行回国，好在广告片已经拍摄完毕，效果不错。岳仲桉没有在向笃面前提关于歹徒来路的疑问。

澳洲警方也在尽力调查。

岳仲桉的父亲岳平然是在第五天来到医院的。从时间上看，作为父亲，是来得有点迟。林嘤其联想到岳仲桉的童年经历，想着他父亲能从美国赶来已经算是不错了。

岳平然走进病房时，她正站在一旁背诵陶渊明的《饮酒》，俨然乖学生的架势。他说多读多背有助于锻炼记忆力。

“岳仲桉，伤怎么样了？”岳平然开口直呼儿子的名字问道。

“没事。介绍一下，这是我女朋友。”岳仲桉惯例式客气，没有父子之间久别的感觉。

她也看不清岳平然的脸，不想露了马脚，简单打声招呼就找借口要去护士那儿取药，便离开病房，将空间留给父子二人。

岳平然死盯着林嘤其，关上病房门，惊愕地说："她是谁？你们什么关系？"

"说过了，是我女朋友，以后会是我的妻子。"

"荒唐，我不同意她进我们岳家的门！"岳平然坚决反对。

岳仲桉被这句话给激怒了，郑重其事地说："她成为我的妻子，也不是进岳家的门，是属于我和她的家门。你别把对我母亲的那种封建态度用在我身上，这样只会让我更憎恨你。"

"反正这个女人不能娶，尤其是你和她一起还差点送了命！你恨我归恨我，却无法改变我是你父亲的事实，你身体里流淌着和我一脉相承的血液！"

"我也无数次厌恶我自己，为什么要流淌着与你有关的血。医生！医生！把这肮脏的血抽干换尽，让我这一世都和你没关系！"他坐起身，悲愤地喊。

医生和护士闻声而进，岳仲桉的心率加快，伤口传来阵阵刺痛。

岳平然被护士请出病房，以病人情绪不能受刺激为由。

走廊深处的林嘤其听到动静后，赶紧跑向病房，与岳平然迎面碰上。她礼貌地喊了一声"叔叔"，岳平然把她叫住。

"他鬼迷心窍，我这个老家伙还是清醒的！我警告你，要是敢打我儿子的主意，我舍了老命也不放过你！"岳平然放下狠话，拂袖而去。

林嘤其顾不上考虑太多，扭头看向岳仲桉。只见岳仲桉面色发青，双手紧紧握拳，被医生安抚在病床上。

她心疼地走过去，握住他的手，轻抚他的额头。这父子是前世冤家吗？好不容易才见面，没说三句话就吵成这样。

"没事了，他走了。"

他渐渐平复下来。医生检查完伤口后叮嘱，万万不能再用力过猛，否则伤口撕裂会很麻烦。

病房里重新归于平静。

她没有问他和父亲大闹的原因，从他父亲临走时说的那句话来看，应该和她有关。可他父亲为什么对她那么有敌意，莫非是认为这次他受枪伤是她拖累的？

第一次见他的家人就落得个不欢而散，她有些心灰意冷，却不想在他面前流露。

她故作坚强说："能理解，叔叔是太担心你了，没来得及了解清楚状况。毕竟你是和我在一起受伤的，冷静下来就好了。"

岳仲桉心里明白，回想父亲初次见到林嘤其的眼神，就透着一股隐隐的不安，像是有所隐瞒的大忌。

他需要时间来思考，究竟父亲和林嘤其的交集点在哪儿，又有何渊源。

傍晚时分，她搀扶着他下床稍微走两步。她将他的手臂搭在自己的肩膀上，叫他当心，慢点走。

怀中这个女孩可真消瘦，同时又那么坚强，坚强得让人怜爱。他心想，一定要给她许许多多的爱。

她拗不过他，只好冒着被护士责备的风险，带着他走到医院后门的小花园。在这个不大的花园里，开满了金合欢花。一簇簇金黄色的花束，在晚霞的映照下，明艳又耀眼。

"澳大利亚的国花。"他与她并肩赏花，看夕阳。

她想起眼前这种花的花语是：稍纵即逝的快乐。夕阳无限好，只是近黄昏。

忽然一下就失了兴致。

她怕这一刻的相依相偎也是稍纵即逝。

他像看穿她的心思一般，拥住她的肩说："更想和你一起看五十年后的夕阳，那时我们都老了，几个孩子有他们的生活，我们就落得清闲。每天一起读读书，背背诗，也许走不动了，不再看很远的风景。那时的风景，都在眼前。"他温柔平缓地诉说着。

那是多么让人心驰神往的五十年后。

仲桉，我们真的能如愿以偿吗？

她蓦地生出无限勇气来。

“有件事情，从认识以来，我就没有向你坦白。”她深呼吸，空气里满是花香，望着前方，迎面是渐落的残阳。

“今时今日，我必须告诉你，由你决定……”

“嗯，不妨说说看。”他凝神听，语调轻松。

“对不起，长久以来隐瞒了你，我与人接触一直很迟钝。因为我没有告诉你，我有脸盲症。你知道这种病吗？不是开玩笑说的脸盲，是后脑这里有问题。”她怕他无法理解，用手指了指后脑勺。

她终于能够把这个隐疾说出来了。

他温暖的手掌覆上她的后脑勺，将她的脸直接贴到胸前。

这……是什么反应？她有些摸不清楚。

“如果我说我知道，你惊讶吗？”他说。

“你知道？”她惊得从他怀中逃开，犹如《皇帝的新装》里被皇帝揭穿没有穿衣服的那一刻，手足无措。

他望着她点头。

“什么时候开始知道的？为什么不告诉我？”她警惕地问。

“你去野生动物园工作后，园长对我说的。”他解释。

“你居然认识我们园长。别告诉我我的工作也是你力荐的……”她感到沉重，他背着她究竟还做了什么，又知道多少。

“我只是稍稍提一下你的名字，不足挂齿。”他用手比画，意思是一点点功劳而已。

难怪他那时总往动物园跑，有时还用很奇怪的眼神看她，特别是听她说自己对一群金丝猴的面孔都能区分。

让她辗转难安，深陷困顿的事，他竟了然于心？她此时觉得自己特别像个傻子。

“也不是全部都了解，比如我就很疑惑，为什么你能看清我的脸？”他眼里充满爱怜。

他能忍到现在，等她主动启口才问，也是出于对她的尊重。

你不想说的，我就能忍住不问，是一种绅士风度。

“说了你不要有压力，其实迟疑至今才告诉你，并不是想掩饰脸盲症，而是我无法和你解释这一点，甚至于我自己都无法相信，可这是事实。”她停顿，深吸一口气，调整语速说，“茫茫人海中，我只能看清你的脸。”她不敢看他的眼睛，转身望向昏暗的夜。

他靠近她。

“感激命运。”他从背后将头抵靠在她的肩上。

“能够成为你唯一看清的脸，我感激命运。”他低声说。

她的眼泪刹那间开始往下掉，任由暮色笼罩着他们。

“想到许多年来，你都是这样受苦，就好痛心。我会给你找医生……”他哽咽着，也落泪了。

是啊。

仲桉，许多年了。

都是如此过来的。上天让我能看清你的脸，是对我的怜悯，让我在绝望之际抓住最后一根稻草。

我承认对你寄予了许多期望。

怪我贪婪。

起初渴求你帮我找到弟弟，借用你远超常人的记忆力，赖在你身边。从点点滴滴中，我看到和旁人眼中完全不同的你。当我听你说起你的童年，你逼迫自己记忆，是为了保护妈妈，我就深深自责。

我怎么能够再想利用你的记忆。

更甚的是，我无可自拔地爱上你，贪慕你。这份爱，我不知是否和我只能看清你的脸有关。

我模糊的世界，被你明晰的脸庞照亮了。

曾浑浑噩噩、迷迷糊糊地活着，不敢正视他人，畏畏缩缩，没有几个好朋友。我已经习惯被人说冷漠无礼了，恶就恶吧。

原本我可以很强势，能在自己的丛林存活。我每天瞪着眼睛，如一只绿皮青蛙，有蚊子飞过，我就吞下它。

你一来，我决心改。

我不吃蚊子了。

我想做蝴蝶，吃甜甜的花粉。

你看到那只躲在玫瑰花瓣里，藏起绿色脑袋的小家伙了吗？它的大嘴巴上沾满了花粉。

想到这样的画面，她禁不住莞尔一笑。

“治不好的。我看过很多医生，脸盲症目前是很难攻克的医学难题。泥石流发生时，我的大脑被重击，瘀血栓塞导致视觉辨识出了问题。能够看清你，医学也不能解释，但你是我大脑受伤前最后看到的人。”

“况且我还抱着你弟弟，那一刹，你担心弟弟，潜意识里也想记住我。我是考拉你的桉树啊！”他怎会不懂。

“我不想因为这些依赖你，如果我爱你，就该原原本本爱着，不该寻求弥补。”

“说傻话。我会尽全力找医治你的办法，即使现在治不好，随着医学的发达，总会有治愈的希望。退一万步说，哪怕你一直这样，我也能替你记着。上天赋予我的记忆力，重新有了意义。”

那晚，回到病房后，两人促膝谈心。

两颗心紧密相贴。

三天后就能启程回国，他的伤势得在家静养，她不许他再去操心公司的事务。

“回了家你就老实躺着，我每天看完动物们就回来看你，给你做好吃的。”

“如果打比方，我更像你哪一种动物患者？狮子、老虎，还是狼？”

“也是一种螂。”她抿嘴笑。

“感觉不妙，不会是蟑螂吧。”他皱眉。

“蜣螂。”她联想到以前看过的一部关于蜣螂的动画片，笑得前仰后合。

在她花枝乱颤时，他捧住她的脸，轻柔沉醉地吻上唇。

“那你是我的食物。”深吻过后，他满意地看着她发红的嘴唇，说。

她噘着嘴，瞪他。

所谓打情骂俏，就是这样的场景吧。

办理出院那天，连护士都感叹，用英文大致说着，热恋中的人，住院都能住出度蜜月的滋味。

从悉尼飞G市。在悉尼，他们去了植物园。她本来不同意外出的，怕再次发生危险。他说不会，这次行程保密，只有他和她知道。

“警方说什么了吗？是熟悉你行程的人找的歹徒？”她背脊发凉，毛骨悚然，若真是对他了如指掌的人，那太可怕了。

“也不是，别担心。”他宽她的心，不想她有压力。

挽手慢慢走在桉树林里，听他讲解各类树木，有些古老的树木，她闻所未闻。

她忘不掉那天的植物园。

将近十小时的飞行，并不觉长。在心爱之人身边，时间是过得最快的。落地后，开机，她向母亲报平安。

他接到父亲岳平然的电话。

“我在接机口。”岳平然对儿子始终阴着脸，铁一般冰冷的声音，说话一字不多。

岳仲桉脸上失去笑容，她察觉出了什么。

“他来了。”

“你爸爸？”

他点头，似乎要见最不愿见的人。

“如果还为你妈妈的事恨他，也不必了，他毕竟是你在世上唯一的亲人。”她说。

“你才是。”他像个孩子。

“好，我是。”她宠溺地回他。

他没有说，对父亲更深的抗拒是因为父亲不接纳她。他又想，简直可笑，自己心爱的女人，为什么要一个在他七八岁时就撒手不管他的人接纳?

母亲去世后，他读书的钱，都是母亲生前存的积蓄。

那个跑到美国，娶了个二十多岁年轻漂亮女孩的父亲，给过他什么？如今还妄想来干涉他的人生，他的爱情?

凭什么?

“对了，纪幻幻让我在免税店给她买些护肤品，你知道，女人买东西都要比较来比较去，你先取了行李回去吧，别让叔叔等久了。”她找借口说，想让自己的话听起来不那么破绽百出。

她不傻，他父亲是那种态度，她再不识趣地和他公然相拥出现……

“我们一起走。”他无视她打的幌子。

他将她的手臂一把搂在怀里，大步坚定地走。

她躲闪着，想要抽回手。

“仲桉，你放手！”她喊道。

他不放。

“你弄疼我了！”她叫嚷。

他赶紧松开。

“对不起，我不能和你一起去见你父亲。他第一次见我，你就身受枪伤，对我反感，是人之常情。这需要时间，明白吗？”她悄声说。

“不用在意他。”他坦然地回答。

“可我在意。你也不想有任何可能让我站在那里被指责，对吗？你是最尊重我的人。”她说。

他想是啊，绝不能让那种事发生。试想父亲若真的对她出言不逊，他能如何保护她？除了带她走，还能怎样？换作其他任何人，他都会动手。

商量过后，他先走。

她向他保证，去妈妈那里后，会在晚上十点前回公寓。望着他离开的背影，她安心了，希望他能和父亲和平相处。

她乘车直奔母亲做事的那栋豪宅。

“妈，我回来了。”她带着兴奋的口气，她此前还没和母亲提过遭遇的凶险。

可她在起居室并没有找到母亲。

却在花园里，看到母亲正和一个男孩讲话，神态慈祥。

“小远，我跟你说，你当保安，不代表你就能放弃学习。现在还有许多老年大学，八十岁的老人都去读书。”

“你怎么不读书，大字也不识几个，给有钱人当保姆使唤。”男孩不以为意地嘲讽。

“你不像我，我是黄土埋到脖子的人，你人生的路还长，你要是想读书，学费我出。”母亲耐心地说。

“妈——”她喊道，走上前，将母亲拉到一旁，见男孩匆忙转身，也不和她打招呼。

“哎，你回来啦！走，我给你们俩做土豆炖肉去。”

“妈，他谁呀，这孩子怎么这么没教养？妈你干吗要管他，还给他出学费，也不看看他有没有读书人的基本素质。”她心里来了气，高声说。

男孩一句话没说就走了。

母亲用手挡住她的嘴。

“你小声点，别乱说。”

回到母亲的房间，她放下行李，听母亲讲这个保安小远的故事。

“刚从劳教所出来，因为偷窃，年纪又小。”

“这家主人是做慈善的吗？让妈这样一个身体不大好的病患做家政喂喂猫，那个老园丁也是聋哑人，可怎么能让曾偷窃过的人来当保安，监守自盗？”她的好心情完全被破坏了，担心老实善良的母亲被骗。

“所以世上还是好人多，我们也要做好人。再说小远这孩子从小没爹没妈，四处流浪……”

“你就是想到了我弟弟。可我弟弟才不会变成这样子，本质在那里！妈，我会努力去找弟弟的，但你不能糊涂啊。你离他远点，别再管他了。”

最后母亲答应了她，她心里才踏实。

吃到最爱的“母亲牌”土豆炖肉，真是幸福。她拍了张照片发给岳仲桉，让他眼馋。

足足两碗米饭，唤醒她吃了那么多天汉堡和三明治的味觉。饱餐一顿，真惬意。

吃完她去洗碗，让母亲休息。

当她打开微波炉，准备把里面也擦洗干净时，就看见一个方形的乐扣碗，里面装着满满的土豆炖肉。

很显然，是特意装出来的。碗盖上还贴着便笺条——

“吃千吃万，不如吃饭。”

朴实的话语，这是母亲的口头禅。

念中学时，早上要带饭去学校，中午热着吃。她特别羡慕同桌，因为同桌的饭盒上，每天都有妈妈贴的爱心便笺条，写着不同的鼓励的话。

放学回家她把这件事和母亲说了，却也依然没有在饭盒上看到过字条。她瞧着那张字条，越发觉得心里不是滋味。

她不想再指责母亲盲目对人好心，全当是母亲的一种寄托吧。

以后每天都要来陪妈妈。

准备回公寓，在走廊上碰到蹲地低头抽烟的小远。衣服贴在背上，显得骨头特别突出，很瘦。

她站在他面前，忠告道：“我妈丢失的儿子和你差不多大，她对你的好是情感转移。如果你有良心的话，请别伤害她。”

小远没有说话，猛吸几口烟。

弟弟也应该和他差不多大，若在她身边的话，还会是那个很听她话的弟弟，应该都上大学了。

我们最年轻的一面，会存在永远不再相见的人的脑海里。

从何时告别，便留在了何时。

坐上公交车，路过一片片住宅区。无数的房子里亮着灯，有许多人的故事在上演，我们不曾参与，只是各自生活着。

下车后，她在站台买了一束花，白色的铃兰，抱在怀里。

仲桉，在这座城市里，有属于我们的家吗?

也许以后，我们会在一起。

也许以后，我会在离你很遥远的地方生活。但我都会好好的，像今天这样带着花回家。

不管你在哪里，你都在我心里。

便是永得。

岳仲桉的车行驶在霓虹灯闪烁的高架路上。

车内冷气有些过低，岳平然咳嗽了两声。从机场出来，父子二人都没说话。

岳仲桉伸手将冷气关了，打开车窗。

风徐徐灌进来。

或许是因为儿子主动关上了冷气，岳平然当作是儿子对自己的关心，开口道：“最近流感，你多注意，养伤期间不能咳嗽。”

“送你去我订的酒店，尽快回美国吧，我们没有什么好说的。”岳仲桉嗓音低哑。

这句冰冷的话，将岳平然想要的父子热情给浇透了。

“不去酒店，我回家。”岳平然恢复了往日的严厉口吻。

“年纪大了记性不好很正常，我提醒你，在我妈死之前，你和她办理了离婚手续。除了那栋宅子，其他资产都归你。所以，现在，那是我的家。你的家，在美国。”岳仲桉流利冷静地说，这番话，在他脑子里转了无数遍了。

“我、是、你、父、亲。”岳平然一字一字地说。

“生物学上的父亲。”岳仲桉冷笑着摇头。

“你和那个女人住一起？”

“我们结婚不会邀请你。”

“她接近你是有目的的！你这次差点送命……”岳平然从后排座位探起身，情绪激动，欲言又止。

“第一次见，你就能对她有这么多恶意怀疑，挺符合你阴险狡诈的性格。”岳仲桉反讥。

“不是！”岳平然断然道。

“那栋宅子我借给朋友住了，你别去打扰。”岳仲桉说着，打着方向盘，下高架，驶向右前方的酒店。

“她父亲是不是叫林贡之……”昏暗之中，岳平然压抑地说。

岳仲桉闻言一震。

车一个急刹停在绿化带旁。视线尽头，是悠长的黑夜。

▼ 第八章

为了你，
我甘愿受苦

人生八苦：生、老、病、死、爱别离、怨长久、求不得、放不下。前面四苦，是命。后面四苦，是你，周良池。

她抱着铃兰花束，慢慢走上楼，没有乘电梯。

爬楼当作运动锻炼一下。想到在澳洲与他逃亡时的情景，她真恨自己平日运动过少，跑得不够快。

她一边嗅着铃兰的芳香，一边想着，等会儿见到他，要主动给他一个拥抱。要好好工作，好好生活，好好相爱。

换而言之。

热爱生命，热爱生活，热爱你。

“你”是仲桉。

仲桉，自和你坦承一切后，我变得特别紧迫，那种紧迫地要去努力，要往上爬的心。我必须要努力，那个如蜗牛爬行的自己，见你就在前方等着，于是便脱下壳跑了起来，我要跑快一点儿。

她这么想着，脸上笑意盈盈的，加快了上楼的步伐。

明天终于要上班了，挺长时间没看到那群动物，还真是想念小家伙们。

爬完楼梯，她腿发软，额上冒汗，打开门，想向他嘚瑟一口气爬上来的光荣事迹。

客厅不见他的身影。他还没回来吗?

她上楼，见书房门虚掩着。

“在看什么呢? 也不去房间休息。”她将铃兰放在他的书桌上，走到他背后，环抱住他的脖子。他身上淡淡的尤加利气息，让她闻着就很安心，想这样埋在他肩膀上睡去。

他合上手里握的相册，故作镇静，轻轻抚过她的脸颊，问：“以前的照片，你要看吗? ”

她痴笑。

“我看相册的话，整本看完就看得清你。万一看到你和前女友的合影，我心里要添堵。”她将相册替他放回书架上。

他暗自松了口气，还好她没有要看。

“没有前女友的照片。”他慢慢地说，朝她招招手。

“才不信呢，你这样的男人会没谈过恋爱? 那可得怀疑你的取向了。”她笑，同时牵起他的双手。她站着，他坐着。

他略微仰视她。

“我取向很正常，别人不知道，你还不知道吗? ”他脸上露出一丝坏笑，却又很快收起来。因为他想到了相册里的那张照片。

她未觉察，心跳加速，有些慌乱。

他见状，摩挲着她温热的掌心，转移话题说：“逗你的。上一段感情，是我大学时谈过一个女朋友，很短暂，没有什么合影。”

“打住！不许回忆了。”她比画停止的手势。

“嗯，那段感情早就释怀了。最深刻不能释怀的，还是对初恋的记忆。”

“你也有不能释怀的初恋……”她酸酸地说。

“所以我和她重逢了，我想一辈子都不释怀。”他说完，看向墙上那幅画，丁香丛中她的身影。

他的初恋就是她啊。

绕来绕去，他还是把她给撩得心酥。

她忍俊不禁地瞪着他，满是爱意。

每当她这样瞪他，他都想吻她。在他没有查清楚真相以前，他必须克制自己。否则，越往前，对她的伤害就越大。

他凝视着她，心里五味杂陈，简直不敢想象万一她知道她父亲的死和他父亲的不作为也有关系，她会崩溃成什么样。

“我上班的时候，你就安分守己在家休息，我会打座机查岗的。要是被我发现你偷偷溜去公司了，那后果……”她邪邪地笑，透着一股威胁。

“后果怎样？”他有些期待。

“罚你去给我的小患者按摩！”她鬼点子忒多。

“那我可不敢。作为你独一无二的人类患者，我一定会听医嘱。”他保证道。

“晚上去看我妈，我总感觉怪怪的。或许房主那种有钱人的境界是我理解不了的，你帮我分析分析，毕竟你们的境界更接近。”她提起担忧之事。

他洗耳恭听。

听她说完整个事情的来龙去脉后，他分析给她听。

“首先，房子现在由三个人看管，你妈妈身体不大好，老园丁年龄大，还是聋哑人，至于保安小远，差点成失足少年。他们基本是老弱病残组合。这很好理解，房主是个好人，对他来说，举手之劳。”

“可我总觉得这三个人不是平白无故走到一起的……”她说着心中的疑虑。

“其次，你妈妈对小远产生的感情，我想你也不必担心，作为儿子失踪多年的母亲，和一个与儿子年龄相仿，且无父无母的男孩朝夕相见，转移一点母爱这很正常。只要她快乐，感到安慰，就好了。至于小远，本性不坏。”他恳切地说。

“你又没见过，怎么知道他本性不坏？”

“能让你妈妈当作自己的孩子，会坏到哪里去呢？你不也会被误认为没礼貌，可实际呢？看人不能只关注表象，要去看内在的苦衷。”

她若有所思地点头，似乎是这个道理。

“你说了首先、其次，那最后是？”

“最后，如果你实在不放心，那就把你妈妈接到这儿来住，你能晚上陪伴在她身边，也让她接纳我这个未来女婿。”

她没想到他会提出把妈妈接来住，这让她很感动，也很意外。

“谢谢你。我妈自尊心强，又倔，不愿低头，一辈子都自食其力劳苦过来，就算身体这样……也停不下来。她坚持说赚一点钱是一点钱，我没办法说服她。”她很感激。

“那就依她。况且和小远相处能够让她削弱些思念儿子的痛苦，也未尝不是一件对身体有益的事。当然，我也会陪着你尽快找到弟弟，那是最无可替代的。”

“医生也是这么说的，在不透支身体的前提下，尊重病人，毕竟闲不下来的人躺床上可能适得其反。”

“周医生说的？”他总能从一段话里抓住任何一个细节。

她点头。

“哦，你从小暗恋的周良池。”他故作彻悟。

“儿时不懂事，都过去了。”

“周良池说得对，要尊重病人。”

她反应过来，轻捏他的手臂说：“你别打岔，你情况特殊，闲不下来也得闲着。”

“你没看清过长大后的周良池的模样，是吧？”他问。

“对啊。”

“我见过。”他咳了一声，坐直身体。

“咦，你什么时候见的？按道理，你们没有共同的社交圈啊。”她表示吃惊。

“见过两次。第一次是为了了解你妈妈的病情，第二次是为你的脸盲症。”他说。

这个男人到底在私底下为她做了多少事啊，她怎么像个白痴一样一无所知。

“想听周良池长什么样吗？”他扬扬眉毛，问。

她故意装出很想知道的花痴表情，忙不迭地点头，说：“想想想！”

“挺丑的。”他用简短的三个字形容道。她被他那无辜委屈的神情弄得捧腹大笑。

“我朋友秋昙如果知道你这么说她的心上人，以后肯定……”

“嗯，肯定不给我们当伴娘了。”他抢先说。

他真是个能言善辩的男人。尤其是对外不苟言笑，寡言少语，在她面前这么活跃，这反差简直太可爱了。

“奇怪了，明明一本正经的人，一和我说话，就变得花言巧语。”

“别人是利令智昏，我是，‘你令智昏’。”他拥着她，拿起铃兰，搂着她细细的腰肢往楼下走。

她将花放入花瓶养起来。

洁白的铃兰和青绿色的尤加利叶，相称得很美。

愿幸福真能归来。

彼此道晚安，然后各自回房。

当他过后来敲房门时，她竟有些遐想，看来被爱情冲昏头脑的何止他。她打开门，他穿了件蓝色睡袍，领口微微敞露。光滑的肌肤，胸肌明显，也不是那么夸张。

“健身的分寸把握得很得当啊。”她感叹，是单纯对美好肉体的欣赏。

“在想什么？”他拨开她脸上的发丝。

“没……想什么，你还不睡吗？”她红了脸。

“头疼不疼？之前在沙漠的车上，你撞到了后脑勺。”他问。

“不疼。”她有点迷蒙。

他将她的身子转过去，说：“低下头，让我看看。”

她顺从地垂下脑袋。

他用手指摸索着，按了两下，问：“痛吗？”

“真的不疼。我都不记得我撞到这里了。”

“刚才躺下睡不着，回忆起我们在沙漠时发生的事，突然想到你后脑勺撞到车门上的那一幕，我好害怕。你这里受过重伤的。”他低低的声音让她沉迷。

“所以你就急急地敲门，想看看伤到没有。”她转过身，望着他傻笑。

“头皮表面没有青紫红肿，但还是去周医生那里复查个CT我才放心。”

她答应过后，他才慢慢踱回房间。

她窝在松软的被子里，想到与他重逢至今发生的那些大大小小的事情。他真是个很温柔的男人，会默默做很多事，却不宣之于口。

此时，他就在她隔壁房间睡着。

她往被子里挤了挤。因为他，心里充满绵绵的温柔。

世上很多东西，你可以努力点去慢慢拥有，面包会有，明亮的房子也会有。可是你爱的人也爱你是多么难啊，能够相爱就是幸事了，还担心什么呢？

不要再害怕了。

已经十一月。

这个城市的秋天，仍没有丝毫寒意，微凉。再过一个月，元旦就将到来，她的工作也变得倍加忙碌。

野生动物园里的动物们看到她假期结束回来，似乎跟她更亲密了。

连向来对她不怎么友好的大猩猩，也主动将省下来舍不得吃的油麦菜和大蒜递给她。这个举动换来了它女朋友——那只雌性大猩猩的大打出手，抢走了大蒜。

让她受宠若惊的是，雌猩猩没有吃掉那根大蒜，而是转手借花献佛，递给了她。

斑花长高了，花纹漂亮，细长的腿，走姿优雅。哈格紧抱着桉树在睡觉。

确定她所负责的每个园区的动物们都健康无恙，她松了口气。该预防的疾病得预防，她做着记录。

“小林，你不在园里的这些天，那些动物都蔫了一般，你这一回来，全都生龙活虎了。” 老兽医江老师走进办公室，笑眯眯地说。

“江老师，倒是您受累了。”她沏了杯茶。江老师的声音和身形特别有辨识度，平时还教她一些动物外科的知识。

“万物有灵，你真心对它们，它们也会回报你真心。这就是对你工作最大的肯定。”

“我一见到它们就觉得很亲切，我已经把它们当作家人了。这次在外面，我很想念它们，看来以后很难离开了。”

“你真像你父亲，不愧是林教授的女儿。”江老师嘉许地看着她。

“江老师认识我爸爸？”她是头一次听说，很激动。

“上回听园长说起，我才知道，林教授和我是校友。我久仰他的大名，不过他不认识我。我从事动物外科，他做学术研究，是学校里的风云人物。他非常优秀，年纪轻轻就做了教授，却放弃北京的高薪待遇，去青海投身野生动物保护事业，很了不起。”江老师追忆着往事。

她忽然心里好难过，生疼生疼，眼泪瞬间涌出，滴落在桌上。

江老师见状，也老泪纵横，抬手摘下眼镜，拭泪，深深叹息一声。

“林教授的事，后来我也听说了。我们这些真正见过他的人都知道，那些抹黑十分荒谬。一个放弃在北京的大好前程，远离安逸的江南之家，跑去高海拔的青海可可西里，投身艰苦的野生动物保护工作的人，怎么可能会看上盗猎分子获取的那点利益？”江老师哀叹道。

“我也相信爸爸，他死在了青海湖……就算有遗书在，我也不信他是自杀。可真相是什么，只有爸爸的在天之灵知道了……”

她想听江老师讲更多有关父亲的往事。

“林教授他只会用生命去捍卫他热爱的野生动物。我曾有幸目睹你父亲的演讲，他讲述他深入可可西里的故事，他提到杰桑·索南达杰烈士说的那句：这个地方，只有死几个人，才能被重视起来，如果需要死人，那就让我死在最前面。整个演讲非常震撼。我问问校友，或许当时录有视频。”江老师说。

“太感谢江老师了，因为我连爸爸的一张照片都没有，我很想他……他唯一的遗物就是一本工作簿……我妈怕我受影响，就藏起来了，不让我看。”她抽抽噎噎地说。

“我也找找看有没有你父亲的照片。小林，不要哭，你父亲是个高尚的人。他不被世俗所影响，不愿同流合污，所以才会在去世后被有些人诟病。”

江老师的话也激励了她，能够亲耳听熟悉父亲生前事迹的人说这番话，让她备受鼓舞。

她也生起一个念头，去找母亲要那本父亲的工作簿和遗书，仔仔细细看一遍。不管过去多少年，都要还父亲一个清白。

回到公寓，她没有对岳仲桉说这件事。

他发现她情绪有些低落，手里还握着一根蒜。

“是不是太累了？”

她弯腰换鞋，摇头，问他：“今天没有去公司吧？”

“没有，在线开了个视频会议。你怎么拿了根蒜？”

这个问题让她恢复了点笑容，她像炫耀战利品般朝他抖抖蒜，说：“不丢我粪便了，还送我蒜，真是难得的礼物。我打算种在那株树旁边。”她指指客厅后方的那株桉树。

她不想把坏情绪传染给他，强颜欢笑。

“确实难得。我得和你一起种，悉心照料这根友谊之蒜。”他去阁楼储物间拿花铲，开玩笑道，“等到过年，涮火锅。”

“那我们最好还种点蘑菇和香菜。”她双手托着下巴，高声说。

“大猩猩吃蒜吗？”他有点好奇。

“为了预防它们感冒，会给它们吃些蒜，驱寒气。”她解释。

“你今天哭了？” 他边铲土边看着她问。

什么都瞒不过他。

“想起我爸爸了……”她小声地如实说。

他一听，十分心疼。

“我没事了，本不想和你说的。你问了，我无法骗你。”她反过来安慰他。

她无法骗他，可他呢？他在做什么？明知她父亲的死有很大疑点，他却自私地因为怕失去她，而把自己知道的线索藏在心里。

岳仲桉，这就是你口口声声的爱吗？告诉她吧，哪怕彼此都会痛苦……他决定说出来。

“我恨那些盗猎的人，恨他们作恶，还将污名扣在我爸爸身上，他们是要下地狱的吧！”她深恶痛绝地说，拳头紧攥。

他惊觉，如果告诉她，她就会连夜搬出这里，彻查真相，与他划清界限，对他疾恶如仇。

不再有爱，只有仇恨。

那是他不敢想的局面。

他在心里给自己找借口，等等吧，等查清楚了再向她和盘托出。那时候她是恨是仇，悉听尊便。只要他爱她就够了。

半夜里，她听到急促的敲门声。

她揉揉眼睛，起来开门，被他一把抱在怀里。他也不说话，只是抱着，下巴紧挨着她的头。

许久，他才说话。

“你要好好的。”他郑重地说。

她“嗯”了一声，问：“做噩梦了？”她用手心来回抚摸他的背。

“我没事呢，不好好站在你面前吗？”

他不再说话，眼已湿润。

他清楚，彻底失去一个人不是对方不再爱你，而是成为她最厌弃和憎恨的那一类人。

别无选择。

那个梦，他不敢回想。

他梦见她生气，像只河豚，身体和脸不断膨胀，最后突然爆炸了。她就那样在他面前支离破碎。

“岳仲桉，我会失去你吗？”她似心灵相通一般低声问。

她以为他会对她说，你不会失去我。

“林嘤其，我绝对不会失去你。”他更用力地抱紧她，托起她的脸，不顾一切地吻她。

后来，她回想起他那句听似答非所问的话，才懂，对于她这样缺爱又没有安全感的人来说，他的回答给她的安定要远远大于她希望得到的答案。

我不会失去你，是你更重要啊。

她感觉到他的泪沾在自己脸上。

他怎么流泪了?

她深情地回应着他的吻，任由他疯狂忘我地吻着，几乎轻微窒息。他的唇吻过她的眼睛、鼻尖、下巴……顺势而下，她的颈肩、锁骨……迷恋她周身散发出的温热体香。

他的唇碰到那一抹香软，还有如小鹿乱撞的起伏。他伸手欲解开她衬衫上的那粒扣子。

她的手紧紧抓着他背上的衣服，迷离心醉。

他将她拦腰抱起，放在床上。月光映照在她洁净的脸上，一双纯洁的眼睛羞赧地望着他。他呼吸急促，冷不丁地清醒，恢复理智。

岳仲桉，你这是疯了吗？！

他不能这样可耻地占有她。以前可以，但现在不能了，但凡有一点点那种想法，都是对她的亵渎。

在他尚未证实她父亲的死岳平然是否脱得了干系时，他要断了这个念头。他变得冷静下来，俯身淡淡地吻上她的额头，说："晚安。"

她有点蒙了。

脑子里的第一反应是，难道……生理有缺陷？她轻咳了一声，掀开被子，睡好，略带羞耻地小声说："晚安。"

他用冷水冲了脸，才从情欲里走出来。

就算有缺陷，我也爱他。她在心里坚定地想。

下次她一定不矜持了，要扑上去，用力地抱住他，还要主动地猛亲他一通，不放他走。

不过她是有色心没色胆。

作为未经男女之事的大龄女青年，对所爱的男人垂涎他的男色，动情起意，这很正常吧。嗯，符合生理情况，她这不算女变态。

也怪月色太美，她才会意乱情迷。

接连几天，两人都回避晚上共处一室，他待在书房里。她正好工作也忙，回来得晚。

路蜓送了一堆文件和合同，等着他过目签字。

他准备结束病假去公司上班，伤口已基本痊愈了。他去医院复查时，还把她给强制拎了去，送到神经外科的电梯口，让她去找周良池开拍CT的单子。

在她要踏出电梯时，他跟了出来。

"怎么，想陪我一起去？"她窃喜。

"我就不去了，只是想给周医生澄清，坦白讲，其实他还是挺英俊帅气的，特别是穿着白大褂时，对病人很有耐心，有医德。”他称赞说。

她发笑，问：“干吗跟我说这些呀？”

他耸耸肩说：“我不想误导你的判断，毕竟他是你喜欢过的人。不能因为你只能看清我的脸，就借机得到你的青睐，有点乘人之危……你明白吗？”他深深地望着她，一时失了神。

“不明白。好了，就算我能看清全世界的俊男帅哥，我也选择你。”她笑。

他在停车场等她。

也正是因为他没有跟去，她才将复查CT这件事蒙混过关了。理由很简单，她不想和周良池说起这次在澳洲的经历，要是母亲得知了，那更是会引起恐慌。再说了，做完CT后的半年才能怀孕。现在考虑怀孕是很遥远，但万一呢？而且她都不记得自己后脑勺撞得有多严重，并不当一回事。

“周医生正在抢救病人，估计至少得等半小时。”一名护士认得她的脸，主动探头告诉她。

正合她意。

“没事，我就是路过来看看他。”

她连周良池的办公室都没进，只在神经外科转了一圈。听到ICU病房门口传来凄厉的哭声，可能是刚才抢救的病人没救过来。

一对年轻的夫妻瘫坐在地上，椎心泣血。

“太可怜了，小孩子才三岁，从楼上窗台掉了下来，这简直是要爸妈的命啊……”围观的病人惋惜着。

人间悲剧。她不忍目睹，逃离而去。

她回到车上。

“医生说没事，不用大惊小怪，动不动就做CT也不好，要吃射线的。”她边系安全带边敷衍着说。

他听她这么说，悬起的心总算放下了。

秋风起。

她撑着脸看向窗外。凉风徐徐。

仲桉。

人世间有这么多的无常，这么多的变数，这么多的疾病。

能使我生出与“这么多”相抗的勇气的，是你。

周末。

她难得和纪幻幻见上一面。

听说秋昙回来了，便相约去秋昙的住处吃饭。

纪幻幻按捺不住一颗八卦的心，探索林嘤其与岳仲桉在澳洲经历枪战大戏的过程，以及他们有没有突破底线达成灵肉合一的境界。

“谁告诉你的？”她很吃惊，纪幻幻居然了解在澳洲发生的许多细节。

“嘿，成功接近向笃，听他说的。他还说你亲眼看到嫌犯了，不过你有脸盲症，所以对警方的案件侦查没有任何作用。”

“你们俩什么时候走这么近的？”

“就是这次他从澳洲回来，请我喝咖啡，顺便问起你脸盲症的事。你说啊，这个桃花运大概是能传染的对吧，你看RARE的总经理现在属于你。而你的闺密我，迟早也要拿下向总监……”纪幻幻眉飞色舞道。

秋昙端着一碗蔬菜沙拉从厨房走出来。

“先吃点东西垫垫肚子，菜还要等一会儿。今晚我们敞开吃，好闺密就是共同长秋膘！”秋昙嬉笑着说。

纪幻幻拉着秋昙的手，摇晃着喊：“秋昙，你先和我们说说你登山的过程吧，这下你和嘤儿都很牛气了，还不快和我讲讲。”

“每个人的心里都有一座山。登山最重要的是信念，我登到海拔四千多米就吃不消，下撤了。望着白茫茫的雪山，内心一片清静。这期间遇到雪崩，差点被大冰块砸中，咳嗽险些导致肺水肿。也怪我自己，准备不充分，我打算明年十月份再去，正好也需要存钱。”

“这么危险你还要去？”纪幻幻吃了一口橄榄菜，差点没噎住。

“嘤其，你明白我为什么要去的，对吗？”秋昙说着，朝她笑。

她知道，攀登珠峰是周良池的梦想。身为医生，他时间上不太好安排，像攀登珠峰，至少需要两个月的时间。

“可周良池他一定不想你因为这个理由去冒险，如果他知道，他会反对的！”她生出担忧。

“我想去他心里最向往的地方走一走，看一看。是不是这样就能当作在他的心里驻扎过？”秋昙低眉顺眼，柔声说。

那个无所畏惧的秋昙，只有在提到周良池时，才会露出羞怯。

“有生命才有爱情，你要记着啊。”林嘤其忧心忡忡。

“我在雪山上顿悟了，人生八苦：生、老、病、死、爱别离、怨长久、求不得、放不下。前面四苦，是命。后面四苦，是你，周良池。”秋昙说。

“嘤儿，咱们赶紧把周良池给绑来送给秋昙吧，这都相思成疾了。男未婚女未嫁，哪有那么难的事。我跟你们说，孤男寡女共处一室，久了自然生情。而且女人追男人——登什么山呢，我们胸前就有山峰啊！”纪幻幻说着，瞅了一眼林嘤其，补刀道，“不过嘤儿你那充其量也就是土丘。”

她捂着嘴笑。

纪幻幻继续侃侃而谈：“要懂得撒娇，记住三不动——走不动，拧不动，拿不动。你说你连珠峰都能登上去了，男人会觉得，这个女人体力比我还好，驾驭不了。”

她和秋昙同时摇头，会意一笑。

“我的工作还得给老虎、狮子吹针呢，特别是给大象喂宝塔糖，真是斗智斗勇。大象特别聪明，就算我把宝塔糖藏到苹果里，它都能闻出来。它就用鼻子把苹果砸地上，砸烂了之后，把宝塔糖给剔出来，再吃掉苹果。”她津津乐道地讲着，转移了话题。

“大象这么聪明，那最后你是怎么哄它吃宝塔糖的？”纪幻幻纳闷。

“要是你，你会用什么办法？”

“哄男人我在行，哄大象我可不行。”纪幻幻撇嘴笑。

秋昙也一脸好奇。

“将西瓜挖个洞，放进去一粒宝塔糖，再放一个塞了宝塔糖的红苹果。把西瓜滚到大象面前。这时候呢，大象会用头把西瓜压碎，把那粒药剔出来，剩余的就都会吃掉。”

“哦……因为它认为那粒气味来源的宝塔糖被找到了，就不会怀疑苹果里还有一粒。你真狡猾，连陆地上脑袋最大的动物都能哄，难怪岳仲桉对你死心塌地。”纪幻幻拊掌称赞。

“今晚不谈男人，你呀，别老把话题带偏了。”她说。

秋昙应声赞成，钻进厨房。

“哎，真的，前几天久宁来RARE公司，脸色不太好看，以前来都是一副岳太太的高姿态。她不会真解约了吧。”

“不太清楚。”她望望厨房。

“岳仲桉对澳洲的事就这么算了吗？”纪幻幻又不经意地问。

“那都不是咱该操心的事，我去给秋昙打打下手。”她起身走进厨房，心想，这次见纪幻幻，总感觉她和过去不太一样了，她希望是自己太敏感了。

这一年，她变得越发有边界感，懂得说话的分寸。

这就是一岁年龄一岁心吧，也是在他身边潜移默化受到了影响，不再像二十岁出头时那般口无遮拦。

是被他传染的吗？她有颗温柔心了，有时还嗲声嗲气地在他面前撒娇。

上天让我们有嘴，是为了三件事，表达爱、吃食物、吻。语言和文字那么美，都不该成为伤人的工具。

成年人的力量，是善待取悦自己，担负自己。

独善其身是美德，兼济爱人也是。

当悟得，再亲密的关系，甚至父母、伴侣，对方都没有责任承担你的压力及不幸，就会释然。

她不再苛求。

只要他在，只要他好。

遇上岳仲桉以后的时间，仿佛被调快了。

每日都飞速度过，重复着原先的光景。他工作再忙，也会抽时间来野生动物园。

十二月初，园里要举办一个活动，有一所幼儿园的小朋友要过来参观，走近动物，了解动物。

园长将接待的工作交给她，让她充当一次讲解员。

保护野生动物，从娃娃抓起，她想，这是一次很有意义的宣传活动，她想做好，于是准备得很充分。到了那天，她生动有趣又通俗易懂地给这群孩子讲动物小百科，小朋友都听得入了神。

在孔雀园区时，许多小朋友都想看孔雀开屏。

“厉害的阿姨，你有没有魔法让孔雀开屏？”一个满头自然卷的小姑娘问。

她有些束手无策。

眼下不是孔雀的求偶季节，要想让雄孔雀开屏，还真是需要运气。

“妈妈说，孔雀看到比自己漂亮的，穿得光彩夺目的女人才会开屏。”机智的小男孩举手说。

现在的小孩，都这么伶牙俐齿。

“雄性孔雀开屏，是为了吸引雌性孔雀的青睐，并不是看到比自己美的人才开哦。”她弯下身，耐心地和孩子们解释。

“可是阿姨穿得就不那么漂亮，都没有试过，怎么知道呢？”

幼儿园的老师赶忙道歉，说：“对不起，这些孩子好奇心太重，冒犯了。”

“你们不可以这么说阿姨哦，要有礼貌。”老师纠正孩子们。

“没事没事，小孩子天真无邪。”她这回是黔驴技穷了。

当她抬头，面前是一块玻璃，映着她的脸。她不知道自己长得好不好看，但从十几岁时的模样看，算得上清秀。

虽然和岳仲桉处在恋爱期，她也没有过分在意外表，穿衣都是只讲性价比和舒适度，款式和颜色普通素雅，又不化妆。

难怪连小朋友都笑她不漂亮。

童言无忌。

她觉得孩子们很可爱。

“小朋友们说得对，阿姨穿得不好看。那等你们长大了，你们穿得漂漂亮亮的再来看绿孔雀，好不好？”她耐心十足地说。

岳仲桉本是打算来看考拉哈格的，见她被一群小朋友团团围住，他听出了个大概意思。

他走到角落给路蜓打电话，让她马上派一名化妆师过来，再带一条礼服裙。

之后，他假装无事地走到她身边。

她冲他莞尔一笑。

“小朋友们，刚才听到你们说，孔雀只有看到漂亮的人才会开屏。那叔叔等会儿就告诉你们，这个观点是错误的。”他神秘地道。

“不仅要穿漂亮的裙子，还要在孔雀面前放音乐，对它跳舞，那它就会开屏了。”人小鬼大的熊孩子说。

“我们今天的目的是要学会保护动物，爱护动物，而不是看动物表演，知道了吗？你们以后要拒绝看海豚表演，不能骑大象、看耍猴之类的。那些都是违背动物天性的，人为训练地去伤害小动物。”他郑重其事地说。

“看海豚表演是伤害它吗？”刚才还理直气壮的孩子，声音变得弱了。

“当然。除了刚才这位阿姨和你们说的，雄孔雀追求雌孔雀时会开屏，还有一种情况也会开屏，那就是受到惊吓时。所以，在孔雀面前放音乐，手舞足蹈，就算它开屏了，也是害怕。”他讲完，又微笑着问，“你们这么善良可爱，才不会伤害小动物呢，对吧？”

“不会——”孩子们异口同声说。

她在一旁静静地看着他与小朋友慢条斯理地说话，还将一个走不动的孩子抱在怀里。

他真温柔呀。

想到这么温柔的岳仲桉是爱着她的，她心里的欢喜都能溢出来。

“等会儿化妆师会过来，给你化个妆，再套上一条礼服裙。”他凑到她耳边说。

“我在上班呢！”

“这也是工作之一，必须让这群小不点深刻认识到两点。”他坚定地说。

“哪两点？”

“一，雄孔雀见到漂亮女人不会开屏；二，我女朋友很漂亮。”

她笑着说：“一本正经地胡说八道。”

最终，她在他和小朋友的鼓动下，半推半就坐下来。化妆师迅速熟练地为她打造出轻盈灵动的妆容，又编了个好看的发髻，发尾插上七朵连排的裸色花朵状发夹。

“哇，阿姨好漂亮！”孩子们惊呼。

一条裸色薄纱长裙套在她身上，虽然没有完全脱掉身上的白色上衣，就这么套上也效果惊人。

崭新的她夺目耀眼。

他也看呆了。

淡淡的妆，有着清水出芙蓉，天然去雕饰的美。

“孔雀真的不会因为人比它漂亮而开屏哎……”

“就是，阿姨都这么漂亮了，像白雪公主一样，它都没有开屏。”

“小朋友们，以后想要了解动物，可以来野生动物园，但我们要做到不看动物表演，明白吗？”她说着。

寓教于乐。

他这才退到远处，站在一棵树下，默默看她和孩子们开心地聊。

结束活动后。

“谢谢你，辛苦了。小朋友们最喜欢孔雀园这堂生动的课了。”老师在上校车前握住林嘤其的手，感激道。

她笑着摇头，说：“这都是应该的，和孩子们相处我很开心，也收获了很多。”

她望向他。

他又一次为她解了围。

没过几天，下班回来的她说起动物园要举行一个“动物大逃亡”的活动。

“你们园里怎么这么多活动，真是丰富多彩，连我都想去上班了。”他给她倒了一杯水，坐在她身旁，为她捏捏肩。

“那你周六下午有空吗？”她顺着话问。

“我可以把手头的事放一放，你有什么吩咐？”他一副百依百顺的样子。

“如果有时间，可以过来客串一下扮演斑马的角色。”她说。

“教动物越狱？”

“对啊，应对紧急情况，比如火灾之类的。”她认真地说。

“动物不如人系列啊！”他爽朗地笑。

然后居然答应了。

那天下午，动物园里，每只动物都见到了一匹萌萌的斑马，上演着如何“越狱逃跑”的画面。

他头上戴着斑马的头套，身上穿着斑马纹的衣服，还有长长的黑色尾巴。当他走进斑马园时，一匹正在吃树叶的斑马看着他这匹假斑马不停地跳跃、奔跑，比画着手势。

那匹真斑马震惊了，犹如看到一个……二货。

她举着相机拍下斑马的神表情。

“你们别总是低估了动物的智商，只是碍于语言无法沟通而已。如果它们讲话我们听得懂，说不定它们的智商都要碾压我们。你看它看我的眼神，是不是在说：这货怕不会是个傻子吧。”他指着照片笑道。

她已经笑得不行了。

“你扮成斑马的样子真帅气逼人。你要是匹斑马，我也会爱上你。”她花痴脸。

“这匹斑马是雌性还是雄性？”他问。

“雌性……”好吧，她吹捧失败了。

“你这叫盲目崇拜，是不好的。”他假装严肃地批评说。

每当他为公司的事忙得焦头烂额时，有关她的这些回忆，都是他繁杂日常里的温馨。

那件如大石般压在他心头的事一天也没有放下过。

内疚感始终萦绕在他心里。

他计划等新款设计图定稿后，休假去青海湖一趟。虽然岳平然坚称自己只是目睹后离开，并没有做坏事，但无动于衷本身就是放任伤害的行为。更何况，他并不完全相信父亲的话。他了解父亲，说出十分的话，能信的只有三分。

还有一件事，就是他对向笃的怀疑。在看了向笃递交的新款设计图后，发现向笃并没有听从他的想法，几乎百分之九十的包用的仍旧是真皮。

会议上，向笃再一次提起和澳洲某集团合作的事。

他决定和向笃谈谈，并主动联络刚回国的独立设计师乔谦，给RARE注入更独特的设计理念。

岳仲桉的办公室。

向笃并不认为自己的新款设计有问题。

“我们要想RARE在两年内打入奢侈品市场，就必须提高成本，抬高价格，定价决定了产品是一线还是二线、三线。”

“单纯靠稀有动物皮质抬高价格，有意义吗？试问如果你是消费者，你会买吗？”他反问向笃。

“会。”

“那只是你个人的价值观，先让市场部做个调查统计表分析一下吧。至于澳洲那边的渠道，我不想再看到这个提案。”他有些怒气。

“那设计图重新改？”

“不是改的问题，是得换材质。我考虑着眼年轻女性群体，价格太高，我们势必会失去这些顾客。我在争取和乔谦的合作，元旦后会在北京碰面。”他握着钢笔，思忖道。

“那个在南极办过环保作品展，呼吁关注全球变暖保护冰川计划的设计师乔谦？”

“对。他的设计非常时尚，有些是帆布材质，色彩吸睛，还具有故事性，很受欢迎，我认为有很大的商业价值空间去挖掘。”他观察着向笃的表情变化。

向笃没有表现出丝毫无法接受。

这很反常。

“我也认为公司应该多建立一个设计团队，很好。”向笃说。

“你能这么想，说明我们都怀揣初心。”他微笑着说。

“初心，初心！岳总，恕我直言，自从你和林小姐交往之后，就开始偏离正轨。我不知道现在在你心里，初心到底是动物保护，还是打造独一无二的RARE品牌。”向笃干脆道。

“这两点并不矛盾对立，参考乔谦。”他说完，低头看文件。

“乔谦的设计只能做尝试，不能做主打！”向笃情绪失控，双手撑在办公桌上。

岳仲桉抬起头，合上钢笔盖，平静地望着向笃，说：“我自有定夺。摆正你我的位子，你是设计师，我是总经理。咱们各司其职吧。”

这次不愉快的谈话，让两个人都心生芥蒂。

久宁的解约对于RARE来说也是一次挑战和转型的机会。

解约当天，久宁支开经纪人。

“岳总，多日不见，你还好吗？”久宁一改往日的亲昵，疏离客套地问。

“还好。”他更喜欢她这样的说话方式。

“伤口不会再影响你了吧。”

“不会了。”他摇摇头，淡笑。

“在澳洲那天，我和她是同时得知你在沙漠里遇到危险的。她的选择也让我认清，我并没有多爱你。她能为你不顾生命，我却做不到。祝福你们。”久宁大方地伸手，与他握手。

“谢谢。很感谢你过去对RARE以及对我的支持。”他温和从容地说。

“Bye。”

“Bye。”

在简单的道别后，岳仲桉结束了合作，久宁结束了感情牵绊。

林嘤其听他说起这件事时，有些不可思议。她根本没想到自己的举动会让久宁做出这样的决定。

她并没有情敌撤退后的喜悦，心里反而挺不是滋味。爱是无法拱手相让的，总有一方会受伤。

作为得到爱情的这一方，她若还有得胜之心，岂不是无情？

只能加倍珍惜他才好。

难得两个人都能早点回到公寓，她精心准备晚餐。他换上家居服，挽起袖子，和她一起在厨房忙碌。

他洗干净菠菜、小番茄，放在白盘子里，红绿红绿，清清爽爽，再洗鱼头和虾。

她要做四道菜。

鱼头青豆汤、麻酱菠菜、番茄乌梅和沸腾虾。

平日里只做一荤一素两道菜的她，今天算是非常不节俭了。种类多点，量上少些，以避免浪费。

“鱼头青豆汤是我妈妈的拿手菜，乳白的鱼汤里有一粒粒青豆，特别精致。”她将汤煲上，动作麻利。

“菠菜下水焯几分熟？”他勤快地把菠菜放入水中煮。

“八分熟，然后过一遍凉水，再把水挤掉，摆放好，淋上麻酱。”

“你听过《但愿人长久》这首歌吗？”他注视着菠菜问道。

“王菲的那首吗？”她切着小番茄，漫不经心地接他的话。

“卢冠廷的。”他去客厅打开音响，又急忙折回厨房，继续看他的菠菜，生怕焯过熟了。他守着菠菜的模样，有点天真可爱。

公寓里久久回荡着深情动听的歌声——

“每夜繁星不变，
每夜长照耀。
但愿人没变，
愿似星长久。
每夜如星闪照，
每夜常在，
漫长夜晚星若不可休，
问人怎么却不会永久，
但愿留下是光辉像星闪照，
……”

不愧是唱《一生所爱》的卢冠廷，被他的声音打动得想哭。

但愿人没变，愿似星长久。

元旦前一天。

她得到一条寻亲线索，在G市的一个偏远的乡下，叫白首乡，有个寻亲青年，年龄和林友声差不多，被养父母收养时也是五岁。

考虑到他公司事情多，她简单收拾了两件衣服，准备独自去乡下一趟，可能需要在外住一晚。临走前，她在微信上和他说了此事。

“等我忙完，明天陪你去。”他回复。

“我自己可以。”

“知道你自己可以，可我还是无法放心。”他怎么可能放心让她独自去人生地不熟的偏远之地，她连个人的脸都辨认不了，受了欺负都记不住是谁欺负的。

一想到这里，他的心就揪着疼。

她遭受了这么多不幸，竟还有可能和他的父亲有关。

他要尽最大的努力保护好她。

“不要因为我影响了你。”她迟疑着发出这句话。

“想你了。”他回，握着手机，始终挂着笑。他原本埋首在一堆文件之中，只有她能让他精神放松。

手机屏幕上，往下不停地掉星星。

“原来用微信发‘想你’会掉星星？”她还是第一次在微信上看到星星。除了他，还有谁会对她说“想你”。

“那你对我说一句，我也想看星星。”他变着法地想让她说“想你”。

她看着屏幕上显示着“对方正在输入……”就感觉很暖，说不出的安心。

“我不说。”她故意逗他，回复道。

“让系统检测一下，要真正地想才会掉星星。”他用食指撑着下巴，看着屏幕笑，等待她的消息。

“想你。”她放下手中的衣物，回他。

居然真的没有掉星星。

“你完了……看我回去怎么收拾你。”

“这都被系统看穿了吗？”她有点蒙。

“想你了。”他又发了一遍，屏幕上的星星不停地往下掉。

她不服输，再发："想你。"

还是没有星星出现。

"林豌豆，知道吗？发'想你'不会掉星星，只有发'想你了'才会掉。"他忍不住告诉她，不作弄她这个小傻瓜了。

原来如此。

"想你了"和"想你"，一字之差，说出来感觉却完全不同。

每当我想你了，星星就落满身。

那晚，他在公司加班到凌晨，把连续两天的工作都做完了。

工作是无止境的，她的事也很重要。

为了避开元旦出行高峰，清晨六点多，天尚未亮，他就起来喊她出发。

为了让她能多睡一会儿，他还给她挤好了牙膏。

"我开车时，你再补个觉。"

她咧嘴笑："那多不好意思啊，你那么辛苦，我陪你说说话解困吧。"嗯，实际上开车后不到十分钟，她就歪靠在座椅上呼呼入睡了。

他开着车，边看她边笑，估计这个小考拉紧张得一晚上都没睡着。好好睡吧。其实他知道，这次的寻找无疑会扑空。

她想去，那他就陪着她好了。

这趟乡下之行，就当属于他们的一段特殊短暂的旅程了。

下了高速后，又开了一个多小时，等她醒来，车子缓缓在乡道上颠簸。

"睡得好吗？"他对她微笑。

"我睡了这么久，你怎么不喊我？你腿受过伤，不能疲劳驾驶。"她点头，伸了个懒腰，摇下车窗，新鲜的空气迎面吹来。

"伤都好了。"他说。

路旁一排排香樟树，叶子还泛着青色。

在车子经过一个小镇时，她提议："都十点多了，我们在前面的餐馆吃点东西，换我来开车。"

这是他头一回在乡下的农家乐里吃饭，兴致勃勃。

“好吃吗？”她问。

“好吃。”他给她夹了块鸡肉，喂到她嘴里。

她吃了两碗米饭，以前还会矜持，在他面前小口吃，现在倒是更放开了。吃饱后，她开车，让他休息。

按照线索上的地址，车在蜿蜒曲折的乡道上跑了一个小时，终于来到这个叫“白首乡”的地方。

“我们这是，一起到‘白首’了。”他拉着她的手。

她满心欢喜。转念想，若是无效线索，不是白首，那就是白跑，表情顿时变得落寞。

“就算不是，也别失落，没白跑，就当元旦出游了。”他知她的心事。

打听到要找的青年家的地址，他们就直奔那户人家而去。

在几间高矮不齐的民房里，她见到了寻亲青年本人。她仔细打量眼前的大男孩，本人比照片看起来要胖点，也矮点。

她看不清脸，只得用求助的眼神看着岳仲桉。

他通过五官仔细辨识后，发现外貌相差大，特别是眉眼，一看就是两个人，便向她摇摇头。

他暗想，这远没有自己找的那个青年像。

她怕错过，反复求证，看到男孩颈后有块黑色的胎记，显然她弟弟是没有这个胎记的。

悻悻而归，她回到车上。

“这种失落已经重复十几年了，从我弟弟几岁到十八岁，但今天格外难过。换作以前，我一个人来找，可能还坚强些。”她声泪俱下，边说边哭。

“不哭不哭，有我陪着你。”他的肩膀给她靠。

“我真像个废物。”

“哪有这么可爱的废物。就算是小废物，我不都陪着你到‘白首’了？”

他指着路牌上的“白首”二字。

“你再这样纵容，我可就彻底坚强不了了……”她破涕为笑。在他面前，她可以不用掩饰情绪，喜怒哀乐都不怕被他看到。

落日西挂，炊烟袅袅。

乡下的晚饭时间分外早。

他们打算返程，在城区的酒店住一晚，明日赶回G市。

车刚开到白首乡出口，就遇上一个满头大汗，拄着拐棍蹒跚地疾走，都快急哭了的老奶奶。

他将车缓缓停住。

“这个村庄住的大多是留守老人，别是出什么事了。”

她跟着一同下车。

“奶奶，您别急，怎么了，跟我说说？”她急忙上前问。

老奶奶颤颤巍巍，哭诉着：“要命哦……来不及了……”

“老人家，什么来不及了，跟我们讲，我们有车，肯定比您走去快！”岳仲桉搀扶住老人，担心她听不见，提高音量。

“我家里养的老母猪难产……眼看快死了……我要去镇上的兽医站喊人，可我不能坐你这小汽车，我晕车……”老奶奶捶胸顿足。

林嘤其一听是这事，倒不那么担心了，她就是兽医啊。

“奶奶，我是兽医，您家在哪儿，赶紧带我们去！”她自告奋勇说。

他低声提醒问：“你确定你可以给母猪接生？！”

“当然，念了几年动物医学，可不是白念的。现在就算开车去镇上的兽医站，也来不及了。”她倒是很有信心，毕竟这是她擅长的领域。这时候，他那些曾经获得的各种证书就帮不上什么忙啦。

“姑娘，你是兽医？那可真是老天保佑。”老奶奶忙领着他们往家走，带着哭腔说，“我就指望这一窝小猪仔能卖了钱过个安生年……”

岳仲桉赶紧跟着林嘤其往前走。

远远就听到猪的嘶叫声，老人指着前面一个砖砌的窄小猪圈，急得直跺脚说：“就在那儿，你们听，痛得惨叫。”

林嘤其向猪圈跑去，岳仲桉让老人家在后面走慢点，他也跟着她跑。事实证明，他跟着她，接下来要面对的终生难忘。

她一看情况后，顾不上其他，挽起袖子就钻进猪圈，为母猪进行检查。他站在外面，从未到过乡下见过猪圈的他，哪遇到过这种状况。

“快进来帮忙。”她向他招手。

他往后退两步，摆摆手道：“我？我不行的。”显得有些无措。

说完之后，见老人走过来，急得手都不停地颤抖。

他还是把心一横，硬着头皮钻进了猪圈。听从她的指导，帮着她给母猪接生。

一场无法描述的经历过后，经过二人的努力，终于母子猪皆平安。

他居然特别开心。

平日里在办公室待久了，重复一日又一日的工作，却不曾想过，这种体验也很有成就感。

能够和她共同帮助老人，做了件很成功的小事，他感觉不错。直到彼此筋疲力尽地坐在老人家的院子里喝了一口水，她才顾得上吃惊。

那样西装革履，一丝不苟的岳仲桉，竟会在猪圈里给母猪接生。

她趁机偷偷拍了一张他怀抱小猪，满眼温柔地盯着怀里小猪的照片。

她说那是他最英俊的样子。

他何尝不是被感动到，她带着他走进他从来都不曾想过的温情世界。

那个整洁到连衣褶都要抚平的岳仲桉，办公室常年散发着尤加利气息的岳仲桉，害怕小动物的岳仲桉，却因为爱上身为动物医生的她，而跟着她去做了许多他曾经想都无法想的事。

或许爱就是这样。

我一个人不愿意做的事，因为和你在一起，我便能甘之如饴。

在柴房的屋檐下，她发现地上掉落了许多蜜蜂，看种类是中华蜂，被列入农业部国家级畜禽遗传资源保护品种。

她捡起一只虚弱的蜜蜂，问老人："奶奶，怎么有这么多蜜蜂在地上？"

老人抬头指着屋顶上的蜂巢，唉声叹气："春天花开得少，这些蜜蜂采不到多少蜜，等这冬天来了，它们没有蜜过冬，就饿死了……"

她看着地上一只只无力挣扎的中华蜂，感到忧愁。

来的时候，她确实发现这里到处都是树木，很少看到草本植物。

"现在都退耕还林，田里种满树，年轻人离开乡下去了城里，田就荒废下来，现在也没人种紫云英和油菜了……"老人无可奈何。

过去油菜及紫云英田是中华蜂的最大采蜜区，如今竟找不到了。

"除非种紫云英，否则这些蜜蜂下个冬天会继续因为采不到蜜而饿死，逐渐减少数量。"林嘤其看着手心里的那只蜜蜂。

它们飞上很远，却两腿空空，采不到花粉和蜜。

"草籽价格也太贵了，一亩田就得花几百块钱买种子，我们一年到头攒的那点钱只能保住自己生活，不给儿女添麻烦，哪有闲钱去买花种。再说啊……年纪大了也种不动了……"

"奶奶今年有八十了吗？"

"我八十六了，还活得上几年？以后的春天，不知道还能不能等到它们来我屋顶上安家……我活了一辈子，已经习惯屋顶上有蜜蜂筑巢，屋檐下有燕子做窝了，就像是自己的伴，我总在春天等它们回来……"老人的话很朴实，她慢慢地说着，说到感伤处，还用衣角擦着浑浊的眼睛。

岳仲桉默默地听着，目光停留在地上那些小蜜蜂身上。他的心被触动，变得柔软。

"要是我们买紫云英的种子来种，你们老人家愿意吗？"他的声音温暖如阳。

老人诧异地望着林嘤其和岳仲桉，无法理解，连说他们真是好人，好人一生平安。

回到G市后的第一个周末，他们买了五十公斤紫云英种子，放在车子的后备厢里，又去了一趟白首乡。

“种地苦不苦？”她问。

“为了你，我甘愿受苦。”

“这么好？我可舍不得你累坏了。”她满眼爱意。

“主要是想和你再次到‘白首’。”他柔声说。

希望即将到来的春天，这些小家伙不会再两腿空空了。

她和他，要送它们一片花海。

从白首乡回来后，他就更忙碌了。向笃越来越难以说服，导致一些工作进展艰难。他从G市飞往北京，去和乔谦面谈。

乔谦是很难请得动的人，岳仲桉为此在北京一待就是五天。

起初乔谦对RARE的了解均来自外界与网上的评价，所以态度很冷淡，也侧面表示自己会合作的品牌不会是那种暴发户专爱品牌。

岳仲桉向乔谦坦承这些年RARE走了些弯路，也正是意识到这一点，他才特地来京，邀请乔谦加入。

交谈间，岳仲桉将林嘤其曾对他说过的环保理念，加入他对品牌未来的设想，提出要打造环保与时尚相融合的系列包包。

“像我的女朋友，她是从来不背真皮包的。说来难以置信，我心爱的女人不背我的包，她都背帆布包，有时就是超市里的环保袋。”岳仲桉笑，提到林嘤其，他的脸上总是充满光辉。

这让乔谦有些共鸣。

“岳先生，看来你的女朋友非常有大爱，她也是做设计的吗？”乔谦问。

“她是一名野生动物医生。”

“那你如何看待她背环保袋出行的生活方式？”

“欣赏。所以我想推出一款包，能够让她和她这一类女性喜欢，会背出去的包。也只有乔先生您能做到这一点。”岳仲桉发出肺腑之言。

连续三天的见面，他们都交谈到深夜。

从起初的抵触，到敞开心扉，畅谈理想。

精诚所至，金石为开。

最终，乔谦被岳仲桉的理念和诚意所打动，认可双方的志同道合。

乔谦和RARE达成合作。

岳仲桉松了口气，五天，终于可以睡个踏实觉了。这趟北京出差终于解决了公司设计师团队的困境。

他不在公司的这几天，向笃如热锅上的蚂蚁，开始不停地参加聚会，以RARE设计总监的身份获取资源和人脉。

向笃在参加一个时尚Party时，遭到某位时尚达人的调侃。

“听说你们老板上月都混猪圈去了，接下来是不是该轮到你混猪圈了？哈哈哈——”众人哄笑。

向笃举着酒杯，脸上青一阵白一阵的。他备受刺激，也自认为看清了现实，他和岳仲桉的多年搭档已经到了终点。但他为RARE付出这么多，没有功劳也有苦劳，不能就这么替他人作嫁衣。

更何况，他在澳洲，为了救岳仲桉，还……想到这些，向笃愤愤不平，觉得都是被那个叫林嘤其的女人给害的。从她接近岳仲桉，就开始给他洗脑。

向笃认为岳仲桉是被爱情冲昏了头脑，什么环保！什么动物保护！什么情怀！他们是要把公司做强，做大，赚钱！

逼急了他就单干！

不过就算另立门户开新公司，他也要把RARE置于一个水深火热的境地，也要给岳仲桉一个惨痛的教训。让他知道，没有向笃，RARE就等于是失去了灵魂！

喝醉后的向笃坐上车，代驾司机问他去哪儿。

那一刻，他脑子里突然冒出个地址，就说了出来。

是纪幻幻的家。

向笃深夜突然造访，还喝得酒气熏天，对于明目张胆，毫不掩饰崇拜之心的纪幻幻来说，这算是投怀送抱。

在欲拒还迎间，两个人一个借着酒劲，一个借着爱意，不可抑制地发生了荒唐的亲密行为。

酒醒后的向笃悔意顿生，见纪幻幻还没醒，边穿衣服边仓皇离开。他逃走的样子真不是个男人。他是疯了吗？竟和这个他根本就瞧不上的“爱慕虚荣，庸脂俗粉”的女人走到这一步。

只因她认可他，崇拜他，在她的目光里，他看到自己是最强大和正确的，就像站在全世界的中心般俯瞰着她。

他从纪幻幻的眼神里捕捉到，她能够成为他的信徒，唯一的信徒。

林嘤其去看望母亲时，小远正在和母亲一起剥豆子，低头说着话。

“我儿子两岁多时就知道心疼妈妈，我剥豆子，他就也在旁边蹲着，小手学着剥。我说，你还小，别剥，喊你姐来帮忙。他还疼他姐，不喊，非自己剥……”

“那么小，他会剥吗？”小远问。

“哈哈，半天也剥不出来一个，剥出来就塞嘴里去吃了！”母亲笑过之后，又难过起来。

那幅画面，林嘤其还能想起来。

弟弟很小就像个小男子汉，懂得保护姐姐。

“要是他还在我身边，也会像你这样，陪我剥会儿豆子吧……”母亲喃喃地念着。

小远将手里的豆子往盘子里一扔，站起身，态度生硬地说：“我去打游戏了。”

林嘤其看着小远冷漠地走了，便说：“妈，我来帮你剥豆。你别和他说那么多，没看出来吗？人家敏感着呢，毕竟他没有妈妈。”

小远听到这句话，突然冲到她面前，像是受到莫大的伤害般喊道：“你说谁没有妈妈……”

她站起来，“看着”他的脸。虽然不知他的表情，但从他突起的喉结，涨红的脖子来看，他非常激动。她究竟乱说了什么，伤害了一个和她弟弟一样，失去父母的孩子，她万分后悔。

“对不起。我没想伤害你……”

母亲劝着：“无心的，无心的，小远啊，你不要往心里去。”

小远跑开了。

不知为何，这次的不愉快反而让林嘤其之前对小远的不好的印象消失了。她莫名地和母亲一样，对小远产生了怜惜。

她再次鼓起勇气，向母亲要父亲生前的工作簿。

母亲警惕地说：“好端端你要看那东西做什么？！”

“妈，那不是那东西，那是我爸活着时的心血，他每一天做了什么工作，都记录在那一本本工作簿上。我要看看到底我爸是个怎样的人！”

“别看了，你爸是个好人。”母亲回避着，拿扫帚扫豆壳。

“十几年来你都不给我看，我爸不明不白死了，难道你就没怀疑过吗？他死的那一天，遇到了谁，发生过什么事，这些是能……”

母亲打断她的话，将手里的扫帚一挥，说：“能怎样？你又想怎样，嫌家里就剩两口人还多是吗？你答应过我的，不会再去碰这个，为什么还要来撕我的伤口？”

“他是我爸爸啊！”她哀伤道。

“他是我丈夫……”母亲痛苦地闭上眼睛，捂住腰部。

“妈，你别气，我不看了……”她扶住母亲，不敢再刺激母亲。

“真要给你看的时候，我自会给你看的……答应我，没到那一天，就不要再提起。”母亲苦苦哀求。

“我答应你……”

她想，母亲是怕她重复和父亲一样的路。

欣慰的是，在江老师的号召下，果真收集到了一些和她父亲有关的相片。泛黄的相片里，是父亲和不同的人合影。有他曾经的同学、老师，还有他讲课时的学生。

这些相片被很好地保存着，只是她看不清上面的脸。

岳仲桉从北京回来，她拿出相片给他看。

“这是我爸爸还没有做爸爸时的样子。”

“你长得像你爸爸多些。”他望着相片上那个目光清澈，一身正气的男人，想到仅有一次的见面。

他还穿过她父亲的衬衫。

他要为林贡之的死还一个清白。

不仅是为了他和她的感情，更是替他父亲岳平然，向灵魂高尚的学者赎罪致敬。

“我爸爸是个好人，你见过的，也相信的对吧？”

“他曾是你的山，也是青海湖无数只野生动物的山。”岳仲桉拍拍她的肩膀说。

这句话，令她的眼泪流下来。

“现在和以后，我是你的山。”

他是她的山。

是最懂得她的人。

十四载，日月如梭。很多事都变了，很多都不在了。

她用围巾裹住脑袋，好想放声大哭。那个什么人都看不清，总是会出错的自己，就像个废物。

可是，小废物爱上了这座山。

既勇往直前，又胆怯后怕地爱他。她知道，他的父亲并不接受自己。他们都似乎默契地避免谈及未来。

仲桉。

不知道以后我们还能走多远，我能离开你方圆几里。

无论将来如何。

我们，已经去过“白首”了。

第九章

我能放下你，我只是放心不下你

见过了你心爱之人的模样，我便细细记了下来，来生就成为这样的人，好令你爱上我。

G市的冬天并不寒冷。

转眼，要过年了。

一年竟在转瞬之间。

岳仲桉提议，大年三十晚上将她妈妈接到公寓来吃团圆饭。他们恋爱以来，他还没有机会以她男朋友的身份正式地见见她妈妈，他想，也该见了。

“我妈不来，说要陪小远过年。”她靠着沙发看工作排班表，春节期间，野生动物园将迎来游客高峰期，她会更忙了。

“那就把小远一起接过来吃年饭。”他回复完向笃的邮件，合上电脑，走到她身边坐下。

她有些意外，没想到他会主动邀请小远。

“你确定让小远来你家？”

“有难度吗？”他手臂撑在沙发上，微眯着眼看她。

“毕竟以你的性格，会不喜欢不熟悉的人来家里吧。哪怕是路蜒来送文件，也才止步楼下。再说小远还有过前科。”

“不许你这么说，主要不是为了你妈高兴吗？”他揉揉太阳穴。

“公司的事很伤神吧。”

“向笃对乔谦的加入很不服气，比较难办。”

“你没有错，一家公司有多个设计师团队这很正常。向笃可能还不习惯，毕竟你们公司正处在上升期，以后设计团队只会越来越壮大，这是必然的事，没有谁可以一手遮天。”她说完，打开手机，找到个视频，递给他。

“这是什么？”他接过后问。

“超模走秀，这么养眼，当然要分享给你，让你缓解缓解疲惫的眼睛了。”她边说边用大拇指轻轻在他眼皮上抚过。

他点开视频。

“你看，她们的身材多好！”

“跟你一样。”他看了一眼，淡淡地说，把手机还给她。

“无语，我平胸短腿。”

“本来就跟你一样。”他一副受了冤枉的语气。这睁眼说瞎话的本领真是广大男人居家必备。

“你这叫身盲，该看眼科还是精神科？”

“身盲？”他笑。

“身材失认症。”

他不怀好意地笑着，目光上上下下扫视她，抗议说：“看来我要做出示范给你看一看……”

她瞬间红了脸，低下头。

“我不会吃掉你的，只有考拉吃桉树的份。”他点了一下她的鼻尖，逗她。

她环住他的脖子，他凑过来吻她的脸。

“我想今年找时机拜访一下你爸爸。”她推开他说。

“怎么忽然说起这个？”他一惊，坐直了身体，顿时五味杂陈。

“你都喊我妈吃年夜饭了，我也要主动拉拢一下你爸爸。上次在医院见他，他对我的印象很不好，这次我想争取一下，想得到他对我们的祝福。”她满是向往。

“怪我，因为我和他的隔阂令你受委屈了。”他搂住她，内疚道。

她抱住他的手臂，往他怀里挤了挤，闭上眼睛，舒心地说：“我想你开心些，那些久久不散的痛苦记忆如果抹不去，那就让我们拥有更多的甜蜜来占据。”

“有你在，我已经很少去想那些了。”

如此静静相拥，远胜一切。

当她把岳仲桉说要一起吃年夜饭的事告诉母亲和小远后，母亲对此显得尤为开心，孤僻的小远也没有排斥，只是默默不语。

母亲提早就买好了菜要亲自做一顿年夜饭，还反复嘱咐不去饭店吃，也不要请人做。

除夕。

他开车载着她去那栋宅子接她母亲和小远。郊外弯弯绕绕的路，一栋坐落在幽深处的宅院，他并没有多费劲就找到了。

“你对这块很熟悉吗？”她问。

“以前有认识的人住在这一片，来过，就记住了。”他目送她走进去，站在院门外等。

他点了一支烟。

每次回来，都无可避免会情绪低落。举目望去，那片树林有着太多他的童年回忆。

往事清晰地出现在眼前。一个清瘦白净的小男孩，在秋天的林子里采色彩好看的树叶、松果、蒲公英、马尾草和野雏菊，扎成小束，送给倚靠在树下的母亲，她在等父亲回来。

“妈妈，送你一束花。”

“桉，你说爸爸还会要我们吗……”母亲的声音永远都很轻，眼神哀怨地望着那个父亲平时开车驶入的路口。

父母也曾有过甜蜜的新婚期。

听母亲说，那时她为了多陪父亲一会儿，早上从车库里上车，到大门后再下车，送他这么短短一程，父亲也依依不舍。傍晚，她就站在这里等父亲回来。

两个人恨不得分分秒秒都在一起。

他无法理解，男人怎么可以这么对待感情，抛弃妻子。即使父亲对他说，儿子，等你长大，等你也成为男人，你就懂爸爸了。

他对此深恶痛绝。

“我以前对你爸爸怨过、恨过，现在终于懂了，当初他追求我，说喜欢我，有多迷恋我的容颜，现在就有多厌倦我。因为容颜易逝，怪我咎由自取。以色侍人者，色衰而爱弛，爱弛而恩绝。”

仿佛母亲为他扶正书包，摸着他的头讲出的这段话就在耳边。

他吸尽最后一口烟。

眼前出现林嘤其笑意盈盈的脸，他晃了晃神，迎上去接过她母亲手里大包小包的菜。

“阿姨，好久没见，身体还好吗？”

“我都好，你也看见了，我这身板，还能找份这样轻巧的工作，住这样的大房子，喂喂猫浇浇花，算福气了。多少人的晚年生活不就是这样嘛。”

“那就好，这样我们才放心。”他为她母亲拉开车门。

小远低低地喊了声“哥”。

“多亏你照顾着嘤儿，让我省心不少。她平时笨手笨脚的，你别嫌弃，也请你多担待。”付喜柔若不是亲眼所见，都怀疑这不是真的，担心一辈子都嫁不出去的女儿竟真交往了男朋友，而且还是前途无量的青年才俊。

“妈，你别长他的志气，灭我的威风，我和他是打个平手，互相照顾。”

“对，势均力敌。只要陪她，就都是乐趣。”他笑，抬眼从后视镜看小远正百无聊赖地玩着手机，显得心事重重的。

那晚，岳仲桉在厨房陪着母女二人做饭，帮她们打下手，择菜洗菜，忙得不亦乐乎。

丰盛的年夜饭端上了桌。

小远从沙发上起来，懒洋洋地在餐桌边坐下。

四个人举杯共饮。在林嘤其看来，自当年家里发生变故之后，就再也没有像这个年这般热闹。

那时她还不知，这就是她和母亲度过的最后一个团圆年了。

整个春天，野生动物园都非常繁忙。

白天她基本都在园里，周末还得加班。好在她是做自己热爱的工作，所以也不感觉苦。

唯独隐瞒着母亲，这让她心有不安。

岳仲桉也是忙得不可开交，经常去国外出差，和乔谦的合作也非常顺利，已开始着手准备秋冬款的走秀。

有一天，她想起已经很久没有和纪幻幻见面，在电话里就约好了去RARE专卖店等纪幻幻下班。

她刚走到RARE专卖店门口，就听见里面传来争执声。

纪幻幻被一位中年女士揪住了胳膊，无法挣脱。

“以后谁还敢来你们店？堂堂专卖店居然卖山寨包！就这包，淘宝上不出一千块钱，你们的胆也太大了吧！”女顾客大声嚷嚷着，将手里的包砸在柜台上。

“您好，每一个经RARE专卖店售出的包都有独一无二的编号，我已安排人去查。在事情未调查清楚之前，请给我们一点时间，好吗？”店长试图安抚女顾客的情绪。

“包就是她卖给我的，反正我就找她！要么是你们专卖店出的问题，要么就是她给我把包换了！”女顾客咬住纪幻幻不放。

实在看不下去的林嘤其上前护住纪幻幻。

“请你撒手。”她说。

“少管闲事！”女顾客狠狠瞪她一眼。

一名店员凑到店长耳边嘀咕了几句，店长点点头，默许了。

“嘤儿，你别管我，在外面等我。”纪幻幻嘱咐说。

“你能解释一下你这个包是什么时候在店里买的吗？”店长拿出一个同款包，举到纪幻幻面前，严肃地问。

女顾客见状，松开手，抱住包说：“对，这才是正品，这是我的包，就说是被她换了吧！”

“店长，这是我的包，我正大光明背进来的。店里有监控，我没有从店里调换过任何包！”纪幻幻指着被女顾客夺走的包，心急如焚地说。

“店里没有你购买包的记录。”店长明摆着要牺牲纪幻幻来给顾客一个交代，毕竟店里发生这种事，尽快息事宁人才最要紧。

“我不是在店里买的。”

“对，你是在店里换的。”女顾客讽刺道。

林嘤其忍无可忍，据理力争道：“你们在还没有核对过我朋友包上的编号，和这位顾客所购买的包的编号是否一致，就这么下结论，是不是太不讲理了！”

“事实摆在这里，不需要核对，就凭她，能背得起这么贵的包吗？”女顾客露出鄙夷的眼神。

“包是我自己的，我没有动过店里的包，随便你们怎么查！我纪幻幻指天发誓，我要是动了你的包，不得好死！”刚烈的纪幻幻忍不住爆了粗口。

那名店员查过电脑之后，低着头跑过来，对店长说：“两个包编号不一样……”

“没查清楚你瞎说什么！”店长转而面向女顾客，挤出笑脸说，“对不起，这个包不是您的，是我们误会了。”

“真是搞笑死了，把你们总经理叫过来，必须给我一个说法，否则我就曝光到网上去！”

“报警吧，不排除有人故意拿假包来碰瓷。”纪幻幻昂着头，气不过地说。

“你嘴巴最好放干净点，老娘还差这点钱来讹你们？”女顾客再度被激怒。

“包从到你手中，直到付款离柜，全程监控。在这之后你背着包去了哪儿，做了什么，只有你自己心里清楚。不要仗着有钱就不把别人当人看！”纪幻幻忍住泪，边怒视着女顾客，边拨打了报警电话。

最终，警方的调查结果很快就出来了。

在商场的监控中发现，当时女顾客买完包走出专卖店后，在一家女装店内试衣服，她将包随意放在沙发上，随后被一个进入店里假装看衣服的人调了包。

这是一桩盗窃案件。

与RARE没有任何关系，RARE也不需要为此事负任何责任。

岳仲桉在了解了事情的前因后果后，将店长、纪幻幻以及另一名店员全部开除。

纪幻幻无法接受自己被开除这件事。

为此，林嘤其也认为岳仲桉做出开除纪幻幻的决定是错误的。

“嘤儿，你帮我去和岳仲桉说说情，他那么爱你，一定会听你的。”纪幻幻难以承受这次的打击。

“他是一个把工作和私人感情分得很清的人，不会因为你是我的朋友就改变决定。但我之所以会去找他说一说，是因为我不认为在这件事上你错了。”

“只能这样了，向笃也会帮我的吧，毕竟我和他的关系……”纪幻幻说着，拿起那个包。

“包是向笃送你的？”

纪幻幻点点头。

“他不想让岳仲桉知道我们的关系，你帮我保密啊！”

林嘤其答应了。

因为这个假包事件，RARE公司也没有大意，着重查了一下，发现假货横行。有些消费者通过不正规渠道，所谓代购渠道购买的包，最后发现是假货又投诉到消费者协会，坚持认为这些假货是从RARE内部出品。销售假包的人也是打着RARE内部人员的名义，以所谓的工厂货进行出售。

公司开始彻查。

岳仲桉开会到很晚才回来。

她给他倒了杯热水，问：“最近事情很多吗？”

“和制假作坊斗智斗勇倒没什么，最让我头疼的还是向笃。他现在越来越爱和我对着干，你知道他今天开会提出一个什么想法吗？他居然把你牵扯了进来。”他解着衬衫扣子，脸色沉重地说。

“牵扯到我？”她失笑，问。

他洗了一盘草莓和樱桃放在她面前，喂了她一颗樱桃。

“因为我和乔谦都提出暂时减少使用百分之三十的动物皮革材质，向笃极力反对。我提出我的担忧，鉴于之前有过危机，社会舆论对RARE使用稀有动物皮是有抵触心的。”

“你说的都是事实，再说减少百分之三十，这个比例也不过分。”她说。

“之前他对我否定他找来的澳洲进口原材料渠道就大为不满，这次再减，他认为我是只信任和欣赏乔谦。我和他多年共同打造RARE，真不想让两人的关系毁于一旦。”

“要不要私下找他好好聊聊？”

“没法聊。他今天特意在会议上提出，鉴于公司和久宁解约，如果能够和一个从事动物保护的相关人员建立合作关系，会不会更好，就不必减少那百分之三十了。”他摇摇头，觉得可笑。

“我？”她指着自己，吃惊地睁大眼睛。

“他居然当着股东的面提出让你参与进来，配合他所设计的新款鸵鸟皮系列包的宣传。我反对，这让公司股东大为不满。”他再喂了她一颗草莓。

她摇头不吃，问：“股东们怎么说？”

“股东认为因为久宁的解约，对品牌影响巨大，必须要采取补救措施，向笃的提议未尝不可。再剪辑一些在澳洲拍的片子，以人与动物之间的温馨画面为主，植入广告。”

“你为什么没同意他们？”

“我不会答应任何人对我们的感情打主意，想利用你，绝不可能。你别担心我，好好做你自己的工作，忠于你的信仰和原则。”他说。

“那你和乔谦的新品推出会不会受阻？”

“会吧，公司股东现在也分了两派，等于革新了，我会有更好的方案解决的。”

她靠在他的肩膀上。

“公司开除了纪幻幻？”

“知道是你的好朋友，但她确实有问题，而且和向笃也关系微妙。”

“是因为向笃，所以才开除她的吗？”

“不是，在这次女顾客闹店的事情上，与女顾客针锋相对，扩大事态，之后选择报警，这都是不利于公司形象的事。在对她的处理上，人事部做得没有错。”

“我全程在场，我不认为她有错。当时被侮辱自己的包是偷换顾客的，这换作谁都想澄清。”

“她是专柜店员，代表的是公司形象。如果这次不开除她，后面只会惹出更大的麻烦，尤其是她背后还有向笃撑腰。今天向笃也放下话了，要我重新考虑对纪幻幻的处理决定。”他无奈，没想到她也会这么说。

“进RARE一直是纪幻幻的梦想，为了能进你们公司，她努力了很久，拼命做功课，还努力维护跟大顾客的关系。逢年过节时，我都看她一个个顾客去约着拜访送礼物增进感情，她是真心想做好……”

“这是公司人事部的决定。”他陷入两难。

“平心而论，因此事开除纪幻幻，我不服。就算不是在你的公司，换了别的公司，我也会这么看待。就算她代表的是公司形象，也要维护自己的尊严。”

“我会给她推荐其他公司的工作岗位，知道是你的好朋友，为了你，我也会帮她的。”他语重心长地说。

“你大概不理解普通人的理想吧，纪幻幻的理想就在这RARE上。明明是那个店员和店长的错，难道就不能黑白分明吗？”

“不要再继续这个话题了。”他有些不悦，就此打住。

她选择沉默。

很久没有产生分歧了，这次让她有些难以面对。她想，或许是因为他当时不在专卖店现场，没有看到那一幕。他不是没有正义感的人，但他作为公司总经理，考虑的是公司的利益。

她自我反省着。

一周后，纪幻幻得以继续在RARE工作，调离专柜，先到公司行政部门上班。

岳仲桉没有再提这个话题，他说过不再说，就必定绝口不提。

向笃变本加厉，终于在公司天台和岳仲桉爆发了争执。

“你已经偏离了我们当初创立RARE的初心，你完完全全被那个女人带偏了！你有乔谦，想搏一把，想把我踢开？”向笃咆哮着，一脚踢飞地上的易拉罐。

“以上观点都不存在。我对你，对RARE，问心无愧。”岳仲桉平静地说，目光坦荡地注视着向笃。

“好一个问心无愧！那是我问心有愧了？当初在澳洲，是谁拼死去救你！

不是我，你早死了！”向笃抱着一罐啤酒喝，喝醉了耍起酒疯来，满嘴胡话。

“你若真想喝酒，公司有红酒。你不是不喝啤酒的吗？”岳仲桉很痛心。

“是你把我逼成这样的！自从那一天，你在飞机上遇到她，你要换座位，又从招标会上突然走了。你从那天起，就一步步向她偏离。你中止和久宁的合作，还不是因为你和姓林的谈恋爱了！”向笃越说越激烈。

“与她无关。”

“你要么采纳我的设计，要么……等着下一场戏吧！”向笃冷笑着，自顾自灌着酒。

接下来发生的一切，证实了向笃不是在说酒话。

两个月后，岳仲桉暗中查出向笃私下正在和另一家公司交易，试图将新款设计图以高价出售，当场被堵住。

向笃原形毕露。

“为什么要做这种事，为了钱，还是什么？”岳仲桉痛惜地问。

“为了证明我自己的设计！”向笃大言不惭，并不认错。

“你的所作所为，只能证明你背信弃义。你对此事写一份说明吧。”

“我是不会写的。”

“要么写，要么离开公司。”岳仲桉念在多年搭档之情上，只要向笃能认识到问题，他会给向笃一个重新开始的机会。

但向笃毫不犹豫地选择了离开公司，并带走了新款设计图。

很快，向笃背信弃义的行为就传开了，引起设计圈里一众设计师的不齿，一时间墙倒众人推。

向笃对岳仲桉生出更深的仇恨之意。

岳仲桉想到向笃说的那句话——

“当初在澳洲，是谁拼死去救你！不是我，你早死了！”

他怀疑当时对歹徒开枪的人是向笃。只有林嘤其见过那个人，但她看不清脸。

经过一番痛苦的挣扎，他还是没有将对向笃的怀疑和澳洲警方说明。毕竟向笃是为了救他，他不忍把向笃拖下水。

他想，就让这一切过去吧。

然而澳洲警方的调查似乎有了进展。几天后，海关部门的车驶入RARE公司楼下。

向笃速度成立了一家名为“向往”的箱包公司，开始和RARE打擂台赛般地竞争。

两家公司的新款包，在同一天上市。

上市当天，RARE又被推向风口浪尖。有好事者扒出RARE公司竟然公开出售一个蟒蛇皮制的包，号称全世界只有一个。

这个包是RARE公司从非洲回收的一种濒临灭绝的野生蛇的皮做的，尽管是一条被非法食用的蛇，但正是因为这件事，林嘤其对岳仲桉产生了极大的反感。

“你应该停止出售这个蛇皮包，否则，和乔谦的合作不都是无稽之谈吗？那你和向笃又有什么区别！”她搞不懂他怎么突然会冒出销售这个包的想法。

“材质渠道合法，而且是一条被非法食用的蛇的皮，从某种角度上来说，也算变废为宝，物尽其用了。”他轻飘飘地抛出一句。

她不敢相信这句无理粗暴的话是从他嘴里说出来的。

“我看你是最近和向笃的公司竞争，搞得晕头转向了吧。乔谦难道都不反对你吗？即使原材料的来源合理合法，你这种公然出售的行为，只会助长盗猎不法分子的气焰和贪欲！”

“RARE不是动物保护组织！走到今天，设计师另立门户、对打，都是在围绕这个命题。请你，林战士，不要一而再，再而三地插手我的工作。”他淡淡地说，埋头工作，并不看她。

一声“林战士”，在这时将他们的关系拉远了，重新回到了过去。

她彻底失望了。

他们曾同生共死，难分难离，却在眼前分崩离析。

或许上次纪幻幻工作的事已经让她在心上记了一笔，不知他怎么突然会变成连她都不认识的样子。

两个人一周都没有说话。

她想，再在这个公寓里住下去也毫无意义了。他们的关系已经不需要再明说了吧。各自都有底线，谁都不能做出让步，倒不如暂时冷处理。

这个不久前曾信誓旦旦说会维护她信念的岳仲桉竟一反常态。果然，感情是经不起考验的。那时他爱她，是在他公司蒸蒸日上之时，而现在，他是在怨自己因为和她走到一起，才失去了向笃这个左膀右臂吧。

她自卑敏感的性格使她没有那么多的信心去找理由来安慰自己。

有一天夜里，她听到他在书房和父亲打电话。

“和她分了吗？”

“嗯。”

他握着手机，这一声“嗯”，让站在门口的她无地自容。

她几乎要落荒而逃。

搬走那天，他在北京出差。

她将公寓里里外外都打扫清理了一遍，想将有关自己的痕迹彻底消灭掉。她没有哭，既然他变得这样不可理喻，唯利是图，那就当是自己看错了人，不必过度伤心。

原就是一场梦啊。

她又几时敢当真过？

她或许只是他年少时的执念罢了。

以前，也是怀揣着在一起一天，便是一天的心思。好像明明什么都清楚，可还是把眼睛给蒙上了。

掩耳盗铃。

款款情深，仿佛就在昨日。

她想，彼此真正在意对方，就不会从心里生气吧，更不会持续冷落对方。因为舍不得。

而且他向来都了解，她一有心事就会堵在那里，心不在焉的，根本没法跨过去，除非彻底切断。

她不是那种能够冷战的人。

“你可以对我发脾气，可以凶我，但不能和我冷战，不可以让我们之间有隔阂。”她曾经向他提出请求。

他说：“我舍不得凶你，更舍不得与你产生隔阂。”

现在，他都舍得了。

她的山，就此坍塌。

在给他的书房打扫卫生时，她碰到了那本相册。忽然想，就这样分开了，她还没有看过他小时候的样子。

她翻开相册，一页页地看，发现自己并不能看清他儿时的脸。应该是童年和现在相隔太远，五官变化大，她无法识别了。

有一张是他怀里抱着足球，被一个身材窈窕的女人牵着。那也许是他妈妈。还有一张相片，背景是青海湖，他站在三个中年男人身边的合影。

正是他们初次相遇那年。

她将这两张相片用手机拍下来，分别是童年和少年时的他，她想，就当作是纪念吧。

仲桉，望你往后，想起我对你的珍视，而更珍视自己。

这所她住了这么久的公寓，有着许多他们美好的回忆。她拖着行李箱，站在客厅，看见那株桉树底下的蒜长势很好，翠绿肥壮。

他们曾一起种下那根蒜。

她也不是什么抱着桉树的考拉，她就是那在他底下拼命顽强往上长的……一根蒜。

长在一起真违和。

可悲又可笑，于是她拔掉了那根蒜。

纪幻幻在楼下打电话，催促她下楼，出租车已经到了小区外。

她将钥匙放在餐桌上，关门离去。

纪幻幻帮她拎着大包小包的东西，走向出租车。

“以前向笃喝醉时说岳仲桉如何绝情绝义，我还半信半疑，总想着他是你爱的人，对你很好。现在连你都落得这般田地，可想而知他对向笃有多心狠手辣。他就是个过河拆桥，忘恩负义的王八蛋！”纪幻幻大声痛骂。

林嘤其没有吭声。

“要不是不甘心，我也辞职不干了！看他岳仲桉就靠乔谦，还能撑RARE多久！”

出租车驶离小区。

她母亲付喜柔和那栋宅子的主人联系过了，同意她搬过去住，她暂且避免了临时找房子的窘境。

也好，她可以和母亲住在一起。

野生动物园已经很久没有岳仲桉的身影出现了。

他彻底销声匿迹于她的生命里。

不再住在一个公寓里，他们之间似乎就不会有交集了。她连商场都不去逛，也不看电视，不上网，将自己彻底封闭起来。

生怕从任何一处听到他的名字，所以她加倍努力工作，找事情去做，只要不去想他就好。

付喜柔坚称岳仲桉不是那种说散就散的人，必是事出有因。

“嘤儿，你连招呼都不打一声就这么搬走了，也得想想他的感受啊。男人以事业为主，那是他的原则，你为什么非要和他起冲突呢？”母亲坐在灯下给小远织毛衣。

“妈，我也有我的原则。”她边挽线边说。

“你看我和你爸，也算是两条路上的人，我是不理解他那些动物保护的大道理，我的心就扑在咱们一家四口身上，每天挣多少钱，花多少钱，哪里虫草价格好，这就是我的原则，不也和你爸感情挺好的。”

“可是妈，你从没有做过伤害野生动物的事，每次你看到有人捕捞湟鱼，你都会上前去驱赶。就算爸悄悄拿你枕头下的钱去把那些动物救下来放生，你也没有真正怪过他，你还是会把钱放在枕头下……”

“我听小远说了，你和岳仲桉闹矛盾，就因为他公司出售了一个蛇皮的包？”付喜柔试探着问。

“是来自非洲的蟒蛇皮，那种蛇是属于濒危动物。”她强调。

“非洲的人把蛇剥吃了，卖了皮，又不是咱们国家的保护动物。他岳仲桉还能管到非洲去？并且又不是他杀的蛇。再说蛇都死了，那皮做成包也不过分啊？”付喜柔说完，数着针脚数。

“妈，那咱们国家不也禁止贩卖象牙，公安局和海关还公开销毁了缴获的象牙。那些象牙都来自非洲的野生大象，每一件象牙制品背后，都是大象的生命。所以如果没有消费，那些大象就不会被滥杀，这才是源头。”她说。

“那他那个蟒蛇皮的包是怎么回事？”

“我不知道……这是违法的。自从向笃另立门户和他竞争后，他就像变了一个人似的。”

“可这些和你又有什么关系呢？你怎么不听我的话，我早就说了，不要受你爸的那套大道理影响，保护不保护野生动物，你至于为这种事和他闹吗？你现在到底还在不在他那儿当生活助理，你每天的工作到底是什么？”

“妈，你怎么又责怪起我来了？”

“你每天下班回来，身上是没闻到味道，但你头上的味道总是臭烘烘的，你是不是走你爸的路了？”付喜柔放下针线，板起脸。

“没有，我爸好歹也是教授级别，我一个动物医学本科毕业的人，只能去养猪场、宠物医院和养牛场，难道我还能成为动物学家？”

“那你头上的味道是从哪儿来的，是不是换了衣服才回来的？学你爸。”

“我在宠物店上班呢。哎，我把小远喊来，比比肩膀尺寸，你这别织小了。”她掩饰着走出去。

小远居然捧着一本书看得如痴如醉。

“在看什么书？”她在小远旁边坐下。

“没看什么。你有事吗？”小远把书盖上。

“我妈让你去比量一下肩膀，给你织毛衣。”她说着，悄悄瞅一眼那本书。还以为是什么不可告人的秘密，原来是一本摄影教科书。

“你想学摄影？”她问。

“不关你的事。”

“哦，我就随便问问，主要我有个朋友对摄影挺在行，专给杂志拍旅游风景照片。那成片出来，堪比《国家地理》的摄影师。”她故意夸张地说。

小远止步。

“你除了我哥，还能认识这么有本事的人？”

“你哥？”

“即使他把你甩了，那他也是我哥。”小远骄傲地说。

“吃里爬外，我让我妈不给你织衣服了！”她有点生气，这个岳仲桉才几天就把小远的心给拉拢过去了。

“我还让她不给你做饭了，你信不信我把你在野生动物园当兽医的事给说出来。”小远得意地要挟她。

“你……这个小白眼狼，太可恶了。”她只好妥协。

和小远这么一来一回斗几句嘴，当时是挺气的，静下来，又感到温馨。以前她和弟弟也是这样，吵吵闹闹的。

那时弟弟也是跟在岳仲桉的身后喊哥哥。

过去每天都会联系或者见面，现在，他们已经半个月没见了。

这些日子，恍如隔世。

有一回听小远和他暗暗通电话，在电话里向他汇报着什么，她想偷听，却被小远发现了。

他还送了小远一台单反相机。

她趁小远吃饭时，打开那台相机，第一张照片竟是一片紫云英。

白首乡的紫云英花海。

好美。

继续往下翻，她看到一张张中华蜂的特写照片，那些蜜蜂的腿上挂着满满的花粉。

还有那位老奶奶，穿着花衣裳，白发上别着一束紫云英，笑容慈祥地坐在院子里晒太阳。不远处，几头肥壮的猪在悠闲地吃草。

那是他们一起接生的那几只小猪吗？竟然长这么大了。

她忍不住笑。

眼泪噼里啪啦往下掉。

她终究是独自到白首。

夜阑人静时，最难过。

辗转难眠。

她想不通，好端端的怎么会变成这样不可收拾。按他的原则，根本就不会去做那个蟒蛇皮的包，也不会为这件事和她反目，将感情都抛开了。搬出他的公寓后，他连问都没问一声。

没有丝毫波澜，就好像他们根本就没有认识过，那些情意全都被抹去了。

秋昙还提醒她，他会不会是像韩剧里那样得了不治之症，故意想和她分手。

怎么可能呢？

是他不再爱她了吧。

若真如此，短暂地来，短暂地去，那还算爱吗？

除非他已爱上别人。

见过了你心爱之人的模样，我便细细记了下来，来生就成为这样的人，好令你爱上我。

可笑的是，就算他有心爱的人，她也看不清模样。

像个精神病人一般。

失眠引起头反复痛，她吃了些止痛药，硬扛着，没有去医院。

就这么昏昏沉沉过了一个月，工作、吃、睡，她机械地重复着生活。世界恢复到孤独和模糊中。

那张唯一清晰明朗的脸，已经很久没见到了。

岳仲桉，你要好好的。

我能放下你，我只是放心不下你。

失恋的痛楚，这回是知道了。她自嘲走到今天全是咎由自取，要去招惹喜欢一个本就不属于自己的人，是多么不理智。何况她还是个经不起被光明温暖过后再推开的脸盲症患者。

这种情绪导致她在工作时经常分神，园长也旁敲侧击地提醒过她，不要再犯给动物打错针的错误了。

江老师也为她担忧。

不过，不该发生的事还是发生了。

那天。

她要给一只病恹恹不进食的考拉进行身体检查，将考拉从桉树上抱下来时，由于她心不在焉的，没有事先准备好，直接惊动了睡熟的考拉。

这只考拉原本挺温顺，近期恰好处于求偶的狂躁状态里，受到惊扰后，它直接向她发起了攻击，举起尖锐的爪子猛地抓向她的手腕，没有给她任何躲避的机会。

她伤得很严重，手腕处的皮肉撕裂，鲜血迸出，深静脉破了，血不停地汩汩往外涌。

若不是江老师正好经过，并迅速对她采取止血消毒的急救措施，她这次真的差点性命不保。

120赶来后，江老师和救护车一起将她送往医院。

“江老师，别担心，我没事，谢谢你救了我。”她脸色苍白，半边衣服全被血浸透。

“太危险了。深静脉大出血可是会要命的！”

“我都不记得是怎么发生的了，太快太快，根本来不及反应……”她无力地说。

“你以后千万可不敢再大意了，否则我都对不起林教授，要是你爸在世，知道你喊我一声‘江老师’，我却让你在我眼皮子底下受伤，我怎么好意思去面对你爸。”

“是我疏忽了，我妈还不知道吧？”她忍着痛，担心地问。

“园长已经联系你妈妈了，毕竟性命攸关。”

她一听，急得就要起身。

“我妈不能受刺激，她要是知道我在和野生动物打交道，还受了伤……以后我就别想再继续干下去了。”

“她是你的监护人，这么隐瞒下去也不是办法，我和园长，还有岳仲桉都会替你说情的。你就老老实实躺着，等会儿缝合了伤口，还得住几天院。”

“岳仲桉？”

“园长也通知了他。”

真不愿这样狼狈且满身是血地躺在医院里被他看到，让他以为她没有他就活不下去。

也许他根本就不会来呢。她既有期待，又有倔强的自尊。

木已成舟。

她只有任其发展。

当付喜柔接到电话，说女儿被考拉攻击受伤后送去了医院，还以为是自己听错了。

“你们是不是搞错了，我女儿在宠物店上班，天天和小猫、小狗打交道，怎么会被考拉抓伤？”

"她去年下半年就来我们野生动物园上班了。"园长照直说。

付喜柔一听女儿受伤去了医院，而且工作的事还骗了她这么久，心里又急又气，拉上小远就往医院赶。

岳仲桉连着接了两个电话，园长打过之后，他就接到了小远的电话。

"哥，你别再潜伏了！我姐都住院了……"平日里和林嘤其不停抬杠的小远此时也慌了神。

"我马上到。"他挂断电话，看向乔谦。

"快去吧，知道你这段时间想她都快想疯了。公司有我，为了对付走私团伙你卧薪尝胆，可别真把你们的爱情给耽误了。"乔谦画着设计图，催促岳仲桉走。

林嘤其缝完针见到园长的第一句话就是："园长，那只考拉没事吧？"

"你还担心它，也不管管你自己，流这么多血，你要把妈心疼死啊！"付喜柔握着她换下来的浸满血的衣服，手都在颤抖。

"妈，让你担惊受怕了……"她看不清母亲的表情，知道此刻母亲一定是最痛苦的。

"你骗我，我不怪你，从今天起，再也不许干了。当着你们园长的面，我替你辞职！"

"等她出院再商量，不急于这一时。"江老师打着圆场。

"是，园里也有责任。"园长为难地直搓手。

"不行！今天她就必须辞职，你必须批准。"付喜柔对园长说。

"妈……你就别逼我辞职了，好吗？我真的很喜欢我的工作，学了四年动物医学，我不想做别的工作。"

"我不让你接近这些野牲畜，是怕你爱惜它们的命胜过爱你自己这条小命，我怕你还没结婚生子，没享受过几天好日子，就像你爸那样……你有没有想过，这条你可以为了野牲畜不要的小命，也是我的命啊……"付喜柔哀哭着，缓缓扶着病床蹲下来，捂住了腰。

“妈，你怎么了，是不是腰上的血管又痛了？”林嘤其急得要命，想要下床看付喜柔。

“不用你管。”付喜柔拂开她的手。

小远搀住付喜柔。

“阿姨，别难过了，我们回去煲鸽子汤，让她的伤口能好得快点。”

能够让付喜柔听得进劝的，也只有小远了。

“你还懂这些？”付喜柔消了点气。

“以前不懂事，老和人打架进医院，看别人喝鸽子汤来着。”

付喜柔没再说别的，一心想着赶紧回去煲汤，和小远急急地走了，还没忘叫来同在这家医院的周良池。

岳仲桉在医院停好车后，飞奔向住院部，正巧碰上小远和付喜柔。他得知她的伤口已经缝合好，脱离了危险，揪着的心才缓了缓。

这些日子以来，有多少次，他握着手机想给她打电话，告诉她自己想她都快要想疯了。

她无法想象他需要怎样克制和忍受，才能看似安然地做着日常的工作，再回到那个曾四处都有她身影的公寓里。

孤独地想她，想她，无法止住。

他这么安慰自己：赶紧结束。只要结束这一切，他就能去找她了。

他站在病房门口，徘徊着，没有进去。不知面对她的质问该如何向她解释。

病房里。

周良池给她倒了一杯水，将病床枕部升高，她靠坐着，伸手准备去接水。

“别动，我端着你喝。”

“我可没那么娇弱。”

“我是医生。”

她被周良池的语气给镇住了，只好抿了一口。

“今天之前，我以为我们当医生是高危行业，容易碰到医闹，没想到你们那儿也挺危险的。”周良池放下水杯，开玩笑道。

岳仲桉看到这一幕，在心里不满道，林豌豆，你真不想好了！受伤的是左手，难道没有右手吗？还喝别人喂的水……他想责备她，可这不都是他自己做出的决定吗？如果他们没有分开，他还在她身边，她就不会受伤，更不会轮到这个周医生在病房里陪她。

不，他们从来就没有分开过。他展开丰富的心理活动，黑着脸转身而去。

他回想后还发现，每次周良池都系着同一款式的领带。

“只怪我自己大意了，那只考拉的身体和情绪都不太好，我把它从树上拉下来的时候惹怒了它。”她自我检讨。

“考拉给我的印象一直是很温顺的动物，懒洋洋的，居然也能把人伤这么严重。”

“再温顺的野生动物也具备攻击性，何况还是一只情绪不好的考拉。”

“我看，是两只情绪不好的考拉。”周良池一语双关地说。

岳仲桉离开医院后，直奔野生动物园，向园长了解情况。

他清楚她的脾气，不会因为受伤就辞职不干，她更不会怨怪伤到她的动物。越是如此，他就越要查明，必须杜绝考拉伤害人的事再次发生。这太危险了，和被猩猩丢粪便那完全不是一码事。

江老师倒先把他给批评了一顿。

“依我看，百分之八十的原因在你身上。之前你隔三岔五就抽空来园里看她，现在呢？你想想你都有多久没来看她了？”

他素来也敬重江老师，毕恭毕敬地点头承认错误。

“是我不好。”

“她爸爸走得早，孤儿寡母的，还要寻找失散的弟弟，又有脸盲症，是个吃了许多苦也很能吃苦的人。”

“这段时间让她受的委屈，我以后会加倍弥补她。”他深深自责。

毕竟他知道真相，这场戏是做出来给某些人看的。但是她不知道啊，她肯定比他更痛苦。

“那只抓伤她的雄考拉正处于求偶期，很暴躁，这也是一方面原因。”

“哈格不是雌考拉吗？”他问，忽然也想念哈格了，那只和她相似的考拉，他想去看看。

“哈格和它有血缘关系。”江老师说着，领着他向考拉园走去。

那只抓伤她的考拉此刻正若无其事地抱着桉树呼呼大睡。他看到这一幕，又好气又好笑。无论换了是哪个人，把她伤成这样，他绝不会放过。可是这是一只考拉，他能拿它怎样？就算他凶它一句，林豌豆都得护着它。

“以后不许再伤害我女朋友，顶多我来想办法，协助园里向澳大利亚再申请一只雌考拉，怎么样？”

别无他法。

他看到哈格了，它嘴里嚼着桉树叶，眼神呆萌。

那神情，真像她。

很多个夜晚，做完工作后，身体提醒他必须要去床上睡觉时，他根本无法将她从自己的脑子里挤出来。与她共度的每分每秒、点点滴滴，如电影回放般一帧帧上映。

有时半夜醒来，他会以为她还在隔壁。

感情里的那个他，恨不得立即找她道明原委，哪怕被她狠狠地骂一顿。但理智却告诉他，那将功亏一篑。

而他所做的这些，恰恰是符合她的立场和信仰的。他相信等自己向她说明一切，她是会理解和支持的。

直到她出院，他都没有去病房看她，倒是不停地打电话到护士站，每天问三遍9床病人的情况。

最后一天时，接电话的护士实在有些按捺不住了，说：“先生您这一天来回早中晚打三个电话问9号床病人的情况，我建议您要是真关心病人就亲自来医院一趟，或者您亲自和她讲吧，她就在我身边。”

护士将电话递给林嘤其。

她有些稀里糊涂地接过电话，电话那端却是沉默，浅浅的呼吸声。她心跳加速，也不知说什么话好。

“没有声音。”她将电话递还给护士。

护士再听，电话已挂断了。

她隐约知道是他，因为那呼吸声，还有那沉默的感觉。可他为什么不来医院，却要以这种方式来关心她？

难道他结过婚了？

她开始脑补，电视剧里，一般男人突然畏缩后退变成这样，除了秋昙说的患不治之症外，还有一个原因就是妻子找上门来了。

他在国外结过婚吗？

逻辑不对，他们之前的冲突点是那个蟒蛇皮包，是和他的工作有关。她想不明白。

世间事，又有几桩能明明白白的。

休养期间，她每日陪着母亲，格外乖巧，就怕母亲再反对她工作的事。这次倒要感谢小远，从中说了不少好话，并且主动提出重回学校复读，参加高考。这让付喜柔感到欣慰。

这样，她才得以继续回园里上班。

她向母亲保证，一定会保证自己的安全，不再让动物伤到。

一个月后，一起特大跨国走私案破获，新闻铺天盖地。

新闻里提到，某位不愿透露姓名的先生配合协助海关部门以及澳洲警方，为此次侦破澳洲走私集团的运输路线提供了巨大帮助。

她看到新闻时，还不知这件事和岳仲桉有关，只是一味地担心他，怕他牵扯进去。

她怎会想到那位不愿透露姓名的先生正是他。

在去考拉园照例检查时，她看见一个熟悉的背影。他正站在玻璃窗前，望着哈格，失神落魄。

他的身姿不再那么挺拔高傲。

很久没见，他瘦了许多。

“要关园了，请回吧。”她疏离地低声说。

他转身，在看到她的那一刻，不顾一切地拥住她，紧紧地拥着，再也不想松开。

她一动不动，愣在原地，背着药箱，右手牢牢地攥着药箱的肩带。

有那么一刻，她沉迷在这久违的怀抱中，感受着熟悉的桉树气息和温度。

当她清醒后，又拼命地挣扎，用尽全力想要推开他，疯狂地用双手拍打他的胸膛。

“你放开，放开，请你放手”她大声喊，不管不顾，只想将这么久以来压抑的情绪统统释放出来。

“不再放手了，死也不放手……”他红着眼，在她耳畔说，任由她拍打反抗。

“既然已经断绝关系了，你为什么还要来招惹我！为什么……”她痛苦地说，手掌用力推他的胸口。

碰到他肩下的位置，她想起他这儿受过枪伤。

于是瞬间停了下来。

前一秒崩溃，后一秒心疼。

“都是我不好，对不起对不起！可我终于……终于等到了今天……”

“到底是为什么要突然将我抛下……去做明知我无法视而不见，无法容许的事！”

“当我从海关那里得知案子告破后，我就恨不得立马飞到你这里，告诉你所有的原委。”他抱得更紧。

她慢慢地听他讲完了整件事的来龙去脉。

之前海关部门找到RARE公司后，将澳洲警方查到的他遇袭线索和海关正在追查的一桩走私案，两个案件之间的联系告诉他。

希望能从他的公司找到突破口，查到走私集团的运输路线。

他必须取得对方的信任，他之前曾拒绝过合作，也是导致RARE公司几次受阻的原因。

而他在澳洲遇险，是因为走私集团怀疑是他向海关部门举报的。

既然如此，他必须配合，这不仅是为了RARE的正常运营，更是为了打击不法分子，每年走私集团造成的野生动物伤害事件不少。

不管是为公为私，他都不能置之不顾。

为赢得走私集团的信任，他造成假象，用一张普通蟒蛇皮经过加工，故意让外界误认为他在做这一类包。

为此他和她分开，都是为了让所有人相信，他真的变成了这样的人。

她的痛苦，纪幻幻看在眼里，所以连向笃对此都不再怀疑。

直到岳仲桉和走私集团建立合作关系，掌握了运输路线后，海关部门在他的协助下迅速破获了这起走私案。

“你答应过我，不会骗我。可你还是骗了我，让我白白痛苦这么久。”

“没有办法，那么多双眼睛看着你和我。你不是没经历过面对走私分子的凶险，我得保护你，不能让你卷进来。”

“这桩大案破了，能保护多少只野生动物……”她无法想象。

也许她承受的仅仅是感情上的折磨，而他，却独自做着这么危险的事。

“我以前顶多算是个有点情怀和正义感的商人，谈不上高尚，更不关注什么保护野生动物，是你改变了我……当我看到那些被非法捕杀的野生动物，那一张张剥下来的皮，我会想，我能做点什么？哪怕我是个商人，但因为这是我爱的人她想要保护的，所以我也要保护。”

这样的话，是她第一次听他说。

“太危险了，我如果知道你做这么危险的事，我绝对不会答应！”她想怪他，又舍不得。

“其他都还好，最难过的是看到你受伤住在医院，我却无法陪着你……心如刀绞。”

她仰起头，忽地吻住他。

她不要他再说下去了。

她一点都不会再怪他，只是怪自己，还是不够信任他。

她的吻，让他如获大赦。

他以更猛烈的吻和比她多很多倍的思念回应她。

“岳仲桉，你知道我是怎么熬过来的吗？”

“你离开那个人之后，日子先是一秒一秒地过，然后再是一分钟一分钟地过，半晌半晌地过，最后才是一天天过。你是这么熬过来的，我都知道。”他低声说，停顿了几秒，眼眶湿润，又说，“因为，我也是这么熬过来的。”

第十章 ▼

你在，
我便贪生怕死

想他看到我四十岁的样子，哪怕那时我发福了，成为一个胖胖的老少女。我也想他看到。

像过去那样相亲相爱。

不，是比过去更甚。

经历过分开，约会懂得在一起的珍贵。只是她为了多陪伴母亲，没有搬回他的公寓。

他送她一个亲手做的微观模型，是一只考拉抱住桉树，香甜地睡着。她若是这考拉，他便是她的桉树。只为她守护。

还是她的记忆库。

她不认识的人，他帮她认识和记住，她要找的人他帮她找。

“谁叫我看不清任何人的脸呢，那就……不过话说在前面，哪天我的脸盲症要是好了，可以看见很多很多男子的脸，那我可能还是要反悔的。” 她俏皮的神情，明明欢喜得要命却表现出勉强接受的样子。

“就算你能看清世上所有男子，你的眼里，也只有我。”他才不会上当吃醋。

他不想再担惊受怕了。

“你懂那种看不清人脸的滋味吗？就好像很多只小猫在脑子里挠啊挠，却怎么想也想不起来。”

“看来你和我在一起时，小脑袋里一只猫也没有。”他抚摸着她的头发，显出无限柔情。

“对噢，你肯定忘不掉你每个一见钟情的女人。”

“我一见钟情过的女人从来都没有忘掉，也只有她一个。”他说完，用掌心贴着她的后脑勺。

“想到你受过的伤，我就好心痛，不管将来发生什么，你记住我说的，我不愿你受半点伤害，哪怕是因我而起，都不可以。”他爱怜地说。

“你怎么会伤害我呢？”她不以为意地笑。

是啊，仲桉怎么会伤害嘤其。就像桉树不会伤害考拉。

“可是你知道吗？考拉没有天敌，多数考拉都是老了抱不动树了，从树上掉下来摔死的……”她一本正经地说。

他将她抱起来，举高高。

“那就换我抱你。”

她笑着轻捶他，要他放自己下来。

将她抱回房间，两个人一同躺在温软的床上。他俯身凑过来，啄吻她的脸庞。

她感受到他的克制。

他迟疑着没有解开她的衣扣，只是温柔地吻。

“等我，等我娶你。”

在这个年代里，他的克制，令她感到意外。

“如果结婚，你想在哪里办婚礼？”她躺在他怀里，抓着他的手，端详着。这一双修长洁净的手，将来，她要牵着这双手到老。

“你想的是哪儿？”他问。

她吃惊地睁大眼睛，说：“不会吧，我们想到一块儿去了？！”

白首乡。

他们堪称史上最违和却又最默契的一对情侣。

新闻上写着，有着超强记忆力的RARE总经理岳仲桉和一名脸盲症女兽医公然恋爱了。

除了爱情上的圆满，岳仲桉还宣布RARE公司启动转型计划，在乔谦的设计下，结合传统刺绣等手工艺，融合动植物图案和色彩，打造自然与中国的主题，推出一系列新款包。

这消息引起轰动，这一系列包有望成为畅销经典。

久宁受邀来拍摄保护野生动物的宣传片和公益广告，而林嘤其在里面客串了一个野生动物医生的角色，算是本色出演。

秋昙也在杂志中为RARE做出大量宣传推广，适合的设计在适合的时机里推出，符合主流价值观和审美，RARE的风生水起是必然。

澳洲警方最终查明开枪打死另一名歹徒的嫌犯是向笃。

向笃在国内被逮捕，等待他的，将是法院的宣判。

岳仲桉和林嘤其作为枪击事件的当事人，为向笃请了律师，并向法院提交了求情书。

虽然向笃经不住诱惑，和澳洲走私集团混在了一起，导致被要挟，惹祸害得岳仲桉被报复差点丧命，但最后救了岳仲桉的人也是向笃。

向笃从另一名歹徒手里夺下枪，对正在实施犯罪且已朝岳仲桉击中一枪的歹徒开枪，致其死亡。

“你别担心，我们会一直帮向笃的。不管他做错了什么，他也救了岳仲桉。”她安慰六神无主的纪幻幻。

“以后是不是得叫你岳太太啊。那就谢谢岳先生和岳太太了。”纪幻幻拂开她的手。

“我没有骗过你，那时他瞒着我，我真以为他那么做了，和他分开都是真的。”她拉住纪幻幻，解释道。

“现在说什么都没用了，我爱的人是因为你们入狱的！不过我也不隐瞒你，后来我确实每次约你都是为了从你这儿套些信息给向笃。我们俩，彼此彼此吧。”纪幻幻冷笑着说，摘下头上那朵丝带编的花，扔在地上。

“终于这辈子不用再戴这朵愚蠢的花，和你这个愚蠢的人做朋友了，以后大路朝天，各走一边，我们不必再见面了！”

望着地上那朵花，她缓缓松开了手。

她知道，无论她怎么说，都无法和纪幻幻拥有像当年那样躺在一张床上，吃东西谈心的友情了。

失去这份友情，对她而言是重创。

曾经说好，谁先结婚，另一个要当伴娘。

再也没有一个人，头上戴花来见她了。

七月。

她试完婚纱，也想找一件母亲穿的礼服。不知道母亲会喜欢哪件，她挑出几套，一一拍下来发过去。

正在院子里剥豆子的付喜柔听到手机提示音，将一把豆子放在盘子里，忙在围裙上擦擦手心里的豆壳毛，点开手机，看到是女儿发来的试婚纱的照片。

她放大看，却还是看不清。于是跑回卧室取了老花镜戴上，仔细端详。

女儿穿着洁白的婚纱，一副羞涩美丽的样子。女儿都这么大了，都……要嫁人了。

仿佛昨天还只一点点大，跟在自己身后一起挖虫草。

有一年她爸爸从北京出差回来，给她买了一条白纱裙。她也是这样羞涩地穿上，在太阳底下转圈圈，问：“妈，你瞧我好看吗？”

一眨眼，穿纱裙的小女孩都变成穿婚纱的美丽女人了。

她想起女儿三岁时。

“嘤儿，你长大了嫁人吗？”她爸爸问。

“我不嫁人，我要永远和爸爸妈妈在一起。”

“哪有不嫁人的道理。”

“嫁、给、爸、爸！”嘤儿奶声奶气地说。

要是她爸爸在世，看到这一幕，肯定得哭。

天底下有哪个父亲不是在嫁女儿那天，最难过又最开心。

“好看，好看。”付喜柔看着女儿的照片，喃喃自语，眼泪流出来。能够看到女儿有个好归宿，她也就放心了。

腰部袭来一阵剧痛。

她强忍着，想要站起来叫小远，却怎么也站不起来了。她刚要起身，便痛得晕倒在地上。

手机摔落，屏幕还定格在女儿的婚纱照上。

闻声跑来的小远抱起躺在地上的付喜柔。

小远浑身发抖地拨通120，说清楚地址后，失声痛哭大喊：“来救我妈，救我妈……”

付喜柔的脸色苍白如纸，她知道自己走到哪一步了。

她想起周医生说过的，腰部动脉破裂，血液迅速充满腹腔，人会在几分钟内死亡。

那根早就过期的人工血管让她多活了这么久，她已十分感激。

“姐……妈不行了，你快回来……回来……”小远在电话里哭得肝肠寸断。

付喜柔轻轻地摇头，已哑了口，想叫小远别哭，可他哭着喊妈的样子，那么像一个人。

“友声……友声……”她心里喊着，张着嘴，却什么也发不出。

“妈，你想说什么，儿子听着……儿子在，妈，儿子在……”小远将耳朵凑到付喜柔嘴边。

“啊——啊——”只微弱的两声，她已经无法表达了。

接着，小远听到一声长长的吐气声，发自喉咙深处，戛然而止。那是人在世上的最后一口气，意味着呼吸系统永远地停止了。

永远地离开人世。

小远像疯了一般痛哭。

林嘤其再见到母亲时，已是在殡仪馆。

她没有哭，一句话都不说，只是跪着，一直跪着，目光从未离开静躺在那儿的母亲。

看一眼，就少一眼。

第三天时，就要火化了。

岳仲桉担心她承受不住，让小远带她走。她站在那里，就是不肯走。两天两夜，她没有吃喝，也没有合眼。

“难过就哭出来，你这样忍着怎么受得了。”他心疼得要命。

“妈妈也是没有吃东西，没有喝水了……”她恍恍惚惚地念着，像思绪被掏空了一般。

她硬撑着送母亲进入火化间，眼睁睁看着母亲被推进去，再出来时，就只有一个盒子了。

她抱着骨灰盒，还是温热的。

从小到大她都没有好好抱过母亲，因为母亲严厉，所以她和父亲更亲些。

这是最后一次抱母亲，感受妈妈的温度……

原先那个壮实，比男人力气还大的母亲，最后放在盒子里，只有这么轻轻一点点。

“仲桉，我不明白，为什么我妈会变成一堆灰……”她魂飞天外似的无助。

“妈在另外一个世界踏入轮回了，明年这时，她在那个世界里就会成为一个小宝宝了。”他只能这样宽慰她。

“是，在那个世界，妈一定会有很好很好的一生……”

除她以外，最痛苦抱憾的是小远。那个秘密，直到付喜柔生命的最后一刻，他都没来得及说出来，只是不停地喊了许多声“妈”。

母亲的后事，是岳仲桉料理的。

他支撑着她度过了十几年以来，最艰难痛苦的日子。他想，得赶紧去一趟青海，查一查当年的真相，不能再让她受到伤害了。

她在整理母亲的遗物时，在一个旧箱子里看到了那本父亲生前随身携带的工作簿。

她打开，一页页地翻看。

她想从看似寻常的记录中发现一点蛛丝马迹。

看着父亲活着时，写下的每一日工作的点点滴滴，她感觉父亲好像就在眼前。所有的记录，在父亲去世那天打止。

后面只剩下无尽的空白。

工作簿的最后两页用胶水粘合了起来，里面装着一张相片。

父亲很谨慎，怕丢了照片，所以才封住。

她小心地揭开，拿出了那张封存很多年的相片。

那是一张偷拍照，在青海湖保护区，看相片上三名男子的穿着和身形，均是中年男子，衣着也不是青海湖本地人。

应该是父亲偷拍的。

她看不清脸，所以不知这三个人的长相。

父亲在相片背后写着：普氏原羚?

这是父亲留下的最后的信息。

关于那封父亲的遗书，并没有什么能证明父亲做错了事情，畏罪自杀的内容。

遗书是很简单的三行话——

我若死了，请将我留在青海。

望我妻重新找个好丈夫，好好生活，照顾儿女。

来生再做一家人。

然而，她的母亲并没有再嫁人。

想起那时是听父亲说他在暗中调查普氏原羚被盗猎的事，她怀疑父亲的死与这张相片上的三个男人有关，与普氏原羚有关。

相片拍得很模糊，她反复盯着看，总觉得其中穿白色夹克的男人似乎见到过，很熟悉。

那件白色夹克。

她努力想着，突然想到曾在岳仲桉书房的相册里见过这个穿白色夹克的男人。

没错，她还用手机拍下来了。

她立即翻出手机里的相片，是他那年到青海湖时，和三个中年男人站在一起拍的。

其中那个离他最近的男人就穿着一件白色夹克，几乎可以断定，两张相片上的三个男人是同一拨人！

他不是说和父亲去青海湖散心吗？怎么还有别的人？！

这三个衣冠楚楚的男人，腕上金表闪闪，去青海湖究竟还有什么目的？难道和普氏原羚有关……

她不想再猜了，只想当面向他问个清楚。

可能他们只是普通的游客呢。岳仲桉既然和这三个人合影，那他一定熟悉这三个男人。

穿白色夹克的中年男人极有可能是他父亲。

她给他打电话，说想和他见面谈一谈。听到她这么严肃的语气，他预感到她知道了些什么。

他来到了那栋宅子。

庭院深深。

儿时和他差不多高的树木已成参天大树。

她坐在走廊的长椅上，望着水池里的红鲤鱼发呆。知了在树梢没完没了地鸣叫，也不觉聒噪。

“坐这里多久了，热不热？”他在她身旁坐下。

“仲桉，你有没有什么事是瞒着我的？你告诉我吧，好不好？”她的目光落在荷叶上，没有勇气去看他。

他以为她知道了这栋宅子的主人是他，只好向她坦白。

“这栋宅子是我的。我小时候在这里长大，你看前面那座假山，我就是站在那里背圆周率。”他笑着说。

她的目光渐渐转向他，不可思议地问：“你是这房子的房主？”

他点点头。

“所以我妈能找到这份轻松得像养老般的工作，是承你的好意。我现在的反应是不是不对，我应该痛哭流涕地感激你，是不是？岳仲桉，你是怎么做到背着我做这些事却瞒得滴水不漏的？你一直瞒着我，是不是把我当傻子！”她一口气说完，呼吸急促，情绪激动。

“我没有这个意思，我只是怕你拒绝我。如果这么做让你感到受了欺骗，我向你道歉……”他低声求着，想握住她的肩，安抚她。

“你别碰我！”她躲过他，尖叫着捂住头。

“对不起。”他说。

“你自以为是为我好而骗我有多少次了？还有什么是我不知道的，你说吧。”她盯着他问。

他一时无言。

“别再为难哥哥了！”小远的声音从身后响起，他朝着他们走来。

她急忙收起悲伤的表情，装作无事。

“哥，都是为了我才让你默默做了这么多事，还不能说。现在，我妈都已经不在了，该和我姐交代清楚了。”小远看着岳仲桉，恳求道。

当她亲耳听到小远口中说出“我妈”“我姐”这样的词后，整个人震惊了。

“小远，你刚才说什么，你再说一遍？”她抓住小远，似乎不敢相信。

小远脱下身上穿的长袖T恤，露出手臂上的文身。

那道文身，她记得。

当初在找弟弟时，被那个跛腿男子绑住，坐在一旁有文身的青年……小远居然就是那个文身青年！

这究竟是怎么一回事？太突如其来了，她理解不过来。

“姐！我就是友声啊……”小远冲动地喊道。

“不可能！”她不停地摇头。

“我知道我这种人绝不会是你想象中的弟弟，所以我才不敢和你相认，不敢和妈妈相认。我想努力去考大学，学摄影专业，想有出息，让妈妈和你能看得起我，我再和你们相认……可是，妈还没有等我有出息，就走了……”小远哭着，缓缓跪在地上。

跪在她面前。

“小远就是你弟弟。去年，是我去北京找的他。他从劳教所被放出来，我带他做了DNA，确实就是林友声，没有错。”岳仲桉说着，拿出那份亲子鉴定报告。

她看过之后，全身无力地瘫坐在地上。

“为什么不告诉我？你这些年跑到哪里去了？你知道我和妈妈找你找得有多苦吗……”她号啕大哭。

“姐，我怕你们看到我这副样子，宁愿找不到我，也不能接受我成了这样……当年的事，我早就不记得了，我只记得收养我的养父母让我改口叫他们爸妈，我不叫，他们就打我。后来，我从养父母家跑了出来，到处流浪。我住过收容所，当了小混混，在垃圾桶里找吃的，抢小孩子的面包吃，我就是这样一个下三滥的人。”

“傻不傻，不管你是怎样的人，你都是我弟弟。当初跛腿男人看到一条短信就走了，才给了我逃生的机会，是你发的短信吧。”她想到这里问。

小远点头。

“那时我不知道你是我姐，我只是出于同情。”

她扶起小远，仔仔细细望着，颤抖着手抚上小远的脸庞。这就是她苦苦寻觅，远在天边却近在眼前的弟弟。他还是那么瘦，难怪她后来和他越来越亲近，和母亲一样总有种错觉，好像他们就是一家人。毕竟血浓于水。

“要是妈知道，该多好……”她忍不住呜咽。

“我觉得妈走的时候是知道的，她在我耳边轻喊的两声，是儿啊……儿啊……”小远流着泪说。

她也相信，妈妈是没有遗憾地走的。

平静些许后，她看向岳仲桉，问他：“你怎么知道小远就是友声的？”

“后来回想觉得不对劲，那跛脚男人不应该是单纯看到寻亲启事见财起意，敢狮子大张口，可能是因为真的知道些什么。所以我去监狱探视那个跛腿男人，满足他提出的条件，他就把有一次小远的养父母找来，碰到他，说起小远的身世，还把收养小远时的岁数、口音都告诉了我，最后也证实了。”他说。

“姐，你千万别怪哥，是我求他不要告诉你们。他为我们一家默默做了很多事，世上没有任何人能像他这样对我们好了。”小远央求着。

她如梦初醒。

他让小远来这里当保安，和母亲朝夕相处，也因此她和弟弟才得以陪母亲度过最后一段时光。

“先谢谢你……”她浑身酸软，好像使出了全部的力量才翻出那张相片。

“请问，这个穿白色夹克的男人是谁？是你父亲？”她指着问。

原来她今天本想要问的问题是这个。他释然了，如果时光倒流，他会选择在得知时的那一刻就告诉她。越是怕伤害她隐瞒着，最后的伤害就越深。如果她没问，下周他就要去青海一趟，也会在查清楚后把事实向她说明。

“是我父亲。当年，我和他，还有他另外两个生意上的伙伴一同去的青海湖。”

“你们去青海湖究竟是想干吗？我要听实话。”她逼问。

“我问过他，他告诉我，另外两位是他爱好狩猎的朋友。”他说着，闭上眼睛，低下头。

她控制不住地颤抖。

“然后呢？他们做了什么？”她控制住情绪，继续问。

“他们进入青海湖自然保护区，原本是打算偷偷狩猎的，没想到刚踏入保护区就被你父亲盯上了。”

“所以……是他们杀害了我父亲？”她说完，紧咬住牙关。

“不是！”他坚决否认。

“因为你父亲紧盯着不放，他们狩猎失败，就准备离开青海湖。可谁承想接下来你父亲发现一只普氏原羚幼崽死了，于是他怀疑是我父亲和朋友三人所为。他找到我父亲他们，发出警告说，别想离开保护区，他要报警。几人因此发生冲突，你父亲被我父亲的两位朋友打伤了。”

“你怎么知道你父亲没有动手？”

“他亲口和我说的。”

“他当然挑好听的来说了！难怪他反对我们在一起呢，原来是因为他看到我时就会想到我父亲！”她脑袋像炸开一般，嗡嗡作响。

“我没有维护他的意思，我的心一定是站在你这边的。”

“别再说了。其实你从澳洲回来后看到相册时就知道了吧，但你没有告诉我。我是感觉你有时很反常，却怎么也没想到会是这样……”她捏着相片，起身往外走。

“小远，收拾东西，我们离开这儿吧。”她对小远说。

“姐……”

“你今天要是留在这里，和一个可能是害死我们爸爸的人的儿子在一起的话，那你就永远别再喊我姐！”

“我跟你走。”小远简单地收拾好东西。

岳仲桉请求她，凝望着她的眼睛：“别走，我一定会查出真相。”

她没有回望他的眼睛，而是决然地说：“从你得知后没有告诉我那时起，你就没有资格对我说真相了。”

她和小远走了。

他们租住在她曾和母亲相依为命住过的那个小房子里，虽然老旧，却有许多她和母亲的回忆。尤其是厨房，她总能想到母亲端着一盘菜从里面走出来。

她不再接听岳仲桉的电话，不再见他，也不允许小远和他联系。她向园里请了长假，母亲的死，加上和岳仲桉之间的问题，牵涉到父亲的死，接二连三的打击让她难以面对。

那段时间，她总感觉头疼，想等从青海回来后再去周良池那儿看看。

通过网上搜到的资料，她发现岳平然有一项爱好是狩猎，十年前曾几次亲赴非洲狩猎取乐。

也是在她父亲溺亡之后，岳平然突然移居国外。

疑点重重。

岳仲桉，终于明白命里没你。

在成为一个很好的人与你相见时，天知道我经历了多少努力。

爱是和努力没有多大关系的事。

我们的分开，让我懂了，分开就是分开，不能爱就是不能爱，这和你本身好不好，你对这个人好不好，并没有多少关系。

一天深夜，手机急促地响起。

是园里打来的，这让她立刻睡意全无。

“哈格快不行了，快来园里！”江老师在电话那头焦急地说。

她赶到考拉园，将哈格抱在怀里。它紧抱住她胳膊的前肢越来越松，越来越无力，它的眼睛慢慢闭上了……

岳仲桉也来了。

他很难过，哈格的死好像意味着他和她之间的那条纽带断了，也预示着他们之间像哈格与桉树一样的关系，不复存在。

多日不见，再次见，竟是因为哈格的死。

她隔着考拉园的玻璃窗望着他，竟发现自己已看不清他的脸庞了。她本以为是自己眼里的泪水造成的，可等她拭去泪，再看他，依旧是模糊一片。她怀里抱着死去的哈格，悲伤无以复加。

那个曾是她在世上唯一看得清的脸庞，在这一刻，如同世间的每一张脸，无法相认。他不再是她的例外。

他察觉到她目光里的茫然和恍惚，拍着玻璃窗，呼唤她的名字。

以前有多相爱，多亲近，现在就有多相斥，多遥远。

她抱着哈格走出考拉园，他上前唤住她。

“嘤其……”他极少唤她名字。

她抬起头，视线模糊。

“你看我的眼睛。”他哽咽着说。

“岳仲桉，你解脱了。我已经彻底看不清你的脸，从此，你的世界清静了。”她看向他的目光和看向别人时一样，游离不定，抓不住四目相对的位置。

这是他无数次看她朝向别人的目光，这次，是朝向了他。

他也将和那些人一样，成为她模糊不清的世界里，一个认不出来的路人。他清晰地想起曾经她笃定地望着自己的眼神。

而今变成这样。

是他咎由自取，是他害了她。

“你看不清我了吗？”他喃喃地问。

“也许是好事，看得清，反而难过。没有交集了，不再见面，看得清看不清，又有什么区别。”

“我们去医院，去看医生，一定会治好的。你一直都能看得清我的，怎么会看不清了呢……”他边说边擦眼泪。

“别再勉强彼此了，别逼我恨你……”她忍痛狠心道。

“你恨我好了，总好过你把我抛下。我偏要勉强，偏要站在你不要的世界里等你！”他说。

如果早知道会是这样的结果，当初又何必开始。

她从包里拿出那个他送她的微观模型，当着他的面摔在了地上。模型里的小考拉和桉树被摔得分开了。

“我们不要再见了。”她抱着哈格，毅然离开。

他悲不自胜。

曾经独独能记住他的她，如今不认识他了，还要与他恩断义绝，这是他的报应吗？

是啊，他总是自以为是，自命不凡，自作聪明！他以为自己可以处理好，却还是失败了。

她是潜意识里对他失去了信心和信念，万念俱灰，再也不想记住他的脸了。

就算她看不清了，可他能记住。

只要他记住就够了。

哈格的死让她反省，不能够再继续待在动物园里。生活在这儿的动物虽有人类的饲养，却终究没有唤起人们对动物更强的保护意识。

之前黑猩猩就是吃了人们投食进来的吸管，差点噎死，最后开刀才取出来。

她想赋予渺小的自己，更多的力量。

她无法亲眼看着这些原本属于野生环境里的动物被圈养后，日复一日失去野性和自由，最终死去，甚至是因为人类的胡乱投食而死。

她应该走出去，去救治那些因为人类伤害而受伤的野生动物。对，就像父亲那样，成为动物保护者，成为像珍·古道尔那样的人。

她将请假改为辞职。

获悉她辞职，在她上最后一天班时，他再次来园里看她。

因为怕她知道是他不愿意见，所以他系上了那条同周良池系的一样的蓝色领带，坐在她的办公室，静静地等她回来。

他没有说话。

又疲惫又恍惚的她乍一看，差点真将他误认为是周良池了。

“你怎么来了？”

他微微点头，能这样多看她一会儿，也很好。

“明天我就要离开这里，工作挺久了，很舍不得。这些年我活着的最大动力就是找弟弟，还有还父亲一个清白。直到遇见岳仲桉，我像在黑暗中抓住了一束光。我那么信任他，可为什么偏偏是他的父亲可能害了我爸爸，我无法接受……”她呆若木鸡，自说自话。

她一进门就知道，面前的人不是周良池，而是岳仲桉。她对他已经熟悉到，即使不看脸，他只坐在那儿，哪怕系上和别人一样的领带，她也知道是他。

他身上有一股熟悉的尤加利气息。

他以周良池的身份，上前拥抱住她，轻轻吻了一下她的额头，转身便走。每迈出一步，他都暗暗下一次决心，无论付出多大的代价，也要查清楚她父亲之死的真相，哪怕失去全部。

她办公桌上的一张白纸上写着一段话，是岳仲桉的字迹。

那是他们说好要一起看，却没能看的电影《请以你的名字呼唤我》中的一段台词——

“你是我将死之时唯一想要说再见的人，因为只有这样，这个我称之为人生的东西，才有其意义。而若我有一天听到你死去的消息，那我所知的我的生命，这个在你面前和你对话的我，也将不复存在。”

无语凝噎。

八月底。

她带着那本工作簿和相片回了青海湖，和当年同样的时节，细查父亲死亡的真相。

“小远，我坚信我们的爸爸他不会自杀，更不会做出伤害野生动物的事。我这次去，是要找到真相再回来。”临别前，她在机场对小远说。

“那你和他呢？”

“除非爸爸的死与岳平然没有关系，否则，我和他便不可能了……”

她不知道，岳仲桉已先她一步抵达青海湖，开始了漫漫寻找。

之后，她在青海湖四处寻找当年的目击者。她所到之处，他都走过。她按照相片上左上角的山峰定位，找到了拍摄相片的地方。那是青海湖边不远处的一座村庄。

她走访了村庄附近年龄稍长的村民，询问十五年前是否有见到这样这一行人来过这里。

许多村民得知是有关十五年前林贡之投湖的事，都选择了缄默，一问三不知，摆手赶紧离开。

她在村子的一户人家住下，想慢慢深入摸清。在这期间，她也免费给村民们家中的牲畜治疗一些疾病。

不久，一场传染性疾病席卷了整个村子的羊群，许多村民家中的羊接连患病。

村民们得知她是兽医，纷纷向她求助。原先那些态度冷漠的村民都变得特别殷勤。

她没有想那么多，扎进羊圈里，先挨家挨户帮村民们的羊群治病。经过诊断，她确诊这些羊是患上小反刍兽疫，也就是羊瘟。她对症开药，一一给每头患病的羊注射治疗。

经过她的细心医治，村民们的羊渐渐康复了。

她的用心和真诚让村民们记在心里，十分感激她的辛苦付出，对她的态度也从事不关己高高挂起，变成同情她的遭遇。

有一天，一位村民在她给羊检查健康状况时，主动告诉了她一件事。

两年前，这个村民赶集时，碰到一个叫成虎的卖牦牛干的小贩，两人为做牦牛干生意而攀谈起来，后又相邀在餐馆喝酒。

成虎喝醉后，谈起当年的往事。

成虎的酒劲上来，也不知是不是吹牛，说起十几年前还哄过一个大教授跳青海湖。村民问成虎那教授最后有没有活着上来，醉醺醺的成虎没有回答。

她听完，觉得这一定是很重要的线索，找到成虎很关键，于是忙向村民问到成虎的下落。

第二天一早，她就踏上了去找成虎的路。

在成虎住的村庄入口，她问一个路过的大婶，大婶给她指过路之后，奇怪地嘟哝了一句："这成虎是发财啦，咋又有人要找他。"

"婶，除了我，还有人打听成虎吗？"

"可不是，上午，就在你前一脚，一个长得高高瘦瘦，白净潇洒的外地男人刚问过我呢！"

她猜那人应该是岳仲桉。

她果真在成虎的院子里见到了他。

疑似成虎的男人怀里抱着个身体虚弱，手指甲苍白的男孩。孩子看起来八九岁的样子，像是患了重病。

"嘤其，你也找来了？"岳仲桉见到她，有些欣喜。

"岳仲桉，你来这儿做什么？"她态度生硬。

"我的目的，和你的一样。"

她不做回应，径直将父亲的照片递到成虎面前，问："你是成虎吗？"

"我是。你们都是来问那个动物学家，大教授的死因的吧……"成虎主动说。

"我儿子得了重病，没钱治疗，只要你们能救我儿子一命，我就把真相说出来，让警察来判我的罪，我坐牢都行！”成虎说着，鼻涕眼泪一起往下流，紧搂着怀里虚弱的儿子。

“你儿子是什么病？”她问。

“白血病，没钱输血，没钱治了……”

“我答应你，所有的治疗费我会承担。”岳仲桉承诺。

“不用你好意，我来想办法。”她断然拒绝。

“成虎，孩子不能再拖了，先去医院。”她没有选择继续追问，而是先救孩子。

岳仲桉找到一辆车，带着成虎和孩子直奔医院。

在医院里，孩子输上了血，慢慢清醒过来。

“我想办法联系北京的医院尽快转院，看看有没有骨髓移植的可能。”岳仲桉站在病房外对她说。

“你为什么要做这些？从成虎的反应上来看，我父亲的死和你父亲没有直接的关系。”她问。

“在我心里，你的弟弟、你的妈妈，早已和我是一家人，你的父亲也是。我不仅是为了证明你父亲的死和我父亲没有关系，我也要还我们共同的家人的清白。”他说。

“岳仲桉，你怎么总是想做好人，我宁愿你恶一点……你就这么来了青海湖，你公司怎么办？”

“我已经做了安排，再说也有乔谦在。嘤其，你才是个好人，刚才你没有再追问真相，而是选择将孩子送医院，还替成虎交了住院费。”

“孩子都奄奄一息了，他是无辜的……我不能见死不救。”

从病房走出来的成虎“扑通”一声跪在林嘤其面前。

成虎说出了迟来十五年的忏悔——

十五年前，那时才二十出头的成虎经常在青海湖里偷偷捕捞湟鱼去集市上卖，每次被林贡之逮住之后，都会被林贡之送去派出所。

长此以往，成虎对林贡之心怀不满，却也仅仅只是不满，他并没有想过要害死林贡之。

一切都是意外。

那个酷暑的下午，照样在青海湖边游手好闲的成虎再次撞上了刚和岳平然一行三人争执后的林贡之。

成虎想作弄作弄他。

“林教授，今天心情不好啊？我今天可没搞湟鱼，不过我来的时候，看到有个人鬼鬼祟祟在那边撒渔网，我打算蹲守在这里，把别人撒的渔网捞上来，再把鱼卖掉。那是捡来的，不算我捕捞的吧。”成虎油腔滑调地说。

“成虎，你年纪轻轻，可以学一门手艺，脑筋又转得快，做什么不比干这个强。那网在哪边？我去瞧瞧。”信以为真的林贡之还苦口婆心地劝成虎。

“就在那边，我带你去。”成虎领着林贡之过去。

“那我下去把渔网捞上来。”林贡之说着，摘下眼镜，脱掉衬衫，叠得整齐放在湖边。

成虎也只是想哄骗着林贡之下水受受罪，没想到随手一指的那处，湖底有个深坑。

林贡之下水之后就再也没能上来。

成虎吓得跳进湖里捞了一通，也没有找到人。

上岸后的成虎，在林贡之的衬衫口袋里发现了一封遗书。害怕承担责任，怕要坐牢的成虎在后来的笔录中，便说是林贡之自己跳湖的。

由于成虎的关键口供，结合现场遗书和衣服整齐叠好的情况，而被捞上来的林贡之也完全符合正常溺水的特征。最后，林贡之的死被定性为自杀。

至于在林贡之宿舍里搜到的野生动物皮毛，其实是林贡之买来准备销毁的。

而那封遗书，是他发现盗猎分子开始活跃后，特意写了随身带着的。他已经做了随时和盗猎分子抗争，哪怕是失去生命的准备。

她没有想到，父亲的死因原来是这样的。一个谎言，让父亲的灵魂永远沉入了青海湖。

成虎重新去派出所录了口供，她父亲得以平反昭雪。这个结果让她心如刀割，痛惜父亲死得太悲壮。

林贡之恢复了清誉，到死他都是为了保护湟鱼，保护青海湖。林贡之当年所在的单位为他的牺牲追掉哀思。

林嘤其痛定思痛后，和岳仲桉保释了成虎，让他先去北京给孩子治病。

“很难受吧，想哭就来我怀里哭。”他心疼不已。她的以德报怨并不是她有多伟大，而是因为不是每个人都能像成虎那样。

“我想，如果爸爸在世的话，也会这么做的。”

她和他并肩站在青海湖边，远远望着蔚蓝的湖水。

愿父亲从此安息。

一周后。

林贡之的墓前。

她和小远，不，应叫林友声了，他们姐弟俩将母亲和父亲合葬了。

“爸、妈，我和弟弟会好好照顾彼此，你们安息吧……”

姐弟俩久久地跪着。

天空传来雄鹰掠过的声音。

父亲将永远在这里，守护着这片他生前热爱的土地和生灵。

重回G市。

岳仲桉主动安排她和父亲岳平然见面。

他为了做通父亲的思想工作，也做了些努力。或许岳平然也想挽回和儿子的父子关系，答应会给林嘤其一个交代。

“当年我和两个朋友听说你父亲自杀了，联想到自杀前我们三个人和他发生过冲突，认为是因为我们而导致你父亲的自杀，所以我很心虚……在这里，向你道歉，也向你父亲道歉。”岳平然深深鞠躬。

她原谅了岳平然。

至于岳仲桉，她和他还是有些许生疏和芥蒂，需要时间来缓和。

她还是那个无论再难，只消看他一眼，或者被他摸摸头，便好了的她。这是任何人都给不了的。

害怕时，她总是想起他。

他也很想她。

林豌豆，我想你，也希望你能够想我。却又担心你因想我而寡欢，故我盼望你吃好睡好，切莫想我。

没过多久。

她因头痛难忍，被弟弟送入医院。周良池看着拍的CT片，发现她后脑处当年的创伤加重，并出现栓塞，必须做介入治疗，疏通栓塞。

介入也有一定的风险。

岳仲桉想起那次在澳洲，她的后脑勺重撞在车门上，他送她来医院拍过片子的。

“没有，她是个不把自己当病人的人，并没有找过我拍片子。”周良池说。

“那介入的结果，好的和坏的，分别是什么？”岳仲桉紧张地问。

周良池给岳仲桉分析，导致林嘤其脸盲症的，极有可能就是栓塞。现在加重了，就必须做介入治疗。而介入的结果，好的一面是很可能脸盲症也能治好。而坏的一面，也就是介入带来的风险。不过，也无法选择不做。

最后，他们一致商量后，定下了介入治疗方案。

做介入之前，他问她：“怕不怕？”

“你在，我便贪生怕死。”她甜甜地答。

想他看到我四十岁的样子，哪怕那时我发福了，成为一个胖胖的老少女。我也想他看到。

“哪怕你坐轮椅，我都爱你，保护你，管你一辈子。不怕。当然，那种情况永远不会发生。”

她在医院躺了一个月，在康复的过程中，她还是看不清人脸，但是经过复查，发现栓塞逐渐在消失。

岳仲桉每天在公司忙完后，就会来医院陪她。

在一个看似普通得不能再普通的黄昏，护士走进病房，照常给她量体温，测血压。

“你刚才是不是吃面包了？嘴边还有面包屑。”她抽了一张纸巾，递给护士擦嘴。

“病人太多，来不及吃晚饭，塞两口面包解解饿。”护士不好意思地说。

忽然，两个人同时反应过来，对视后，都瞪大了眼睛。

“你能看得清了！”护士大喜。

“我居然看得清了！”她也不敢相信，捧着护士的脸，仔仔细细看了个够，连脸上细小的雀斑都看得一清二楚。

岳仲桉刚走出公司大厦，就接到她打来的电话。

“丘山先生！你在哪儿！”她抑制不住自己的激动。

丘山先生是她最近给他新取的爱称，丘山即是岳。

“我在公司楼下，正想给你买些吃的带过去。”他说着，听到她那边传来汽车鸣笛声。

“你出来了？”他问。

“站在原地，别动。”她学着他的命令口吻。

他老老实实站在那儿等她，心里担心，这个小疯子居然偷跑出来了。

只见远处有一个朝他小跑过来的身影，真的是她，她怎么可以跑？他吓得赶紧飞奔向她。

她扑到他怀里。

他久久地抱住她，她傻乎乎地笑个不停。

“我要打电话问周医生，他怎么能让你溜出医院！”

“不许打，他可是看在我表现特别好的分上才批准我出来一会儿的。我经过了足足十个人的考核呢！”她骄傲地说，迎上他担忧的目光。

这张久违的脸庞，还是那么明朗。

“我倒是很想听听，你是怎样通过了十个人的考核的。”他好奇地注视着她，渐渐地，他的眼里冒出了惊喜的光芒。

“我找出了十个护士五官上的区别！”

“小疯子，你的眼睛……能看得清了？”

“你这里怎么破了？是剃须刀刮的吗？”她指着他下巴处的一道小血痕问。

他握住她的手，这是他这么久以来最快乐的时刻。

“神奇吧，这算不算因祸得福？我终于能抬起头做人了。这一路上的人，我都能看清他们的脸，我冲每一个都傻笑。哈哈，他们都不知道我为什么这么开心！”她快乐得像个孩子。

“你还没看到世上最美的女人吧？”他边问，边拦腰抱起她，走向大厦一楼的巨大深蓝色玻璃橱窗前。

玻璃上倒映出她的脸。

这是她第一次看清楚自己的脸。

那张不完美却让人看着舒服的脸，她熟悉而陌生。

“向你正式介绍一下，镜子里面是世上最美的女人，也是我的夫人。你们是第一次见面，好好认识一下。”他一本正经地说。

她的脸盲症彻底痊愈了。

他们终于过上了正常恋人的生活。

她投身野生动物保护事业，成为野生动物野外救援志愿队的一员。

第二年四月。

他们一起去了白首乡，大片大片的紫云英绚烂盛开，无数的中华蜂在花丛中忙碌地采蜜。

他们还尝到了老奶奶送的紫云英蜂蜜。

真甜。

六月，他们去了青海湖。

正好是湟鱼产卵期，无数条湟鱼在河流中洄游。

她想起父亲说过，湟鱼的洄游一路充满危险，几乎是用生命在拼搏。她望着这些父亲付出生命代价保护的湟鱼，不禁泪如雨下。

若父亲看到今时的湟鱼被保护得如此之好，也会感到欣慰吧。

八月，他们在肯尼亚。

乘坐着热气球在马赛马拉大草原上，看成千上万的角马上演“天国之渡”。其景之壮观，让人敬畏。

十月，他们在海上。

给脖子上缠着绳索，勒出发炎的深深血口的海龟去除“枷锁”，敷上药，再放归大海。为生病的领航鲸吹针，最后吹到两个人的嘴都肿了。

他们还一起去过许多很远的地方。

他们第一次缠绵的那夜，她想起以前也有过这样的亲近，最后他都克制住了。

“那时我还猜测，会不会是你生理上有缺陷？我都想过了，就算有缺陷，我也要和你在一起。”

激烈甜蜜的温存过后，她在他怀里说。

“居然这样怀疑过我，看来要加倍给你点教训看看。”他撑着手，不怀好意地打量她。

她娇羞地连连讨饶。

如果哪儿也不去时，他就和她待在公寓里，就像考拉与桉树一样的关系，无法分离。

难得的相处时光，她窝在沙发上不起来，抱着他的胳膊。他往她的嘴里喂水果，忽然想起那时候他喂考拉哈格的情景。

他望着她吃东西的侧脸，心想，永远这样被她抱一辈子吧。

除了感情，他们在彼此的事业上也相互支持，各自有着自己的追求。

他对RARE的产品定位不断调整，和乔谦强强合作，以高品质人造皮革和帆布材料代替动物皮质，再次推出四个系列的畅销款女包。

他们在准备白首乡的婚礼时，她收到一封来自世界野生动物救助组织的邀请信。她不得不和他商量推迟婚期，她决定先去做非洲的野生动物救助工作。依依不舍中，他尊重她的决定，说等着她回国。

“当年你该是有多差的审美才能看上我啊。”她看以前被秋昙拍的那张嘴唇肿起的相片，还发了朋友圈，真的是看不清就无知无畏，那么丑的照片也敢发。而他那时意气风发，与她有着天壤之别。

“不许诋毁我的林豌豆。你也不许。”

“丘山先生，你现在越来越肉麻了！”

“我还有更肉麻的问题。”他坏笑着。

“你问。”

“打算什么时候给我生个小朋友？”他凑近她，呼吸扑在她的面颊上。

“很久以前就打算了。”她答。

“嗯，哄我？”他有些不相信。

“从那一天起。”她翻出一张照片，递给他看。

那是在白首乡时，他们一起给猪顺利接生后，他怀抱着小猪的照片。他被她逗笑，哪有这样可爱的女人。

“好似唯有终身美丽与纯真，才衬得上你的爱。”

“怎样都好，只要你是我的。”

纪幻幻开了一家属于自己的手工包店，等待着向笃出狱的那天。

林友声（小远）高考结束，进入一所向往已久的大学，朝着梦想前进。

秋昙在一次登雪山的过程中遇难了。

由于秋昙的父母已去世，她没有亲人。在她留下的登山包里有张卡片，紧急联络人一栏里写的是周良池的名字和电话，旁边写了一句话：良池，如果这张卡片会派上用场，那就请你原谅我这辈子最后一次给你添麻烦。

秋昙的遗物最后到了周良池手里。

他打开相机，里面有许多照片，是秋昙伸手举着他穿白大褂的工作照，背景是拍的不同山峰的美景。

有日落，有日出，有雪山，有冰川。

一名登山爱好者回忆，在山顶曾和秋昙相遇，不明白她为什么要举着一名医生的照片合影。

“因为我很喜欢的那个人是医生，但他工作很忙，没有时间去走遍世界看风景，那我就假装带着他一起去看呀。”

周良池将秋昙的手机充电后开机，才跳出一条他在她遇难十天前发给她的未读短信。雪山上没有信号，手机处于关机状态。

第一条：注意安全。

不久又跳出来一条：下个十年，换我来喜欢你。

（全文完）